EH, S

HERMANN BAUER
Kostümball

MASKENSPIEL Das Café Heller lädt Anfang Jänner zu einem Gschnas, einem großen Kostümball. Um Mitternacht sind eine Zaubervorführung und ein Ausschnitt aus Ferdinand Raimunds »Bauer als Millionär« als Einlage geplant, aufgeführt von den Alpengeistern, die das Stück gerade in Floridsdorf aufführen. Es kommt jedoch zu einer Reihe von Pannen und nach den Darbietungen wird auch noch einer der Ballbesucher, der reiche Parfümeur Rainer Kerschbaumer, erdrosselt in seinem Auto auf dem Parkplatz gefunden. Viele der Gäste könnten ihn getötet haben: etwa seine alkoholkranke, von ihm ständig gedemütigte Frau Margarete, seine Tochter Gabriele, die er zwingen wollte, sich von ihrem Freund zu trennen, der unberechenbare Siegfried Streitenberger oder Herbert Salomon, dessen Neujahrsvorsatz es war, ein Verbrechen zu begehen. Doch es ist wie verhext: Alle scheinen zur Tatzeit auf dem Ball oder bei der Theateraufführung gewesen zu sein. Das bereitet auch Oberkellner Leopold einiges Kopfzerbrechen, als er sich auf die Suche nach dem Mörder begibt.

Hermann Bauer wurde am 11. Jänner 1954 in Wien geboren. Seit Herbst 1983 unterrichtet er die Fächer Deutsch und Englisch an der BHAK 10 in Wien, derzeit im Bildungszweig Handelsakademie für Berufstätige (Abendschule). Mit unregelmäßigen Lesungen über Heiteres und Besinnliches schuf er sich eine kleine Fangemeinde. Er war 13 Jahre Mitglied der Amateurschauspielgruppe 10/77, die jedes Jahr zum Schulschluss mit Erfolg Aufführungen veranstaltet. Der Autor ist Mitglied beim »Syndikat« und bei den »Österreichischen Krimiautoren«. »Kostümball« ist seine neunte Veröffentlichung. Er lebt derzeit mit seiner Frau in Wien.

Bisherige Veröffentlichungen im Gmeiner-Verlag:
Rilkerätsel (2015)
Schnitzlerlust (2014)
Lenauwahn (2013)
Nestroy-Jux (2012)
Philosophenpunsch (2011)
Verschwörungsmelange (2010)
Karambolage (2009)
Fernwehträume (2008)

HERMANN BAUER

Kostümball

Ein Wiener Kaffeehauskrimi

GMEINER SPANNUNG

Besuchen Sie uns im Internet:
www.gmeiner-verlag.de

Im Ehnried 5, 88605 Meßkirch
Telefon 07575/2095-0
info@gmeiner-verlag.de

1. Auflage 2016

Lektorat: Claudia Senghaas, Kirchardt
Herstellung: Mirjam Hecht
Umschlaggestaltung: U.O.R.G. Lutz Eberle, Stuttgart
unter Verwendung eines Fotos von: © Vitaliy Hrabar / Fotolia.com,
© thomas58 / Fotolia.com, © RUZANNA ARUTYUNYAN / Fotolia.com
Druck: CPI books GmbH, Leck
Printed in Germany
ISBN 978-3-8392-1961-4

Personen und Handlung sind frei erfunden.
Ähnlichkeiten mit lebenden oder toten Personen sind rein zufällig und nicht beabsichtigt.

KAPITEL 1

Nacht von Donnerstag, 31. Dezember auf Freitag, 1. Jänner

Es war deprimierend, den Jahreswechsel ohne die Frau feiern zu müssen, die man liebte. Der junge, schlanke blond gewellte Mann konnte und wollte deshalb die Freude und Ausgelassenheit der anderen Partygäste nicht teilen, sondern hockte nachdenklich vor seinem Glas. Schön langsam fragte er sich, weshalb er überhaupt hierher gekommen war. Er hätte sich genauso gut mit einer Flasche Wein zu Hause vor den Fernseher setzen können.

Verständnislos hatte er auf seine Freundin eingeredet: Weshalb sie ihm so wenig Sicherheit gebe? Ihn an einem solchen Tag nicht begleite? Sich von ihrem Vater tyrannisieren lasse? Schließlich lebe man im 21. Jahrhundert. Da könne ein erwachsener Mensch von seinen Eltern zu nichts mehr gezwungen werden.

Aber er hatte gewusst, dass alles vergeblich sein und ihm nichts anderes übrig bleiben würde, als allein zu der Silvesterparty zu kommen. Man durfte ihren Vater nicht unterschätzen, er konnte ihnen beiden das Leben zur Hölle machen. Wahrscheinlich war es deshalb von ihrer Seite aus klug gewesen, ihm nachzugeben. Aber was hatte der junge Mann jetzt von ihrer Klugheit? Und wie lange würde das so weitergehen? Es war an der Zeit, der väterlichen Gewalt ein Ende zu bereiten, ein für allemal.

»Was ist denn los mit dir? Du bist ja ganz in dich versunken«, hörte er eine leicht beschwipste weibliche Stimme neben sich. »Die anderen sind alle am Balkon, das Feuerwerk anschauen. Komm doch auch hinaus! Es ist gar nicht kalt!«

Er schüttelte bloß stumm seinen Kopf.

»Möchtest du tanzen? Den Donauwalzer?«, fragte ihn die junge attraktive Frau irritiert. Sie war, so wie er, allein da. Er kannte sie gerade einmal flüchtig.

Er schaute in ihre klaren, etwas ratlosen Augen. »Es ist lieb von dir, dass du dich um mich kümmerst«, vertröstete er sie. »Ich bin nur im Augenblick furchtbar müde.«

»Verstehe!« Sie klang ein wenig enttäuscht. Wahrscheinlich hatte sie gehofft, er würde sich auf einen kleinen Flirt mit ihr einlassen.

»Du kannst nichts dafür!«

»Mein Gott, es ist nicht jedermanns Sache, am Silvester auf Knopfdruck gut drauf zu sein«, zeigte sie Verständnis. Sie blies den Rauch ihrer Zigarette in die Luft, dann wechselte sie das Thema, als ob sie sich davon mehr versprechen würde. »Na, hast du irgendwelche guten Vorsätze fürs neue Jahr?«, fragte sie.

Er antwortete nicht sofort. Offenbar hatte sie damit gerechnet, denn sie redete nach einer kurzen Pause gleich weiter: »Ich habe mir vorgenommen, ein wenig gesünder zu leben. Nicht mit dem Rauchen aufzuhören, nein, das ist sinnlos, das bringe ich nicht zusammen. Aber ich möchte es echt einmal ein paar Tage ohne Fleisch probieren. Bin schon gespannt, ob ich es aushalte.«

»Und ich werde heiraten«, sagte er mit einem Mal. »Jawohl, das werde ich!« Dabei verengten sich seine Augen zu einem schmalen Schlitz und fokussierten ein unbekanntes Ziel in weiter Ferne.

*

Leider bin ich nur ein schwaches Geschöpf. Denn eigentlich ist es mein großer Traum, auf einer Bühne vor vielen Menschen zu stehen, die mir alle zuhören, festlich gekleidet. Sie schweigen, und niemand spricht außer mir. Ich erzähle ihnen aus meinem Leben, von Dingen, die mir wichtig sind. Ich halte einen richtigen Monolog, so wie es die Hauptfiguren in Theaterstücken immer tun.

Aber der Traum platzt schnell. Meine Vorstellungen enden stets damit, dass die Leute unruhig werden, sich miteinander unterhalten, sodass ich meine Konzentration verliere, und mich schließlich gar nicht mehr beachten. Am Ende möchte mir keiner mehr zuhören. Ich stehe immer noch auf der Bühne, doch ich bin allein. Der Zuschauerraum ist leer geworden.

Warum bist du so schwach, frage ich mich dann. Warum traust du dich nicht? Es muss ja nicht so schlimm werden. Aber die großen Reden sind eben offenbar nur ein Teil meiner Fantasie. In Wahrheit teile ich mich niemandem mit. Ich schreibe meine Monologe nur für mich allein auf. Ich veröffentliche sie nicht, weder als Blog noch sonst irgendwie. Sie sind meine Privatsache. Niemand soll sich über eine junge Frau wie mich lustig machen.

Und so beginne ich dieses neue Jahr mit Aufzeichnungen über das alte. Die Mitternacht ist kurz vorüber, ich sitze da und denke über Vergangenes nach. Dabei ist klar, was mir als Erstes in den Sinn kommt: der Tod meiner Mutter. Es ist schon über zwei Monate her, dennoch habe ich ihn noch nicht richtig verarbeitet. Alles war schnell und überraschend gekommen. Eine Krankheit hatte sich in sie hineingefressen, die man viel zu spät erkannte, eine kurze Krise, aus. Seither quälen mich Schuldgefühle, denn irgendetwas hat man bei einem nahestehenden Menschen immer zu tun oder zu sagen verabsäumt, wenn es so rasch geht. Aber ich muss mich davon befreien. Ich kann nichts mehr ändern.

Ich muss mich vielmehr um die Dinge kümmern, auf die ich noch Einfluss nehmen kann. In der Zeit vor ihrem Tod habe ich kaum mehr mit meiner Mutter gesprochen. Sie hätte mir in ihrem Zustand wahrscheinlich auch nicht mehr viel verraten können, was ich nicht ohnehin schon wusste. Doch in den letzten Tagen und Wochen war ich damit beschäftigt, ihren Haushalt aufzulösen. Ich kramte in den alten Sachen. Die Erinnerungen stiegen in mir hoch. Ich entdeckte dabei auch viel Neues, mir Unbekanntes. Ich muss hier festhalten, dass ich nie nach etwas Bestimmtem gesucht habe. Dennoch habe ich alles gefunden. Es ist schon ein eigenartiges Gefühl, wenn man plötzlich sein Schicksal in Händen hält.

Jetzt habe ich nur einen Wunsch, und es ist zugleich mein größter Vorsatz für das neue Jahr: Ich muss ihren ehemaligen Freund von ihrem Tod in Kenntnis setzen.

*

Lang nach Mitternacht saßen die drei Freunde – zwei Männer und eine Frau – noch immer in der Wohnung beisammen. Fernseher und Musik hatten sie bereits abgedreht. Es war ruhig geworden. Nur hie und da hörte man von draußen durch die Fensterscheiben noch das Krachen eines einsamen Böllers, mit dem jemand das neue Jahr begrüßte. Auf dem Tisch standen eine Flasche Rotwein und drei Gläser, aus denen ab und zu einer der drei nippte.

Der dickliche Mann mit der bereits sehr hohen Stirn führte das Wort. »Heuer muss einmal etwas passieren, aber etwas Richtiges«, sagte er. Seine Stimme klang ständig so, als ob er verkühlt wäre und einen entzündeten Hals hätte. »Nichts mehr rauchen, nichts mehr essen, nichts mehr trinken – jedes Jahr dieselbe Masche! Wir schwören, uns in irgendeiner Form zu kasteien, und wenn wir uns das nächste Mal wiedersehen, hat jeder von uns seinen Eid schon längst wieder gebrochen. Ich werde mir nur mehr etwas vornehmen, was ich auch einhalte. Sonst hat es keinen Sinn!«

»Niemand verlangt von dir, dass du dir überhaupt etwas vornimmst«, verwies ihn der andere, dünnere Mann mit bleicher ungesunder Gesichtsfarbe. »Ich werde wieder einmal versuchen, mit dem Rauchen aufzuhören. Aber nicht jetzt, erst wenn ich in ein paar Stunden wieder aufwache. Ein paar Tage halte ich es meistens aus, und das ist doch immerhin schon etwas, oder?« Dabei zündete er sich eine Zigarette an.

»Mach dich nicht lächerlich. Du denkst nicht einmal im Traum daran, es wirklich bleiben zu lassen«, spottete die Frau.

»Ich denke, auch eine kurzzeitige Entgiftung macht einen gewissen Sinn. Und das Päckchen muss ich noch ausrauchen und wegwerfen, damit ich nicht so schnell wieder in Versuchung komme«, entgegnete der Dünne.

Die Frau: »Bevor ich so etwas tue, tue ich gar nichts!«

»Wie ich gesagt habe: Alles nur blödes Gefasel, keiner hält sich an solche Vorsätze«, krächzte der Dicke. »Und warum? Weil wir im Inneren gegen sie rebellieren, weil sie gegen unsere wahre Natur sind. Deshalb muss es eine richtige Herausforderung sein, etwas, das man noch nicht getan hat, das aber nicht gleich nach einer Selbstkasteiung verlangt.«

»Ein Buch schreiben? Einen Baum pflanzen? Ein Haus bauen? Ein Kind zeugen?«, zählte die Frau spöttisch auf.

»So ähnlich, aber etwas schräger, ungewöhnlicher.«

»Und wie schräg?«

»Lass ihn, er redet nur mehr unzusammenhängendes Zeug«, mischte sich der Dünne ein.

»Unzusammenhängendes Zeug? Weit davon entfernt. Die ganze Zeit denke ich schon darüber nach, und es gefällt mir immer besser«, rechtfertigte sich der Dicke.

»Dann sag endlich, was du meinst, und sprich nicht in Rätseln«, forderte ihn die Frau auf.

Der Dicke weidete sich an ihrer Ungeduld. »Ein schönes Verbrechen begehen, ohne dass einem jemand draufkommt, das wär's doch, oder?«, ließ er schließlich die Katze aus dem Sack. »Sich dann zurücklehnen und mitverfolgen, wie sie einen vergeblich suchen. Und wenn man spürt, dass der eigene

Tod nahe ist, einer erstaunten Öffentlichkeit alles gestehen und seinen Spaß daran haben.«

Die beiden anderen sahen ihn verblüfft an. »Du bist ja total übergeschnappt«, bemerkte die Frau nur kopfschüttelnd. »Irre! Crazy!«

»Es ist offenbar ein Tick von ihm, uns jedes Jahr mit einer so wirren Neujahrsgeschichte aus der Reserve locken zu wollen«, beruhigte der Dünne sie. »Voriges Jahr war es die sich selbst erhaltende Gemeinschaft auf dem Land, die ihm vorgeschwebt ist, jetzt eben das.«

»Es ist kein Tick. Ich gebe zu, dass meine Ideen im Vorjahr etwas unausgegoren waren. Aber diesmal meine ich es ernst«, verteidigte sich der Dicke. »Ich denke sogar an einen Mord.«

»Mord? Das bringst du nicht zuwege. Dazu sind nicht alle geschaffen. Die meisten haben Skrupel«, gab der Dünne zu bedenken.

»Ach was! Wir leben doch in einer Zeit, in der die Hemmschwelle ständig sinkt. Schaut euch einmal um! Jeder arbeitet heutzutage gegen jeden, und den Leuten ist dabei jedes Mittel recht. Man nimmt den Menschen ihr Geld weg, diffamiert sie in aller Öffentlichkeit und betrügt sie hinten und vorn. Damit werden genug Existenzen zerstört. Da brauche ich mir wegen eines kleinen Mordes nicht viel Kopfzerbrechen zu machen. Ich habe auch schon ziemlich konkrete Vorstellungen, wie ich alles angehen werde.«

»Würdest du uns das vielleicht bitte verraten?«, ersuchte ihn die Frau süffisant.

Jetzt zeigte sich die Spur eines Lächelns auf dem Gesicht des Dicken. »Für so dumm, dass ich euch das mitteile, haltet ihr mich hoffentlich nicht, oder? Das würde ja die ganze Überraschung verderben.«

»Und wer …«

»Aus, Schluss, keine Auskünfte mehr.« Sichtlich zufrieden, dass es ihm gelungen war, seine Freunde zu verblüffen, nahm der Dicke die Rotweinflasche, schenkte sich reichlich nach und machte einen großen Schluck. »Jetzt seid ihr wieder dran. Wie war das mit dem Rauchen?«

Der Dünne hustete, sonst schien es ihm aber die Sprache verschlagen zu haben. Auch die Frau zeigte keine Lust mehr, einen Beitrag zum Gespräch zu leisten. So wurde es wieder sehr ruhig. Draußen krachte es noch in unregelmäßigen Abständen, und allmählich löste sich die kleine intime Silvesterfeier auf.

*

»Prosit Neujahr, Mutter! Prosit Neujahr, Schnucki!« In ihrer Wohnung in der Taborstraße im 2. Wiener Gemeindebezirk prostete Erika Haller ihrer Mama und ihrem Lebensgefährten Leopold, dem Oberkellner des *Café Heller*, zu. Alle drei stießen um Mitternacht mit einem Sektglas an. Leopold bekam dann von seiner Liebsten noch einen dicken Kuss.

Aus dem Fernsehapparat läutete die Pummerin, die mächtige Glocke des Wiener Stephansdoms, das neue Jahr ein, begleitet vom Knallen der zahllosen Feuerwerkskörper, die draußen abgeschossen wurden. »Du weißt, was jetzt kommt?«, schnurrte Erika Leopold ins Ohr.

»Die Glücksbringer? Ich hole sie sofort, mein Schatz«, gab er ebenso sanft zurück.

»Die Glücksbringer haben noch etwas Zeit«, wurde sie etwas deutlicher. »Zuerst kommt der Donauwalzer! Und den möchte ich mit dir tanzen!«

Leopold schluckte. Er hatte etwas Ähnliches befürchtet. Nachdem ihm Erika bei der Aufklärung eines besonders schwierigen Mordfalls geholfen hatte, hatte er ihr versprechen müssen, mit ihr einen Tanzkurs zu besuchen. So hatten sie im Herbst eine große Zahl von Leopolds freien Abenden in der Tanzschule verbracht und immerhin das Bronzeabzeichen errungen. Weitere Kurse im Frühjahr drohten. Und Erika nutzte natürlich jede Gelegenheit, das bisher Gelernte mit ihm zu perfektionieren.

Er sah sich verlegen um. »Hier? Du hast zwar ein schönes und geräumiges Wohnzimmer, aber es ist doch nur ein Wohnzimmer, kein Tanzsaal. Ich sehe schon, da haben wir viel zu wenig Platz. Außerdem habe ich meine Patschen an, da derstess ich mich ja in einer Tour.«

Ein strafender Blick Erikas streifte ihn. »Hast du schon wieder alles vergessen, was du in der Tanzschule gelernt hast? Ein Mann, der gut führt, kann seine Partnerin auch auf engstem Raum drehen und bewegen. Was glaubst du, wie viel Platz wir auf dem Tanzschulball haben werden, Schnuckilein? Und vorher, beim Hausball in eurem Café *Heller*, wird's erst recht eng werden. Also müssen wir üben, damit wir den anderen geschmeidig ausweichen können.«

»Bei unserem Hausball kann ich nicht tanzen, da muss ich arbeiten«, entfuhr es Leopold.

»Bitte spiel jetzt nicht den Dummen, sonst machst du mich ernstlich böse«, ermahnte Erika ihn. »Wir haben das alles genau mit Herrn und Frau Heller abgesprochen. Nach Mitternacht, wenn es ein wenig ruhiger wird, darfst du mir sehr wohl einen Tanz schenken.«

»Ist das vielleicht schon der erste Streit im neuen Jahr?«, kam es fragend von Martina Haller, Erikas Mutter. »Dann seid ihr ja auf dem besten Weg zu einem alten Ehepaar, noch bevor ihr verheiratet seid!«

»Was sich liebt, das neckt sich«, versuchte Leopold, die Situation herunterzuspielen.

»Was sich liebt, sollte vor allem tanzen, ehe der Walzer zu Ende ist!« Forsch packte Erika ihren Leopold, umfasste seine Linke mit ihrer Rechten und legte die andere Hand auf seine Schulter. »Eins, zwei, drei, eins, zwei, drei …«, gab sie den Takt an.

Klarerweise war sie es, die führte. Das war auch in der Tanzschule immer so gewesen. Leopold ließ dies nicht ungern mit sich geschehen. Ihm gefiel der Gleichklang ihrer Bewegungen, das Gefühl, bei jeder Drehung mit Erika eins zu werden. Er war ja kein absoluter Anfänger. In seiner Jugend, als es um erste zielgerichtete Erkundungen in Richtung weibliches Geschlecht gegangen war, hatte er sehr wohl eifrig das Tanzbein geschwungen. Natürlich war es, trotz aller offenen Variationen, auch damals wichtig gewesen, miteinander in Berührung zu kommen. Leopold hatte dabei einiges an Rhythmusgefühl entwickelt, was ihm in seiner jetzigen Situation zugute kam.

Gegen das Tanzen an sich sträubte er sich ja gar nicht. Der Haken lag in der Beständigkeit, mit der Erika es neuerdings von ihm forderte. Die Tanzkurse, die Perfektion am Samstagabend, jetzt auch noch die Aussicht, auf alle möglichen Bälle geschleppt zu werden – das widerstrebte ihm gehörig. Vor allem der Tanzschulball, wo es darum ging, möglichst viele Figuren und Schrittvariationen zu beherrschen, war ihm ein Dorn im Auge. Aber auch Frau Hellers Idee, mit einem Hausball, einem Kostümball noch dazu, im Kaffeehaus in die Ballsaison zu starten, goutierte er keineswegs. Jahrelang hatte man sich einer solch närrischen Veranstaltung enthalten und war gut gefahren damit. Jetzt auf einmal bildete sich seine Chefin dieses Spektakel ein – natürlich auf Betreiben Herrn Wondratscheks, des künstlerischen Beraters für alle kulturellen Aktivitäten im Café *Heller*, der auch verantwortlich für die Umgestaltung des Lokals samt Errichtung einer kleinen Bühne gewesen war. Bei dem Gedanken daran verkrampften sich Leopolds Beine sofort.

»Nun komm, Schnucki, ein bisschen hältst du es schon noch aus! Nur keine Müdigkeit vorschützen«, munterte Erika ihn auf. Sie merkte natürlich, dass er sich der tänzerischen Übung schnell wieder entziehen wollte.

»Der Boden ist nicht so glatt wie in der Tanzschule. Da bleibt man hängen«, rechtfertigte Leopold sich.

»Lass deine Kommentare und schau lieber, dass du nicht aus dem Takt kommst!«

»Ich bemühe mich ja. Aber wir dürfen deine Mutter nicht so lang allein lassen. Das ist unhöflich. Ich glaube, sie möchte jetzt die Glücksbringer tauschen.«

Erika seufzte. Leopold zeigte ihr nur zu deutlich, dass er nicht vorhatte, sich noch länger mit ihr im Kreis zu drehen. Wahrscheinlich war es doch besser, den Neujahrswalzer zu beenden, bevor er ihr auf die Zehen stieg.

Martina Haller hatte bereits zwei dicke Marzipanschweinchen auf dem Tisch platziert. Von Erika kamen zwei Pilze aus Schokolade dazu. Leopold packte schließlich seine Rauchfangkehrer aus und bemerkte, dass er einen zu viel hatte. Der war für Thomas Korber gedacht gewesen. Doch Thomas, Lehrer für Deutsch und Englisch im dem Café *Heller* benachbarten Floridsdorfer Gymnasium und Leopolds bester Freund, war nicht da.

Korber machte nämlich gerade eine schlimme Phase durch. Nachdem er einige Jahre lang in einer problematischen Beziehung zu Geli Bauer gestanden war, in der es ständig an allen Ecken und Enden gekriselt hatte, hatte Geli die Sache kurzerhand beendet. Obwohl er es nicht zugab, hatte diese Trennung Korber schwer zugesetzt. Sie hatte ihm den Halt genommen, den er als labiler Typ dringend brauchte. Er begann, mit beängstigender Regelmäßigkeit zu trinken. Dabei trieb er sich in allen möglichen Lokalen herum, kam immer seltener ins *Heller* und wenn, dann war mit ihm kaum mehr etwas Vernünftiges anzufangen. In der Schule vernachlässigte er seine Aufgaben zusehends, sodass man auch von dort nicht allzu viel Gutes über ihn hörte. Früher hatte Leopold versucht, Korber in solch kritischen Situationen ins Gewissen zu reden und ihn wieder zurück auf den rechten

Weg zu führen. Nun ließ Korber solche Versuche gar nicht mehr zu. Er blockte einfach ab und zerfraß sich in Selbstmitleid.

Für Erika war Leopolds Freund längst zum Reizthema geworden. »Es ist besser für ihn und für uns, dass er deine Einladung nicht angenommen hat, glaube mir, Schnucki«, hatte sie das Ganze nur kurz kommentiert. Leopold hingegen ärgerte sich, weil Thomas Korber so ganz und gar nicht zu helfen war. Was tun? Abwarten? Die Erfahrung lehrte leider, dass es in solchen Fällen eher schlimmer als besser wurde.

»Denk nicht ständig an deinen Thomas, wir sind auch noch da«, riss Erika Leopold aus seinen Gedanken.

»Wollten wir nicht noch die Gulaschsuppe essen, bevor ich nach Hause fahre?«, erkundigte sich Martina Haller beinahe gleichzeitig.

Damit sprach sie ein weiteres Reizthema für Erika an. Leopold hatte von Frau Heller einen ganzen Topf selbst gemachter Gulaschsuppe mitbekommen und lautstark verkündet, dass er diese nach Mitternacht zur allgemeinen Stärkung aufwärmen wollte. Doch Erika war das gar nicht recht. Ihre Mutter hatte in den letzten Wochen wieder einige Kilogramm zugenommen, da sie sich im Winter noch weniger bewegte als sonst, dafür aber beim Essen kaum Zurückhaltung an den Tag legte. Spürte sie dann ein gewisses Unwohlsein, rief sie ihre Tochter an und diskutierte ihre Beschwerden ausführlich mit ihr. Dabei wollte sie eigentlich weder auf Erikas Ratschläge noch auf die ihres Arztes hören. Für Erika bestand kein Zweifel: Ihre Mutter war auf ihre Art derselbe hoffnungslose Fall wie Thomas Korber. Unterstützen wollte sie diese Schwäche jedoch keinesfalls.

»Möchtest du die Suppe nicht mitnehmen und zu Mittag zu Hause essen? Da hättest du gleich das perfekte Neujahrsmenü«, schlug sie vor.

»Ich habe *jetzt* Hunger! Außerdem ist das Essen in der Gemeinschaft viel gemütlicher als allein«, widersetzte Martina Haller sich.

»Es ist äußerst ungesund, vor dem Schlafengehen noch eine derart ausgiebige Mahlzeit zu sich zu nehmen!«

»Woher willst du wissen, wann ich schlafen gehe?«

»Du wirst sehen, es zwickt und drückt dich wieder an allen Ecken und Enden. Aber lass mich dann bitte mit deinen Wehwehchen in Ruhe!«

»Meine Wehwehchen sind meine Sache!«

»Dann behalt sie auch bitte für dich und erzähl mir nicht stundenlang am Telefon davon.«

»Ich hätte mir von meiner Tochter mehr Toleranz erhofft. Welche Freuden bleiben einer armen alten Frau denn noch, die leider auch schon seit einigen Jahren Witwe ist?«

»Denk mehr an die geistigen Freuden, die Kultur!«

»Das Essen ist ein wesentlicher Bestandteil jeder Kultur. Und in unseren Breiten gehört eine Gulaschsuppe um Mitternacht eben zu dieser Kultur dazu!«

Leopold hörte sich diese Diskussion von der Küche aus an, wo er bereits eifrig mit dem Heißmachen des nächtlichen Imbisses beschäftigt war. Egal, was seine Erika davon hielt: Frau Hellers Gulaschsuppe gehörte zu jenen Köstlichkeiten, die man sich zur Begrüßung des neuen Jahres einfach nicht entgehen lassen durfte. Die Debatte überzeugte ihn nur davon, dass sich gegenüber dem alten Jahr nichts geändert hatte. Das beruhigte ihn. Denn solche kleinen Zwistigkeiten stellten für ihn wesentliche Beiträge zur Stabilität und Konstanz in seinen Beziehungen dar. Man musste auch heuer wieder mit ihnen rechnen. Und das war gut so.

KAPITEL 2

Freitag, 1. Jänner

Er taumelte durch eine eisige Winterlandschaft. Durst! Nein, nicht nur unter der sengenden Wüstensonne konnte man austrocknen, sondern auch im ewigen Polareis. Wasser! Oder gab es in dieser frostigen Einöde etwa gar so etwas wie Bier?

Er musste wo dagegen gerannt sein. In seinem Gesicht spürte er einen Schlag. Thomas Korber wachte auf. Es war dunkel. Er saß im Freien auf einer Bank. Vor sich nahm er undeutlich die Umrisse einer Frau wahr. Jetzt sah er auch ihre Hand, die ihm einen weiteren Klaps auf die Wange gab.

»Au! Was … was tun Sie da?«, fragte er verwirrt.

»Ich habe versucht, Sie aufzuwecken. Gott sei Dank ist es mir gelungen«, antwortete die Frau.

Korber schaute sich um. »Wo bin ich?«

»Sie sind im Wasserpark bei der Alten Donau. Sie müssen hier auf der Bank eingeschlafen sein. Das ist sehr gefährlich, immerhin hat es einige Minusgrade. Sie hätten erfrieren können«, erklärte ihm die Frau.

Korber fühlte sich träge, und seine Füße waren etwas taub. »Unsinn«, murmelte er.

»So reden alle Betrunkenen, aber wenn Sie wieder nüchtern sind, werden Sie feststellen, dass ich recht habe. Wissen Sie noch, wie Sie hierher gekommen sind?«

Korber tastete sein Hirn nach Erinnerungen ab. »Welcher Tag ist heute?«, wollte er wissen.

»Neujahr! Aber noch relativ früh am Morgen. Sieben Uhr«, gab die Frau Auskunft.

Neujahr! Korber beutelte sich einmal ordentlich ab, suchte weiter nach Eindrücken, die ihm seine jetzige Situation begreiflich machten. Er war in der vorigen Nacht gemeinsam mit Tausenden anderen Menschen auf dem Silvesterpfad in der Wiener Innenstadt unterwegs gewesen. Nach dem Konsum verschiedener heißer alkoholischer Getränke unterschiedlichster Stärke bei den zahlreichen Ständen im Freien hatte er nach Mitternacht noch einige Lokale aufgesucht. Von da an ließ sein Gedächtnis nach. Einen Streit hatte es gegeben, aber wo und mit wem? Wohl am ehesten mit dem Taxifahrer auf dem Nachhauseweg. Er musste frühzeitig aus dem Taxi ausgestiegen sein. Denn das nächste Bild in seinem Kopf zeigte ihn, wie er auf der Floridsdorfer Brücke über die Donau in Richtung seines Heimatbezirks wankte. Wahrscheinlich war er dann in den gleich nach der Brücke gelegenen Park abgebogen, um sich ein wenig von der Anstrengung zu erholen. Dabei hatte ihn auf einer Bank der Schlaf übermannt – ein sanfter, heimtückischer Schlaf, der schlimm für ihn hätte enden können.

»Ich war auf dem Heimweg von einer Silvesterfeier«, antwortete Korber schließlich vorsichtig.

»Und dabei wohl schon sehr unsicher auf den Beinen«, stellte die Frau mitleidlos fest.

»Wie kommen Sie zu so einer Behauptung?«

Sie deutete mit dem Zeigefinger auf seine Knie: »Sie haben da ein Loch in der Hose, und geblutet haben Sie offensichtlich auch ein bisschen. Sie müssen gestürzt sein. Ihre Hände sehen ebenfalls schmutzig und aufgeschunden aus.«

Korber wurde die Sache unangenehm. »Hören Sie, wer sind Sie eigentlich?«, protestierte er. »Und wie reden Sie mit mir? Ich muss mir das nicht gefallen lassen! Ich werde jetzt gehen!«

Die Frau blickte ihn mit einem entwaffnenden Lächeln an. »Ich bin eine gütige Fee«, sagte sie nur. »Und Sie bleiben da!«

»Ich habe schon bessere Witze gehört«, schnauzte Korber sie an. Er nahm alles, was er im Augenblick an Kraft besaß, zusammen und stand auf. Er fühlte sich zwar gar nicht wohl und hatte immer noch das taube Gefühl in den Füßen, aber er musste hier weg. Vielleicht gab es in Bahnhofsnähe ein Lokal, das bereits offen hatte.

Er machte ein paar Schritte, doch irgendetwas haute nicht hin. Er kam nicht so recht von der Stelle. Hilflos rutschte er in seinen Schuhen hin und her, bis er schließlich am Boden lag. Entgeistert sah er, wie ihm die Frau triumphierend seine beiden Schnürsenkel entgegenhielt. »Die habe ich sicherheitshalber einmal ausgefädelt, damit Sie keine Dummheiten machen«, teilte sie ihm mit.

»Und Sie wollen eine Fee sein?« Korber schüttelte den Kopf.

»Kommen Sie, ich helfe Ihnen auf!« Sie reichte ihm ihre Hand. »Wir gehen gemeinsam zu meinem Wagen, der ist jetzt das bessere Transportmittel.«

Korber schaute sich die Dame einmal etwas genauer an, so gut er mit seinem Brummschädel dazu in der Lage war. Sie war etwas kleiner als er, unter ihrem dicken Mantel wahrscheinlich relativ schlank und trug das Haar offen. Auf ihrer spitzen Nase saß eine Brille, die das Gesicht zusammen mit dem schmalen Mund streng wirken ließ. Das Alter traute er sich nicht zu schätzen. Es lag wohl so Mitte der 40. Sexuell strahlte sie auf ihn keine sonderliche Attraktivität aus. Sie wirkte eher wie eine übereifrige Krankenschwester.

Krankenschwester? Panik überfiel Korber. »Wollen Sie mich etwa ins Spital bringen?«, fuhr er die Frau genervt an.

»Nein«, beruhigte sie ihn. »Das habe ich nicht vor. Sie kommen ja einigermaßen zurecht.«

Der ironische Unterton in ihrer Stimme war ihm nicht entgangen. »Dann fahren Sie mich bitte nach Hause«, ersuchte er sie. »Ich wohne nicht weit, in Groß Jedlersdorf.«

Sie schüttelte den Kopf. »Noch nicht! Wir fahren zuerst zu mir. Das ist näher, gleich vorn auf der Floridsdorfer Hauptstraße.«

»Sie werden mich jetzt auf der Stelle meiner Wege gehen lassen«, forderte Korber.

»Wohnen Sie allein?«

»Ja«, brummte er.

»Dann ist das höchst unvernünftig, Herr Korber«, mahnte sie ihn.

»Woher … woher wissen Sie meinen Namen?«, stotterte er verblüfft.

»Stand in Ihrem Ausweis. Sie haben ja geschlafen wie ein Murmeltier«, erklärte sie. »Ich heiße übrigens Christa Wohlfahrt. Und ich werde Ihnen jetzt sagen, warum das unvernünftig ist. Männer wie Sie haben für gewöhnlich nicht viel zu essen in ihrem Kühlschrank, dafür jede Menge alkoholischer Getränke im Haus. Sie würden Ihre beginnende Verwahrlosung nur weitertreiben. Das wäre kontraproduktiv. Ich muss zumindest versuchen, Sie ein wenig zu stabilisieren. Mit einem ordentlichen Frühstück.«

Korber fühlte sich immer noch miserabel. Wenngleich er es vorgezogen hätte, seinen irritierten Magen im nächstbesten Gasthaus mit einer Flasche Bier zu beruhigen, folgte er Christa Wohlfahrt brav zu ihrem Auto. Irgendwie schien es ihm im Augenblick die beste Option zu sein, die er hatte.

*

Markus König erwachte an diesem Neujahrsmorgen zeitig, so wie an jedem anderen Tag auch. Er hatte am Vortag nicht viel gefeiert. Es war gegen seine Gewohnheit. Wenn es ein lebendes Beispiel für nüchternes Pflichtbewusstsein gab, dann war er es.

Das neue Jahr steckte schließlich voller Herausforderungen. Schon in einigen Tagen würde seine Theatertruppe, die

Alpengeister, ein zweiwöchiges Gastspiel im Floridsdorfer *Haus der Begegnung* beginnen. Da musste er, der wegen seines väterlichen Einsatzes für die Schauspieler und wegen seines Familiennamens liebevoll »Alpenkönig« genannt wurde, dazusehen, dass alles lief wie am Schnürchen.

König ließ seine Gedanken kreisen, während er ein paar Liegestütze machte. Die Proben zum Stück *Der Bauer als Millionär* von Ferdinand Raimund gingen in die Endphase. Richtige Koordination und professionelles Zeitmanagement waren deshalb jetzt von äußerster Wichtigkeit. Eine wesentliche Eigenschaft der *Alpengeister* bestand nämlich darin, dass sie allesamt von auswärts, also außerhalb Wiens, kamen. Entweder stammten sie aus einem anderen Bundesland – Niederösterreich, Burgenland oder der Steiermark – oder sie waren als gebürtige Wiener mittlerweile ins nördliche Umland der Hauptstadt – Gerasdorf, Korneuburg oder Wolkersdorf – gezogen. Die Disziplin eines derart zerrissenen Haufens wurde mit jedem Gastspiel erneut auf die Probe gestellt – am meisten die Disziplin und Durchsetzungskraft von Markus König.

Ihre Aufführungen der Zaubermärchen des österreichischen Dramatikers Ferdinand Raimund aus der Biedermeierzeit waren allerdings weithin bekannt und beliebt. Vor allem im Raum Wien kam es immer wieder zu Engagements des halbprofessionellen Ensembles. Es gab ein Basisrepertoire an Stücken – *Der Verschwender*, *Der Alpenkönig und der Menschenfeind*, *Der Diamant des Geisterkönigs*, oder so wie jetzt *Der Bauer als Millionär* – mit dem die Schauspieler so vertraut waren, dass man keine langen Probenzeiten einplanen musste. Im Wesentlichen wurden nur einige Änderungen an der Inszenierung vorgenommen und ein paar zusätzliche technische Tricks eingeübt. Das funktionierte meistens hervorragend und vereinfachte die Organisation.

Der Bauer als Millionär war dabei immer noch eines der populärsten Volksstücke beim Wiener Publikum. Es mochte offenbar auch in der Gegenwart diese Mischung aus überirdischem Spektakel, Besserungsstück und volkstümlicher Komik, die Raimunds Zaubermärchen ausmachte. Da war einerseits die Feenkönigin Lakrimosa in die Bredouille geraten, da sie ihre Macht nur dann wiedergewinnen sollte, wenn ihre Tochter noch vor dem 18. Geburtstag einen armen Mann zum Gemahl nahm. Da war andererseits der Bauer Fortunatus Wurzel, der dadurch zum Spielball verschiedener Mächte wurde. Zum Ziehvater von Lakrimosas Tochter Lottchen ausersehen, wurde er vom Neid reich beschenkt und quasi zum Millionär gemacht. Der Reichtum ließ ihn hochmütig werden: Nicht eher möchte er der Heirat Lottchens mit dem armen Fischer Karl zustimmen, bis er so alt und schwach war, dass er auf den Aschenmarkt* hinaus gehörte. Mit Hilfe der Lakrimosa unterstützenden Geister geschah dies auch. Glanzszene des Stücks war hierbei das berühmte Duett *Brüderlein fein*, in welchem die Jugend Wurzel trotz seiner Bitten und seines Flehens für immer verließ und dem Hohen Alter Platz machte. Am Schluss wendete sich aber alles zum Guten: Karl und Lottchen heirateten, Lakrimosa erhielt ihre Feenmacht zurück, und der bekehrte Wurzel wurde wieder zum zufriedenen und rüstigen Bauern.

König atmete tief durch. Noch ein paar Dehnübungen, dann der gewohnte Morgenlauf vor dem Frühstück. Was ihn doch wunderte, war, dass sich die Menschen auch in der heutigen Zeit mit Begeisterung ein Theaterstück ansahen, dessen Handlung auf ein genügsames Biedermeierpublikum zugeschnitten war und beim modernen Betrachter eigentlich nur ein mitleidiges Kopfschütteln auslösen dürfte. Aber es gab ja Leute, die behaupteten, der österreichische Mensch habe nie vollständig aus seiner biedermeierlichen Weltflucht und Rea-

* Vermutlich große Aschenablagerungsstätte in Wien in der Nähe des heutigen Naschmarktes, wo zur Zeit Raimunds Holzasche zur Erzeugung von Lauge verkauft wurde.

litätsferne herausgefunden. Er lebe auch in der Gegenwart stets in dem Glauben, dass sich sämtliche Probleme auch ohne sein Zutun in Wohlgefallen auflösten. Die logische Erklärung dafür sah besonders der Wiener in der Reduktion sämtlicher Zaubergeister auf einen einzigen: den wohlgefälligen Herrgott, mit dem er sich aus diesem Grund zur Sicherheit weinselig verbrüderte, wo immer sich ein Anlass dafür bot.

König konnte es recht sein. Der Kartenvorverkauf lief gut. Er schaute auf die Uhr, wie er es aus Gewohnheit alle paar Minuten tat. Zum Laufen, Duschen und Frühstücken blieb ihm noch genügend Zeit. Dann gab es eine Besprechung mit dem Techniker im Haus der Begegnung, anschließend Probe. Hoffentlich hatten seine Darsteller nur mäßig gefeiert und beherrschten ihren Text halbwegs. König hasste es, Zeit wegen Unkonzentriertheiten zu opfern, deren Grund an den roten Augen und der Fahne aus dem Mund der Betreffenden leicht erkennbar war. Und was kam am Nachmittag? Ach ja, richtig! Gespräch mit Wondratschek. Eine Kaffeehausbesitzerin wollte als Einlage bei ihrem Hausball die berühmtesten Lieder aus den Raimund-Stücken von Schauspielern seiner Truppe vorgetragen bekommen. Eine lästige Angelegenheit. Aber es war schwer, Wondratschek eine Bitte abzuschlagen. Man konnte nur Vorkehrungen treffen, dass sich die Sache wenigstens finanziell einigermaßen auszahlte.

Was stand noch in seinem Terminkalender? »Siegfried« war für die nächsten Tage mit einem großen Fragezeichen eingetragen. Es handelte sich um Siegfried Streitenberger, seinen alten Schulfreund, der nach wie vor in Floridsdorf wohnte. Er hatte König vor Weihnachten mit einer Mail alles Gute gewünscht und ein Treffen anlässlich des Gastspiels angeregt. Aber König und er hatten sich auseinandergelebt. Ihre Zusammenkünfte brachten meist Hader und Zank mit sich. Eigentlich wollte er ihn nicht sehen. Streitenberger war ein weltfremder Einzelgänger geworden, der sich aufgrund von weit hergeholten Vermutungen und Verdachtsmomenten Feindbildszenarios in seinem Kopf schuf und darauf mit wachsender Aggressivität reagierte.

Sich mit so jemandem auf ein Gespräch einzulassen, würde anstrengend werden. Und doch handelte es sich um einen früheren Freund. König würde wohl in den sauren Apfel beißen und sich mit Streitenberger verabreden müssen.

*

Thomas Korber biss mit unerwartetem Appetit in sein Schinkenbrot und löffelte dazu ein weiches Ei aus. Dazu trank er starken, wärmenden Tee – keinen Kaffee, den Christa Wohlfahrt in dieser Situation für äußerst ungeeignet hielt.

Gleich nach der Ankunft in ihrer Wohnung in der Floridsdorfer Hauptstraße hatte sie Korber zu einem Bad verdonnert. Nach anfänglichen Protesten hatte er nachgegeben. Das Badesalz und die angenehme Temperatur hatten ihre belebende Wirkung nicht verfehlt. Danach hatte sie ihn in einen Trainingsanzug gesteckt, der ihm leidlich passte. »Bei der Hose wird leider nicht mehr viel zu machen sein«, hatte sie ihm mitgeteilt. »Die anderen Sachen werde ich reinigen lassen und demnächst bei Ihnen vorbeibringen.«

»Und ich soll jetzt die ganze Zeit in diesem Trainingsgewand bleiben?«, hatte Korber gemotzt.

»Ich bringe Sie dann nach Hause. Es scheint Ihnen ja wieder bedeutend besser zu gehen. Wie Sie wissen, steht der Wagen unten in der Garage. Auf dem Weg dorthin werden Sie sich schon nicht verkühlen. Im Park vorhin waren Sie auch nicht so zimperlich.«

Korber konnte sich nicht helfen, aber je mehr er wieder bei Sinnen war, desto größere Anerkennung musste er Christa Wohlfahrt zollen. Er hatte Respekt vor ihr, tat das, was sie von ihm wollte und begehrte dabei immer weniger auf.

»Zu Hause schlafen Sie sich hoffentlich aus«, trichterte sie ihm ein. »Sie sollten auch die nächsten Tage ein wenig ruhiger angehen. Sie sind ja Lehrer und haben frei!«

Natürlich hatte sie nicht nur Korbers Namen, sondern auch seine Berufsbezeichnung in seinem Ausweis gesehen. Jetzt wusste sie schon mehr über ihn, als ihm lieb war, er hingegen so gut wie nichts über sie. »Sie sind mir noch eine Antwort schuldig«, sprach er Christa deshalb an. »Wer sind Sie wirklich? Das mit der gütigen Fee ist doch eigentlich ein Scherz, oder?«

»Eigentlich nicht«, widersprach sie ihm. »Ich leite ein kleines Unternehmen, das sich *Die Floridsdorfer Bezirksfee* nennt. Wir tun mehr oder minder das, was größere Firmen, die sich ähnlich bezeichnen, auch tun: Wir unterstützen Menschen, die das möchten, bei der Organisation ihres Haushalts. Dabei sind wir nicht bloß Reinigungskräfte, sondern bieten auch zahlreiche persönliche Dienste an: Wir helfen beim Einkauf, halten Wohnung, Haus und Garten in Schuss, wenn der Eigentümer einmal verreist ist, kümmern uns in einem solchen Fall auch um Haustiere und so weiter. Selbstverständlich leisten wir vor allem alleinstehenden und älteren Menschen auch Gesellschaft und reden mit ihnen über ihre Probleme, wenn ihnen das wichtig erscheint. Wie Sie sehen, können unsere Kunden sehr viel von uns haben. Allerdings sind wir keine karitative Organisation. Für Behinderte, Süchtige, Obdachlose und so weiter sind andere Institutionen zuständig. Aber so kleine Problemfälle wie Sie passen durchaus in unser Konzept.«

Korber zog eine Augenbraue hoch. »Wenn ich Sie richtig verstehe, verlangen Sie Geld für Ihre Aktivitäten?«

Christa nickte eifrig. »Natürlich! Wie gesagt, bekommt man für den Betrag jedoch einiges geboten. Unser Preis- Leistungsverhältnis ist ausgezeichnet.«

»Heißt das, dass Sie mir beim Aussteigen einen Zahlschein in die Hand drücken und mich um Begleichung Ihrer heutigen Unkosten bitten werden?«

Jetzt musste Christa Wohlfahrt lachen. »Nein, da brauchen Sie sich selbstverständlich keine Sorgen zu machen. Im Augenblick sind Sie mein Hobby.«

»Wie meinen Sie das konkret?«, wollte Korber ein wenig verdattert wissen.

»Ich habe einmal gehört, dass die meisten Menschen in den Stunden vor dem Morgengrauen sterben«, antwortete Christa. »Seitdem gehe ich, besonders in der kalten Jahreszeit und an kritischen Tagen wie zu Weihnachten oder Neujahr, zeitig hinaus und drehe meine Runden. Sie sind nicht der Erste, den ich dabei aufgeklaubt habe. Die meisten sind keine hoffnungslosen Fälle, aber ein wenig labil wie Sie. Sie testen quasi, wie weit sie sich dem Abgrund nähern können, ohne dass sie hinunterfallen. Irgendwie ist es zu einer Leidenschaft von mir geworden, zu versuchen, diesen Menschen wieder mehr Halt zu geben. Man nennt mich deshalb auch die ›gütige Fee‹.«

»Und was haben Sie jetzt mit mir vor? Bin ich so eine Art Testperson für Sie, an der Sie verschiedene Methoden ausprobieren wollen? Dabei spiele ich nicht mit, das sage ich Ihnen gleich«, entrüstete sich Korber.

Christa seufzte. »Ich habe keinerlei Anlass, auch nur irgendetwas zu testen. Es reagieren sowieso alle ziemlich gleich. Wenn sie das Gefühl haben, es geht ihnen besser, werden sie aggressiv so wie Sie gerade, weil sie Angst haben, dass man sich in ihr Leben einmischt. Dabei ist alles halb so wild. Ich bringe Sie, wie gesagt, nach Hause. Wenn Sie Ihre Ruhe vor mir haben wollen, müssen Sie nur eins tun: sich gleich wieder betrinken. Ich komme nämlich am Abend noch einmal vorbei und schaue, wie es Ihnen geht. Sind Sie besoffen, hat sich mein Engagement erledigt. Dann bringe ich Ihnen in den nächsten Tagen Ihr Gewand, und das war's.«

»Und wenn ... nicht?«, kam es vorsichtig aus Korbers Mund.

»Würden Sie mir Ihre Telefonnummer geben?«

»Das ... ja, das ginge!«

»Wir würden in Kontakt bleiben. Ich würde zunächst noch jeden Tag einmal kurz bei Ihnen vorbeischauen, später ab und zu, wenn es notwendig ist. Ich würde ein bisschen mithelfen, dass Sie gut mit sich zurechtkommen. Und ich würde warten.«

Das irritierte Korber nun wieder. »Worauf?«, wollte er wissen.

»Auf Ihre Geschichte. Wie es so weit gekommen ist. Irgendwann erzählt mir jeder seine Geschichte.«

KAPITEL 3

Montag, 4. Jänner

Seitdem das Café *Heller* durch Errichtung einer kleinen Bühne und ein paar sonstige unterstützende Maßnahmen zu einem Kaffeehaus umgebaut worden war, in dem auch kulturelle Veranstaltungen ihren Platz hatten, träumte Leopold manchmal einen schlimmen Traum: Er wollte seinen Dienst antreten, doch nichts war mehr wie früher, alles stand auf einem anderen Platz: die Billard- und Kartentische, die Garderobeständer, die Zeitungsablage und sogar der Kasten mit seiner Geheimlade, in der er wichtige persönliche Dinge aufbewahrte. Völlig fremde Menschen saßen an ihren schummrig beleuchteten Plätzen wie Wachsfiguren. Aus den Lautsprechern ertönte eine wilde grauenhafte Musik. Plötzlich fingen alle zu tanzen an, immer wilder, immer ekstatischer, und kreisten ihn ein, sodass ihm schließlich das Silbertablett mit der Kaffeeschale und dem Wasserglas aus der Hand rutschte, alles zu Boden fiel und in tausend Scherben zerbrach. Dann wachte er schweißgebadet auf. Erst nachdem er sich überzeugt hatte, dass die Katastrophe nicht eingetreten war, atmete er wieder ruhiger und schlief entspannt ein.

Natürlich hatte er sich auch vor seinem ersten Arbeitstag im neuen Jahr entsprechende Sorgen gemacht. Da steckte das Wort »neu« ja schon im Namen drin. Doch nach einem ersten morgendlichen Blick in die Runde war er erleichtert: Die Dinge standen dort, wo sie sein sollten, und die meisten Gesichter der ersten Gäste kannte er auch. Nur ein ihm fremd scheinender Herr trommelte nervös mit den Fingern auf der Marmortischplatte herum. Den lass ich noch ein bisschen warten, dachte Leopold. Der ist neu und soll sich einmal im Lokal umschauen, damit er sich zurechtfindet.

So nahm er zunächst einmal von allen Stammgästen die Bestellungen entgegen. Für ein Kaffeehaus wie das *Heller* war es nämlich ganz wichtig, dass man die Stammgäste verwöhnte und ihnen jeden Wunsch von den Augen ablas. Sie waren die Basis, auf der man Jahr für Jahr neu aufbauen konnte. Die Laufkundschaft verlief sich wieder, war einmal da und dann wieder dort. Und allzu viele, die das *Heller* nicht kannten, liefen auch nicht hinein. Man musste ihnen gleich von Anfang an deutlich machen, dass sie erst wenn sie öfters kamen, mit einer bevorzugten Bedienung rechnen konnten.

Der Herr trommelte lauter. Vorsichtig pirschte Leopold sich heran.

»Na endlich«, gab der Gast einen Stoßseufzer von sich. »Wird aber auch schon höchste Zeit! Wenn ich meine Geduld auf die Probe stellen will, dann gehe ich auf ein Amt und stelle einen Antrag. Aber im Kaffeehaus möchte ich rasch bedient werden. Bring mir bitte eine Melange wie immer – du weißt schon – und dazu ein Butterkipferl.« Dabei blitzten seine Augen erwartungsvoll.

Die Duzerei von Seiten eines Fremden behagte Leopold gar nicht. »Melange wie immer? Was soll das denn heißen, bitteschön?«, fragte er herausfordernd.

»Reiz mich nicht, indem du dich dumm stellst, Leopold«, erwiderte der Mann genervt. »Bring mir den Kaffee nicht zu heiß und nicht zu kalt, auf jeden Fall mit viel Schaum – wie immer!«

Jetzt fiel es Leopold wie Schuppen von den Augen, und er konnte nur hoffen, dass die Röte, die sein Gesicht überzog, in dem fahlen Kaffeehauslicht unbemerkt blieb. »Verzeihen Sie, Herr Jungwirth«, murmelte er devot. »Ich hab Sie auf den ersten Blick nicht gleich erkannt. Melange und Kipferl kommen sofort.«

So etwas war Leopold in seiner langen Dienstzeit wirklich noch nicht passiert: Er hatte einen Stammgast für eine zufällig hereingeschneite Laufkundschaft angeschaut und somit einen der fatalsten Fehler begangen, der einem Kaffeehausober passieren konnte. Zu seiner Entschuldigung konnte er anführen, dass sich Andreas Jungwirth einige Wochen nicht hatte blicken lassen. In der Zwischenzeit hatte sich sein Aussehen merkwürdig verändert. Die grauen schon ein wenig schütteren Haare waren jetzt rabenschwarz, dicht und gelockt, das bereits leicht zerfurchte Gesicht schien geglättet und wurde von einer fetzigen Sonnenbrille geziert. Statt des üblichen unauffälligen Dienstanzugs trug er ein bunt gemustertes Hemd unter einer modischen Weste. Der Jungwirth von heute war nicht mehr der Jungwirth von einst.

»Nun, das macht nichts«, lächelte Jungwirth geschmeichelt. »Ich habe in letzter Zeit erfolgreich versucht, meinen Alterungsprozess aufzuhalten. Anti-Aging, verstehst du?«

Leopold tat zunächst einmal so, als verstehe er überhaupt nichts. Als er mit der wohltemperierten Melange zurückkam, weihte ihn Jungwirth deshalb in sein Geheimnis ein: »Unsere Lebenserwartung steigt, Leopold, das heißt, wir werden alle älter. Das bedeutet aber auch, dass wir uns fit halten müssen, um die Qualität der zusätzlichen Jahre, die uns gegönnt sind, zu erhöhen. Und natürlich gilt es, mehr Wert denn je auf unser Aussehen zu legen. Jeder will schöne Menschen sehen und keine hässlichen. Also müssen wir etwas tun!«

»Ich sehe schon, was Sie meinen. Die Haar' sind g'färbt, und einen kleinen Anwachs haben Sie sich auch einsetzen lassen«, konstatierte Leopold fachmännisch.

Jungwirth war diese Feststellung sichtlich unangenehm. »Vereinfacht ausgedrückt, ja«, spielte er die Sache ein wenig herunter. »Aber das ist natürlich nur ein Tropfen auf dem heißen Stein. Man muss wieder mehr auf sich schauen, sich entsprechend pflegen. Es gibt wunderbare Cremes, die die

Haut wieder glatt und geschmeidig machen, und modische Kleidung ist auch nicht nur für die Jugend da. Oberstes Ziel ist es, sich geistig und körperlich fit zu halten. Ich gehe dreimal in der Woche ins Fitness-Studio!«

»Sind Sie leicht schon in der Pension, dass Sie so viel Zeit haben?«, erkundigte Leopold sich.

Beinahe wäre Jungwirth aufgestanden und hätte ihm den Mund zugehalten. »Bist du denn wahnsinnig, Leopold?«, ereiferte er sich. »Nicht so laut! Ich tue alles Mögliche, um mir ein jugendliches Image zu erhalten, und du verkündest jedem, der es hören will, dass ich zum alten Eisen gehöre!«

»Das war doch nicht so gemeint«, entschuldigte sich Leopold. »Wie soll ich wissen, dass Sie hierher gekommen sind, um sich ein junges Pupperl anzulachen?«

»Jetzt reicht's, Leopold! Nimm dir nur ja nicht zu viel heraus! Das eine hat mit dem anderen nichts zu tun. Ich bin glücklich verheiratet«, wies Jungwirth ihn zurecht.

Ist eine gute Ausrede, aber sicher kein Hindernis, dachte Leopold, behielt es aber vorsichtshalber für sich. »Ich bin hier, um Karten für euer Gschnas zu erwerben«, teilte Jungwirth ihm mit. »Ist die Chefin nicht da?«

»Sie wird gleich kommen«, versicherte Leopold.

»Die Frau Heller ist ja ein Engel«, schwärmte Jungwirth. »Was täten wir ohne sie und ihr Engagement? Nach dem Eklat letztes Jahr beim *Wildner* sind wir so froh, dass sie heuer einen Kostümball macht.«

»Von welchem Eklat sprechen Sie?«, wurde Leopold neugierig.

»Eigentlich sollte ich dir ja zur Strafe für dein ungebührliches Verhalten nichts darüber erzählen. Du hast ein Glück, dass ich heute so gut aufgelegt bin«, erklärte Jungwirth. »In den letzten Jahren haben sich meine Freunde und ich immer zum Kostümball beim *Wildner* in der Leopoldau getroffen. Wir waren eine ganze Partie. Im Vorjahr hat er dann plötzlich, ohne uns zu verständigen oder auch nur darauf aufmerksam zu machen, die Preise für Speisen und Getränke bei dieser Veranstaltung drastisch erhöht. Uns ist buchstäblich jeder Bissen und jeder Schluck, den wir gemacht haben, im Hals stecken geblieben. Einige haben sich lauthals über diesen Nepp beschwert – mit dem Erfolg, dass sie von den Kellnern kaum noch bedient worden sind. Daraufhin hat der Rainer Kerschbaumer mit dem Wildner angedreht. Beide haben sich gegenseitig aufs Ordinärste beschimpft, gerade dass sie nicht aufeinander losgegangen sind und sich geprügelt haben. Du wirst dir denken können, dass das unser letzter Ball beim *Wildner* war.« Jungwirth rührte in seinem Kaffee um, legte den Löffel auf die Untertasse und machte zwei Schlucke. »Soviel ich weiß, hat es sogar einige Klagen gegeben«, fuhr er dann fort. »Und der Kerschbaumer hat dem Wildner alle möglichen Kontrollorgane auf den Hals gehetzt. Einmal haben sie sogar das ganze Lokal ausgemessen, ob der Raucherbereich nicht zu groß ist. Geschenkt haben die sich nichts.«

Und weil sie dort gestritten haben, gibt es heuer bei uns diesen blöden Hausball, dachte Leopold, mit dem Schicksal hadernd. Schon hörte er es auch von Jungwirth: »Wir haben nachher geschaut, ob wir ein für die Veranstaltung geeignetes Lokal zu gediegeneren Preisen finden. Dem Kerschbaumer ist auf einmal das *Heller* eingefallen. Er hat mit deiner Chefin gesprochen, die war von der Idee mit einem Gschnas begeistert, und abgemacht war die Sache. Somit hat sich für uns wieder alles zum Guten gewendet. Wir sind Frau Heller sehr dankbar. Natürlich werden wir zahlreich kommen und ein bisschen Leben in die Bude bringen!«

»Wenn ich Sie dann wieder nicht erkenne, dürfen Sie mir aber nicht böse sein«, bemerkte Leopold mit ein wenig Sarkasmus. »Es sind ja alle verkleidet.«

Jungwirth lachte nur und machte eine wegwerfende Handbewegung. »Das ist schon in Ordnung«, räumte er ein. »Das wird nämlich unser Hauptmotto für den Ball sein: dass vor Mitternacht bei jedem großes Rätselraten herrscht, wer die anderen sind!«

*

»Der Vorverkauf läuft ausgezeichnet«, frohlockte Frau Heller, nachdem sie Jungwirth zwei Karten verkauft hatte. »Das mit dem Hausball war eine glänzende Idee! Einerseits bringt er einen Teil der *Wildner*-Clique zu uns ins Kaffeehaus, andererseits bieten wir unseren Stammgästen ein neues Event!« Sie sprach das letzte Wort genüsslich mit einem stark aspirierten ›F‹ aus.

»Wir haben bisher auch ohne Ball ganz gut überlebt«, brummte Leopold. Er lehnte an der Theke wie immer, wenn das Geschäft ein wenig nachließ und er auf neue Gäste wartete.

»Zwischen bloßem Überleben und einem sorgenfreien Dasein besteht ein gewaltiger Unterschied«, machte Frau Heller ihn aufmerksam. »Die Zeiten werden nicht besser. Von unserem normalen täglichen Betrieb können wir uns nicht viel abschneiden. Da braucht es solche Effents, um den erforderlichen finanziellen Polster zu schaffen.«

»Ja aber muss es denn unbedingt ein Kostümball sein?«, fragte Leopold besorgt. »Wenn die Leute einmal auf die Idee kommen, sich zu verkleiden wie etwa am Faschingsdienstag, sind sie meist an Hässlichkeit nicht mehr zu überbieten: überlange Nasen, schwarz angemalte Zähne, Masken aus einem Zombiefilm, Männer mit Haaren auf den Waden, die im Dirndl herumlaufen und sich dazu noch einen Busen ausstopfen – einen solchen Anblick soll ich den ganzen Abend lang aushalten?«

»Bitte vergleichen Sie unsere Ballgäste nicht mit dem ordinären Volk«, mahnte ihn Frau Heller. »Außerdem steht auf allen Plakaten: ›Niveauvolle Verkleidung erbeten. Unkenntlichkeit bis Mitternacht erwünscht.‹ Das wird überhaupt der Gag, dass die Leute einander nicht gleich erkennen. Ich habe auch alles so organisiert. Pro Person werden nicht mehr als zwei Karten ausgegeben, es gibt keine namentliche Reservierung, nur Sitzplatznummern. Dadurch sollten die meisten Leute, außer vielleicht ihrem engsten Bekanntenkreis gegenüber, inkognito bleiben. Ist das nicht herrlich? Männer und Frauen werden miteinander tanzen und flirten, ohne genau zu wissen, wen sie vor sich haben. Dann die Demaskierung um Mitternacht! Ich kann schon jetzt förmlich die Überraschung in den Gesichtern sehen.«

»Auf solche Überraschungen kann ich verzichten«, blieb Leopold skeptisch. »Die sind höchstens der Auslöser für einen handfesten Wickel. Und das Abkassieren wird eine eigene Wissenschaft. Wenn ich noch bedenke, dass etliche Gäste angeblich deshalb zu uns kommen, weil sie sich beim *Wildner* übervorteilt gefühlt haben, kann ich mir schon vorstellen, wie sehr sie sich hinter ihrer Maske verstecken werden, wenn's ums Zahlen geht.«

»Ich weiß nicht, was Sie schon wieder haben, Leopold! An allem haben Sie etwas auszusetzen. Das hat Ihnen Ihre Lebensgefährtin, die Frau Haller, auch noch nicht abgewöhnen können, obwohl sie sonst ein sehr sympathischer Mensch ist. Glauben Sie mir, es wird alles ablaufen wie am Schnürchen. Sie haben ja den Herrn Waldbauer als Unterstützung.«

»Na danke! Der wird mir eine große Hilfe sein!«

»Worauf Sie sich verlassen können! Wir sind schließlich auch noch da, und unsere Tochter Doris kommt extra übers Wochenende aus Graz hierher, um mit Hand anzulegen.«

»Trotzdem sind solche Masken nichts weiter als durch den überbewerteten Brauch des Faschings geförderte Vermummungen. Ich möchte ja nicht schon wieder den Teufel an die Wand malen, aber wenn Sie alles logisch durchdenken, dann …«

Jetzt durchbohrte Frau Heller ihren Oberkellner mit ihrem Blick. »Bitte fangen Sie mir unter keinen Umständen mit Ihren Verbrechen an«, schnappte sie. »Davon will ich heute kein Wort hören.«

»Ja aber sind Sie sich denn der ungeahnten Möglichkeiten nicht bewusst, die sich für jemanden ergeben, der in verbrecherischer Absicht zu diesem Ball kommt?«, ließ sich Leopold nicht beirren. »Da wird einer Gewalttat Tür und Tor geöffnet. Alle verkleidet, maskiert, die Mordwaffe fein säuberlich unterm Kostüm versteckt. Das Opfer spürt dann nur plötzlich den kalten Stahl zwischen den Rippen. Und die Situation ist so unübersichtlich, dass man den Täter weder kennt noch erwischt noch die Tat ausreichend beobachtet hat, um darüber entsprechende Auskunft zu geben. Sie werden schon sehen!«

»Sie sind wirklich unmöglich! Aber Gott sei Dank ändert das nichts daran, dass uns ein vergnüglicher Abend bevorsteht, der allen Teilnehmern noch lang im Gedächtnis bleiben wird. Auch an qualitativ hochwertigen künstlerischen Darbietungen wird es nicht fehlen. Herr Wondratschek hat uns ja die *Alpengeister* vermittelt, die uns einen Einblick in Raimunds märchenhafte Zauberwelt gewähren werden«, geriet Frau Heller ins Schwärmen.

Leopold rümpfte nur kurz die Nase und bemerkte: »Das wird sich leider nicht verhindern lassen!«

»Und es wird einen weiteren Höhepunkt auf dem Ball geben!« Frau Heller wartete einige Augenblicke, dann ließ sie die Katze aus dem Sack: »Herr Wondratschek hat es mir soeben telefonisch mitgeteilt. Ein Zauberer wird auftreten und dem Effent die Krone aufsetzen.«

Leopold hob die Augenbrauen. »Ein Zauberer? Ist das Ihr Ernst?«, fragte er nur.

»Natürlich! Das wird ein magischer Moment der Extraklasse«, gab sie zurück.

»Dann kann ich nur für Sie hoffen, dass alles gut geht«, warnte Leopold. »Magie, Zauberei, Tarnen und Täuschen, von Ihnen organisiert und bereitwillig zur Verfügung gestellt – wenn sich das wirklich jemand für ein Verbrechen zunutze macht, leisten Sie glatte Beihilfe zum Mord!«

*

Rainer Kerschbaumer nippte an seinem Glas, studierte die Zeitung, fuhrwerkte lustlos mit dem Essbesteck auf seinem Teller herum. Dabei sprach er kein Wort. Alles war eine einzige stille Demonstration seiner schlechten Laune. Geduldig wartete er auf den Augenblick, wo ihn seine Frau auf sein Gehaben aufmerksam machen würde.

Erst dann wollte er sprechen. »Was hast du denn schon wieder?«, wandte sich Margarete Kerschbaumer schließlich gereizt an ihn. »Du quietschst, schlürfst und raschelst in einem fort. Es ist nicht auszuhalten!«

»Wenn dich meine Geräusche stören, kann ich dir nur mitteilen: Ich habe nicht jeden Tag dieselbe Kontrolle darüber«, stellte Kerschbaumer lakonisch fest. Dabei versuchte er, mit seiner Zunge ein Stück Fleisch zwischen seinen Zähnen zu entfernen.

»Ich muss mir das nicht anhören. Ich kann auch in der Küche fertig essen!«

»Du bleibst!«

»Dann sag endlich, was du hast.«

»Kannst du dir das nicht denken?«

»Ach Gott, bist du wieder stur!« Margarete schüttelte ihr mattblondes Haar durch, so dass es sich kurz hob und dann wieder in die gewohnte Fasson zurückfiel. Danach leerte sie ihr Glas in einem Zug. Er mochte es nicht, wenn sie trank. Deshalb trank sie jetzt. Und sie trank immer mehr.

»Lass das!«

»Was?«

»Das Trinken!«

Margarete warf ihm einen verächtlichen Blick zu und schenkte sich das Glas wieder voll.

»Warum ist Gabriele nicht hier?«, fragte Kerschbaumer schließlich mit schneidender Stimme. »Warum hast du sie schon wieder gehen lassen?«

»Sie ist kein kleines Kind mehr. Sie ist 19. Sie kann tun und lassen, was sie will.«

»Sie kann *nicht* tun, was sie will.« Kerschbaumer schlug mit der Faust auf den Tisch. Seine Wutanfälle kamen plötzlich, ohne Vorankündigung. »Arbeitet sie etwa? Verdient sie ihr eigenes Geld? Hat sie eine Wohnung? Oder lebt sie bei ihren Eltern und hat sich an gewisse Spielregeln zu halten?«

Margarete ließ sich nicht beirren, trank weiter. »Ich denke, in diesem Alter sind du und ich auch schon fortgegangen«, bemerkte sie nur.

»Aber wir sind wieder nach Hause gekommen und haben in unserem eigenen Bett geschlafen. Das ist ein großer Unterschied.«

»Darum geht es dir nicht. Es würde dich genauso stören, wenn sie um ein Uhr früh zur Tür hereinkäme, und du wüsstest, sie hat wieder mit Roland gebumst.«

»Dieser Nichtsnutz! Dieser Abschaum! Ich werde Gabriele zur Rede stellen! Ich hatte gehofft, ich hätte mich vorgestern klar ausgedrückt. Entweder sie macht mit dem Kerl sofort Schluss oder sie kann etwas erleben.«

»Und du glaubst, solche wilden Drohungen ziehen bei ihr? Was willst du tun? Du kannst sie nicht hinauswerfen. Als Vater hast du immer noch deine Pflichten, solange sie studiert.«

Die Debatte nahm jetzt beinahe denselben Verlauf wie zu Silvester, nur dass Gabriele nicht dabei war. Sie hatte sich damals wütend in ihrem Zimmer eingeschlossen und war bis zum Morgen nicht mehr herausgekommen, weil ihr Vater sie mehr oder minder gezwungen hatte, den Jahreswechsel ohne ihren Freund Roland im elterlichen Haus zu feiern.

Kerschbaumer wirkte plötzlich wieder ganz ruhig. Er kratzte die letzten Essensreste auf seine Gabel. »Wahrscheinlich hast du recht«, erwiderte er sarkastisch. »Wahrscheinlich ist es besser, Gabriele mit etwas zu überzeugen, was sie vielleicht von mir bekommt, als ihr mit etwas zu drohen, was ich ihr eh nicht tun darf. Ich hatte vor, ihr zum 20. Geburtstag einen Teil ihres Erbes auszuzahlen. Daraus wird wohl nichts, wenn sie sich weiter so verhält. Auch ein Testament kann man jederzeit ändern. Vielleicht gerät sie doch ein bisschen nach mir. Dann lässt sie sich das Geld nicht so einfach wegnehmen.«

Er wischte sich den Mund sorgfältig mit der Serviette ab. »Und es gibt noch eine Möglichkeit«, fügte er dann hinzu. »Ich werde mir den Burschen einmal vornehmen, ihm die Aussichtslosigkeit seiner Absichten drastisch vor Augen führen. Wenn er merkt, dass er keine Chance hat, verzieht er sich vielleicht. Es laufen ja noch genügend andere Mädchen herum.«

»Ach wie klug du heute wieder bist!« Erneut schenkte sich Margarete ihr Glas voll. Dabei zeigte sie keine Lust, mit ihrem Mann weiter über dieses Thema zu reden. Kerschbaumer schien seinerseits nicht vorzuhaben, ihr länger beim Trinken zuzusehen. Er kannte ihre Launen zur Genüge. Es widerte ihn an, wenn sie langsam die Beherrschung über sich verlor. »Ich gehe jetzt«, teilte er ihr schroff mit. Margarete wusste, was das bedeutete. Rainer machte sich auf den Weg zu einer anderen Frau. Es war ihr egal. Der Alkohol würde sie darüber hinwegtrösten.

Das Einzige, was ihr nicht egal war, war Gabrieles Zukunft. Sie würde um ihr Wohl kämpfen. Und Rainer hatte in dieser Hinsicht weniger zu reden, als er dachte.

Gabriele war nämlich gar nicht seine Tochter. Sein Psychoterror war also völlig ungerechtfertigt. Je tiefer sie in ihr Glas blickte, desto mehr wuchs in Margarete die Überzeugung, dass sie Gabrieles Beziehung zu Roland retten musste. Dazu war ihr praktisch jedes Mittel recht.

KAPITEL 4

Montag, 4. Jänner abends

Markus König betrat das *Heller* und ließ dabei seinen Blick neugierig in alle Richtungen schweifen. Hier also sollte er mit einigen Mitgliedern seines Ensembles anlässlich eines Gschnasfestes nach der Aufführung im Haus der Begegnung noch etwas zum Besten geben. Das Kaffeehaus sah praktisch genauso aus, wie er es in Erinnerung hatte. Rechts hinten stand jetzt eine kleine Bühne, aber sonst? Zwei Billardtische, von denen einer gerade benützt wurde, dahinter zwei Kartenpartien, zwei ältere Herren spielten Schach. Vorne, neben der Theke, unterhielten sich die Leute im gedämpften Plauderton oder lasen Zeitung. Alles wie eh und je.

Das Lokal war groß, doch ob es bei dem Kostümball nicht zu klein werden würde? Wahrscheinlich waren mehr Karten aufgelegt worden, als man mit gutem Gewissen verkaufen konnte. Das war immer so, weshalb sollte es hier anders sein? Die Luft würde zum Schneiden sein, egal, ob die Leute rauchen durften oder nicht, ein Gutteil der Gäste war gegen Mitternacht sicher bereits illuminiert oder gar betrunken. Irgendein Zauberer war angeblich auch noch engagiert worden. Für König bedeutete das: Nach der eigentlichen Arbeit standen noch anstrengende Überstunden bevor, bei denen unangenehme Zwischenfälle nicht ausgeschlossen werden konnten. Er bereute bereits, dass er sich zu dem Auftritt hatte überreden lassen.

»Haben der Herr einen Wunsch?«, riss ihn Leopold aus seinen Gedanken.

»Einen Früchtetee bitte!« König fuhr sich mit der Hand

durchs Haar und besann sich auf den eigentlichen Grund, warum er hier war: das Treffen mit Siegfried Streitenberger. Auch hier hatte er ein ungutes Gefühl. Er hatte nach wie vor kein Wort mit Streitenberger gewechselt, die Vereinbarung des Treffpunkts war mittels zweier knapper E-Mails erfolgt:

›Treffpunkt morgen 19.30 Uhr Café Heller okay? LG Markus.‹

›Von mir aus. Siegfried.‹

Je eher König die Sache hinter sich brachte, desto besser. Ausweichen konnte er ihr offensichtlich nicht. Bedächtig schlürfte er den heißen Tee, der ihm bei der Kälte gut tat, bestellte einen zweiten. Aber Streitenberger tauchte nicht auf. Markus König wartete vergebens.

Er rief Leopold zu sich: »Hat vielleicht ein Herr bei Ihnen angerufen? Dass er später kommt oder verhindert ist? Er sollte sich jetzt nämlich hier mit mir treffen.«

Leopold schaute König bedauernd und zugleich neugierig an. »Davon weiß ich nichts. Um welchen Herrn handelt es sich denn?«, erkundigte er sich.

»Um Herrn Streitenberger. Kennen Sie ihn vielleicht?«

»Um Gottes willen! Auf den brauchen S' ned warten«, entfuhr es Leopold. »Er hat gesagt, er kommt hierher? Das kann ich fast nicht glauben.«

»So direkt gesagt nicht. Wir haben uns ein paar Mails geschickt, das war alles. Aber es hat nicht so ausgesehen, als ob er sich nicht auskennen würde.«

»Ach so! Aha«, nickte Leopold ein wenig unsicher. Was E-Mails oder andere Dinge am Computer betraf, war er immer noch ziemlich unbeholfen. »Wie auch immer, ich denke, große Hoffnungen brauchen Sie sich keine zu machen. Kennen Sie Herrn Streitenberger persönlich?«

»Von früher, aus unserer Schulzeit«, antwortete König. »Aber das ist schon lang her. Seither haben wir uns kaum gesehen, die letzten Jahre überhaupt nicht mehr.«

»Dann wissen Sie also nicht, wie er sich entwickelt hat? Ach, es ist schlimm mit ihm geworden! Er geht kaum noch irgendwohin, und wenn, dann nur, um sich mit den Leuten zu streiten. Ein ordentlicher Wickel ist ihm das Liebste. Bei uns hat er sich auch wiederholt mit anderen Gästen angelegt. Irgendwann ist es dem Chef dann zu bunt geworden, und er hat ihn hinausgeworfen.« Leopold beugte sich vertraulich zu König hinunter: »Er hat ihm zwar deutlich gemacht, dass er sich nicht mehr bei uns blicken lassen soll, aber wenn er sich bessern und entschuldigen würde, dürfte er sicher wieder in unser Kaffeehaus herein. Allerdings meidet Herr Streitenberger, soviel ich weiß, in letzter Zeit sowieso alles, wo Menschen sind.«

König war nachdenklich geworden. »Das ist eigentlich sehr traurig«, stellte er fest. »Komisch, dass er dann meinen Vorschlag, uns hier zu treffen, angenommen hat.«

»Wahrscheinlich wird er immer unberechenbarer«, argwöhnte Leopold. »Ich vermute, dass er schon manchmal das Bedürfnis hat, jemanden zu sehen, aber dann vergeht es ihm wieder. Es ist so, wie ich immer sage: Man kann halt in einen Menschen nicht hineinschauen.«

Seltsam, wunderte sich König. Was sollte er bloß von der Sache halten? Er war zwar keineswegs erpicht darauf, Streitenberger zu treffen, doch war es ihm ein Bedürfnis, die Angelegenheit noch an diesem Abend hinter sich zu bringen. Da fiel ihm ein, dass Streitenbergers Adresse früher nicht weit vom Café *Heller* entfernt gewesen war. »Wohnt er noch immer in der Ostmarkgasse?«, erkundigte er sich.

»Ich denke schon«, gab Leopold Auskunft. »Aber dort würde ich nicht hingehen. Wer weiß, ist er überhaupt zu Hause. Man erzählt sich, dass Streitenberger abends oft stundenlang allein durch die Straßen streicht. Den Leuten ist er richtig unheimlich geworden. So weicht er ihnen aus, und sie laufen vor ihm davon. Eine bedenkliche Entwicklung.«

Gut, dann eben nicht, dachte König. Er zahlte seine beiden Tees und verließ das *Heller*, in das er früh genug mit seinem kleinen Gastspiel zurückkehren würde. Draußen lag zwar kein Schnee, aber es wehte ein eisiger Wind, der ihn auf dem Weg zum Auto seinen Mantelkragen aufstellen ließ. Jetzt, nach dem Jahreswechsel, war es zum ersten Mal in diesem Winter richtig kalt geworden.

Zu spät bemerkte er, wie sich aus einem Hauseingang eine Gestalt auf ihn stürzte, ihn bei den Schultern packte und gegen die Mauer drückte. »Hab ich dich«, stieß der Angreifer zwischen seinen ungepflegten grauen Zähnen hervor.

*

»Loslassen«, schrie König, befreite sich gleichzeitig mit einem schnellen Griff und packte sein Gegenüber mit der linken Hand an der Gurgel. Mit seiner Rechten versetzte er ihm einen Faustschlag in die Magengrube, sodass der Angreifer in die Knie ging. König zog ihn wieder hoch. »Und jetzt sagst du mir, was du von mir willst. Na, wird's bald?«, forderte er, ein wenig außer Atem.

Er schaute in ein fahles, mit Bartstoppeln übersätes Gesicht. Die grauen Haare standen unfrisiert zu Berge, die Augen flackerten nervös und angriffslustig. Der Mund verzog sich zu einem verkrampften Grinsen, das erneut die hässlichen Zähne freilegte. »Mein Gott, Siegfried«, erkannte König jetzt, wen er vor sich hatte.

»Geht man so mit einem Freund um?«, zischte Streitenberger.

»Das fragst gerade du? Du hast mir aufgelauert und mich angegriffen«, erwiderte König erbost.

»Ich konnte nicht anders. Du warst in dieser Spelunke, zu der mir der Eintritt verwehrt ist«, verteidigte sich Streitenberger.

»Wenn du mir etwas darüber mitgeteilt hättest, hätten wir uns eben woanders getroffen.«

»Merk dir eins: Ich tue, was ich will, und ich brauche mich bei niemandem dafür zu rechtfertigen. Ich erwische die Leute schon, wenn mir danach ist. Komm, lass uns ein Stück gemeinsam gehen. Die Nacht ist noch jung.« Streitenberger schnalzte mit der Zunge und deutete König mit dem Kopf.

Der protestierte: »Siegfried, es ist saukalt und es bläst ein eisiger Wind!«

Sofort wies ihn Streitenberger mit seiner rauen Stimme zurecht: »Dir ist nur kalt, weil es in deinem Inneren kalt ist. Du wirst sowieso einmal erfrieren, weil du dich der Kühle der Welt angepasst hast. Ich spüre eine Hitze in mir. Ich brauche die frische Luft, wenn ich mich zu sehr aufgerieben habe.«

König fügte sich und ging schweigend mit ihm mit. Offenbar war Streitenberger jetzt total verrückt geworden. Was wollte er von ihm? Vor allem, wie wurde er ihn am besten wieder los?

»Ist dir jemand gefolgt?« Streitenbergers Frage riss König aus seinen Gedanken.

»Spinnst du? Wer soll mir gefolgt sein?«

»Das kann man nie so genau wissen.« Noch einmal deutete Streitenberger mit dem Kopf, diesmal nach rechts. Sie bogen von der Schloßhofer Straße in die ruhige Bentheimstraße ab. Außer ihnen war niemand unterwegs. »Ich liebe die Einsamkeit und die Stille«, erklärte Streitenberger. »Da stört mich niemand, und ich kann klare Gedanken fassen. Jetzt ist die beste Zeit, um spazieren zu gehen. Du solltest es öfter einmal ausprobieren.«

»Wenn du etwas von mir willst, dann sag es«, wurde es König allmählich zu bunt. »Sonst gehe ich. Ich bin nicht so wie du. Ich möchte nach Hause!«

»Aber, aber! Wer wird denn so ungeduldig sein?«, kostete Streitenberger die Situation aus. »Du wolltest mich ja sehen. Also nimm dir auch die Zeit.« Er marschierte flott dahin, sodass König Mühe hatte, Schritt mit ihm zu halten. Plötzlich blieb er stehen. »Erzähl mir über Gisi«, befahl er.

»Welche Gisi?«

»Stell dich nicht dumm! Gisela Roithner, eine von deinen Schauspielerinnen!«

»Ach, Gisela meinst du!« König griff sich an den Kopf. »Was soll ich dir denn über sie erzählen?«

»Alles! Wie geht es ihr? Wie sieht sie aus? Was hat sie in den letzten Jahren gemacht?«

König spürte den Wind und die aufdringliche Nähe Streitenbergers, der gerade so weit von ihm entfernt war, dass sich ihre Gesichter nicht berührten. »Du meinst, ich habe die Lebensläufe aller meiner Ensemblemitglieder im Kopf?«, wich er aus.

»Wie sieht sie aus, verdammt noch einmal?«

König spürte den fauligen Atem seines Gegenübers. »Sie war früher offenbar sehr schön«, war das Einzige, was ihm einfiel. »Man sieht es immer noch.«

»Sie war wunderschön! Die schönste Frau, der ich je begegnet bin«, geriet Streitenberger ins Schwärmen. »Trägt sie das Haar immer noch schulterlang und offen?«

Streitenberger musste in diese Frau einmal sehr verliebt gewesen sein. Doch König hatte keine Lust, sich von seinen Sentimentalitäten bombardieren zu lassen. »Wenn du mehr über Gisela Roithner wissen willst, komm zu einer unserer Proben oder Aufführungen«, reagierte er barsch. »Da kannst du dich nachher eingehend mit ihr unterhalten.«

Sofort war Streitenberger eingeschnappt. »Du willst mir also gar nichts sagen? Hüllst dich in Schweigen? Das ist erbärmlich von dir«, fuhr er König an. »Ich möchte nachts, wenn ich meine Runden drehe, an sie denken. Dazu brauche ich ein aktuelles Bild von ihr in meinem Kopf. Und es ist deine verdammte Pflicht, einem alten Freund diese Auskunft zu erteilen! Also los! Wovon redet sie? Was sind ihre Gewohnheiten? Wie ist sie auf der Bühne?«

»Jetzt hör einmal, Siegfried: Es reicht mir«, platzte König endgültig der Kragen. »Ich habe gedacht, wir verbringen einen gemütlichen Abend und plaudern dabei über uns und alte Zeiten. Stattdessen laufen wir in einer eiskalten Winternacht durch verlassene Straßen und Gassen, und das Einzige, was dich offenbar interessiert, ist eine verflossene Geliebte von dir, die zufällig in meinem Ensemble mitspielt. Wenn das alles ist, werde ich dich jetzt verlassen. Ich bin nämlich zu einem recht eindeutigen Schluss gekommen: Wir beide haben einander nichts mehr zu sagen!«

Er machte kehrt. »So warte doch!«, rief ihm Streitenberger nach. Doch es war zu spät. Mit aller Entschlossenheit, die er aufzubringen imstande war, ging König unbeirrt in Richtung seines Autos zurück. Streitenbergers Rufe verhallten in der Nacht.

Auf dem Rückweg dachte König über seinen ehemaligen Schulkollegen Siegfried nach. Es stand schlimmer um ihn, als er befürchtet hatte. Er wirkte wild, durchgeknallt und unberechenbar. Er hatte ihn grundlos attackiert. Er zog nachts allein durch die Straßen. Und nun hatte dieser Siegfried Streitenberger auch noch herausgefunden, dass Gisela Roithner, offenbar eine verflossene Liebe von ihm, bei den *Alpengeistern* mitspielte. Das hieß, dass König jederzeit damit rechnen musste, dass Streitenberger unvermutet auftauchte, um Kontakt mit ihr aufzunehmen. Und niemand konnte mit Bestimmtheit sagen, was dabei herauskommen würde.

KAPITEL 5

Dienstag, 5. Jänner

»Ich werde ab jetzt nur mehr unregelmäßig zu Ihnen kommen«, teilte Christa Wohlfahrt Thomas Korber mit. »Sie haben sich in den letzten Tagen gut stabilisiert. In Ihrer Wohnung sieht es ordentlich aus, und von dem, was Sie im Kühlschrank haben, können Sie sich jetzt wieder vernünftig ernähren. Gratuliere! Wenn morgen dann auch wieder der Ernst des Lebens, die Schule, anfängt, haben Sie ohnehin wieder alle Hände voll zu tun.«

Korber hatte sich noch vor kurzer Zeit nicht vorstellen können, dass ihm diese kleine, zierliche und doch strenge Frau einmal abgehen könnte. Sie hatte ihn wieder auf den Damm gebracht, und dafür war er ihr dankbar. Christa Wohlfahrt hatte ihm gezeigt, wie er mit ein paar kleinen Handgriffen seine Wohnung sauber halten konnte, hatte mit ihm zusammen Einkaufslisten erstellt, die den Grundbedarf an Lebensmitteln abdeckten, hatte ihn bei diversen Kaffeeplaudereien wieder auf positive Gedanken gebracht.

Irgendwie wunderte es ihn, dass er trotz seines Widerspruchsgeistes praktisch immer auf sie gehört hatte. Zwischen ihnen herrschte eine andere Art des Vertrauens, als er es gewohnt war, auf sachlicher Ebene und nicht auf Gefühlen begründet. Darin musste das Geheimnis liegen. Korber empfand Christa Wohlfahrt als Autorität, der er sich gern unterordnete.

»Und die Wäsche? Ich würde Sie gern dafür bezahlen, wenn Sie einmal die Woche …«, machte er einen schüchternen Versuch, den regelmäßigen Kontakt nicht abreißen zu lassen.

»Wir können das gern für Sie erledigen, aber da komme dann nicht ich, sondern eine meiner Mitarbeiterinnen«, vertröstete Christa ihn.

Korber wollte Christa nicht weglassen. Sie gab ihm einen Halt, den er vermissen würde. »Ich war seit Silvester mehr oder minder zu Hause«, warf er ein. »Wenn ich ab morgen in die Schule gehe, gehe ich damit auch wieder unter Menschen. Glauben Sie nicht, dass ich da einen Rückfall erleiden kann? Ich brauche Sie immer noch!«

»Es ist nicht mein Ziel, Abhängigkeiten zu schaffen«, gab Christa zu bedenken. »Sie müssen es wieder allein probieren. Wenn Sie das nicht schaffen, bin ich auf Dauer auch nicht die richtige Lösung. Aber keine Angst, ganz aus Ihrem Leben werde ich schon nicht verschwinden. Vielleicht tauche ich gerade dann auf, wenn Sie es am wenigsten erwarten.«

»Das ist alles nicht so einfach, wie Sie glauben. Ich war ganz schön fertig. Sie haben es ja selbst miterlebt.«

»Sie waren vor allem ziemlich widerspenstig. Und jetzt wollen Sie sich an mich anhängen und gar nicht mehr loslassen. Wissen Sie, wie man so etwas nennt? Männliche Bequemlichkeit!«

»Da ist noch etwas, eine Sache, vor der ich Angst habe«, gestand Korber. »Am nächsten Wochenende findet in meinem Stammcafé, dem Café *Heller*, ein richtiges Gschnas statt. Da gehe ich hin. Ich habe die Karten schon vor Weihnachten besorgt.«

»Sie werden sich sicher gut unterhalten«, redete Christa ihm zu.

»Die ausgelassene Stimmung, die vielen Menschen – das kann Gift für mich sein. Ich fürchte mich. Es könnte wieder ausufern.«

»Da müssen Sie durch! Sie werden noch öfter vor solchen Herausforderungen stehen.«

»Hören Sie«, bat Korber nervös. »Ich habe damals zwei Karten gekauft. Ich möchte Sie einladen. Kommen Sie mit mir!«

Statt eine Antwort zu geben, stellte Christa Wohlfahrt plötzlich eine Frage: »Wo ist das Foto hingekommen?«

»Welches Foto?«

»Sie hatten es bis heute neben dem Fernsehapparat stehen. Jetzt ist es weg.«

Korber fühlte mit einem Mal, dass sein Privatleben in Augenschein genommen wurde. »Das ... das geht Sie nichts an«, stammelte er verschämt.

»Die junge Frau hatte ein hübsches, offenes Gesicht. Ich vermute, dass es ihr Verlust ist, der Ihnen Kummer bereitet.«

»Noch einmal: Das geht Sie nichts an!« Korber vergrub sein Gesicht in beiden Händen. Er hatte es ohne die tröstende Wirkung des Alkohols nicht mehr ausgehalten, ständig Gelis Bild vor Augen zu haben, und ihr Foto deshalb in einen Kasten geräumt. Eigentlich war es logisch, dass einer guten Beobachterin wie Christa Wohlfahrt so etwas auffallen musste.

»Sie haben sie weggesperrt und ziehen es vor, darüber zu schweigen. Damit machen Sie nichts ungeschehen, im Gegenteil. Es sind nur schwache Versuche, sich von Ihrem Problem abzulenken. Für mich heißt das: Der Zeitpunkt, wo Sie mir Ihre Geschichte erzählen werden, rückt näher. So, und jetzt sagen Sie mir bitte, was ich zu diesem Gschnas anziehen soll. Ich bin bei solchen Dingen nämlich reichlich einfallslos.«

Korber brauchte einige Augenblicke, ehe er begriff. »Heißt das, Sie gehen mit?«, fragte er mit ungläubiger Vorfreude.

»Was bleibt mir denn anderes übrig?«, seufzte Christa. »Ich denke, dieses eine Mal werde ich Ihnen als gütige Fee noch helfen. Aber dann ist Schluss, verstehen Sie?«

»Sie sind ein Engel«, rutschte es Korber heraus. Freilich hatte auch er noch nicht darüber nachgedacht, in welcher Verkleidung er bei dem Kostümball im *Heller* auftauchen sollte.

*

»Wir müssen etwas unternehmen. Er nimmt sich einfach zu viel heraus! Und Gabrieles Zukunft kann dir nicht egal sein.«

»Du übertreibst schon wieder maßlos. Du übertreibst immer, wenn du etwas getrunken hast.«

»Du musst seine Gefühlskälte und seine plötzlichen Anfälle ja nicht ständig erleben. Und du sitzt dann auch nicht allein zu Hause, wenn er zu einer anderen Frau geht, bloß um dir zu beweisen, wie egal du ihm geworden bist.« Margarete Kerschbaumer sagte es mit leichtem Zungenschlag in ihr Handy. Sie war bereits jetzt, am Nachmittag, ziemlich beschwipst.

»Warum rufst du mich immer nur an, wenn dich der Alkohol in diese rührselige Stimmung versetzt hat?«, wollte der Mann am anderen Mobiltelefon wissen. »Ich kann mich gar nicht mehr daran erinnern, wann du zuletzt im nüchternen Zustand mit mir gesprochen hast. Ist es wirklich so schlimm?«

»Es ist die Hölle«, schluchzte Margarete voller Selbstmitleid. »Das alles richtet mich noch zugrunde. Warum haben wir beide es nicht miteinander versucht? Du hättest nur ja zu sagen brauchen. Ich hätte Rainer sofort verlassen.«

»Es war besser so! Ich glaube nicht, dass unser Glück von langer Dauer gewesen wäre. Ist es nicht schöner, sich an eine unbeschwerte Zeit zurückzuerinnern? Und Gabriele ist auf diese Weise bestens versorgt. Denk nur daran, wie viel sie einmal von ihrem angeblichen Papa erben wird.«

»Das könnte sich alles sehr schnell ändern«, krächzte Margarete, die mit ihrer Stimme kämpfte, ins Telefon. »Rainer will sie dazu zwingen, ihrem Liebhaber Roland den Laufpass zu geben. Die ganzen letzten Tage terrorisiert er sie damit. Es ist nicht ausgeschlossen, dass er sein Testament ändert. Wahrscheinlich zugunsten irgendeines Flittchens, das ihm schöne Augen macht. Das müssen wir verhindern, verstehst du?«

»Du steigerst dich da in etwas hinein«, versuchte der Mann, sie zu beruhigen. »Gabriele hat eine Beziehung zu einem

Burschen, schläft mit ihm. Das heißt noch gar nichts. Wer weiß, wie lange das dauert. Da kann es doch nicht gleich um das Erbe gehen. Das wäre verrückt! Außerdem steht ihr ihr Anteil zu.«

»Du kennst Rainer und seine wirren Gedankengänge nicht. Ihm geht es grundsätzlich nur um eines: Macht über andere zu haben. Du musst mir jetzt helfen, Günter. Jahrelang konntest du dich davor drücken, Verantwortung für deine Tochter zu übernehmen. Aber einmal kommt der Augenblick, wo es heißt, Farbe zu bekennen.«

Irgendetwas begann, sich ganz leise in dem Mann zu rühren. Er wusste, es war irrational, aber er konnte sich nicht dagegen wehren. Wie oft hatte er Gabriele gesehen? Ein paar Mal. Und wann das letzte Mal? Er erinnerte sich nicht. Wichtig war, dass Margaretes Mann nie daran gezweifelt hatte, dass es sich um sein Kind handelte. Damit war für ihn, Günter Sauer, die Sache erledigt gewesen. Mein Gott, Rainer Kerschbaumer schwamm ja ohnehin in Geld.

Die kurze Liaison mit Margarete hatte sich bald wie selbstverständlich aufgelöst. Hin und wieder trafen sie sich, wobei er mit Bedauern registrierte, dass sie offenbar öfter zum Glas griff, als gut für sie war. Außer Gabriele verband ihn nichts mehr mit ihr, und von der hatte er nur ein äußerst unvollständiges, diffuses Bild. Trotzdem hatte er jetzt ein eigenartiges Gefühl, das er sich nicht erklären konnte. War es das, was Väter normalerweise spürten? »Ich kann mich jetzt doch nicht plötzlich zu dem Kind bekennen. Das würde nur alles zerstören«, gab er zu bedenken.

Margarete lachte heiser. »Bist du wahnsinnig? Davon ist überhaupt keine Rede! Aber es muss etwas geschehen, bevor es zu spät ist. Günter, was bist du für Gabriele zu tun bereit?«

»Was willst du?«, kam es gepresst von ihm.

»Eine endgültige Lösung!«

»Was meinst du damit? Du wirst doch nicht ...«

»Jetzt gerate nicht gleich in Panik! Ich werde dir alles in Ruhe auseinandersetzen. Ich möchte nur, dass du mir zusicherst, dass du ein einziges Mal in deinem Leben etwas für deine Tochter unternimmst.«

»Du klingst auf einmal so kühl, so gefährlich. Ich lasse mich von dir in nichts hineinziehen, solange ich nicht weiß, was du vorhast.«

»Und wenn ich dir sage, dass du von dem Geld, das uns zusteht, auch etwas abbekommen würdest? Wie ich dich kenne, kannst du es gut gebrauchen.«

Sein Widerstand bröckelte ab. Er konnte sich ja zumindest einmal anhören, was Margarete vorhatte und seine Entscheidung dann treffen. Geld war immer ein gutes Argument. »Also gut«, stimmte er zu. »Wenn du willst, können wir uns morgen treffen. Aber komm nüchtern!«

*

Einen großen Teil des Tages schwelgte Alfred Nitsch in Erinnerungen an große Hallen, ausverkaufte Säle und glanzvolle Darbietungen. Es hatte eine Zeit gegeben, da war ihm die Welt, zumindest in Wien, zu Füßen gelegen. Wenn er die Hände faltete, die Augen schloss und den Kopf dabei ein wenig zur Seite legte, hörte er den donnernden Applaus wieder und wieder. Mit jedem Jahr, das zwischen seinen damaligen Auftritten und der Gegenwart lag, wurden die Säle dabei größer, die Bravorufe lauter. Alfredo Fantastico, der einmalige, große Zauberer! Alfred Nitsch schuf sich sein eigenes Reich der Vergangenheit.

»Alfred, schlaf nicht, sondern übe«, musste ihn seine Frau Inga dazwischen immer wieder aufmuntern.

Der große alt gewordene Fantastico richtete sich dann auf und begann, seine Finger zurechtzubiegen. Geschicklichkeit und Eleganz waren das, was in seinem Beruf zählte. Alfred

Nitsch übte mit Kugeln, Karten, Münzen und Bierdeckeln. Er drehte, wendete, balancierte. Oft fragte er sich, warum er sich das nach jenen schlimmen Vorfällen, die nicht nur eine lange Unterbrechung, sondern schließlich faktisch ein Ende seiner Karriere herbeigeführt hatten, noch antat. Seit damals, als die bösen Schlagzeilen in allen Zeitungen gestanden waren, hatte er so gut wie keine Engagements mehr bekommen. Es war still um ihn geworden.

Aber jetzt tat sich unerwartet eine Chance für ihn auf. Es war zwar nur ein kleiner Auftritt, eine Mitternachtseinlage bei einem Gschnas in einem Kaffeehaus. Stephen the Wizard, der ursprünglich für diese Veranstaltung vorgesehen gewesen war, hatte sich die Hand gebrochen und musste ersetzt werden. Doch Alfred Nitsch war bestrebt, jede Gelegenheit zu nutzen, seine Künste zu zeigen, war sie auch noch so klein. Wie man auf ihn als Ersatz gekommen war, wusste er nicht. Vielleicht, weil er schon lang in Floridsdorf, dem Bezirk, in dem der Kostümball stattfinden sollte, wohnte. Jedenfalls hatte ihn ein Herr Wondratschek angerufen und ihm ein Angebot unterbreitet.

Inga schaute ihm eine Weile zu, dann ließ sie ihren mit den Jahren in die Breite gegangenen Leib neben ihm auf der Couch nieder und betätschelte seine Wangen. »Wir werden wieder großartig sein, Alfredo«, schnurrte sie. Inga stammte zwar aus Ungarn, mit der Zeit hatte sie sich jedoch einen Akzent angewöhnt, der jeden, der sie sah und hörte, eher vermuten ließ, sie sei eine italienische Opernsängerin.

»Es wird nicht leicht sein, nach so langer Zeit«, schränkte Nitsch ein. »Die Leute sind durch das Fernsehen und die neuesten Computertechniken verwöhnt. Und wir sind alt geworden.«

»Unsinn, Alfredo! Wir sind noch genauso gut drauf wie früher. Wir machen eine grande Spettacolo. Um Mitternacht sind alle unsere Zuschauer bester Laune. Sie werden uns zujubeln, du wirst sehen!«

»Du glaubst, dass wir zu unserer alten Hochform auflaufen können?«

»Aber sicher, mein kleiner Bambino!« Inga nahm eine Schokoladenpraline aus der kleinen Schachtel, die auf dem Couchtisch stand, und ließ sie in ihrem Mund verschwinden. »Hast du dir auch schon überlegt, welche anderen Möglichkeiten sich auftun, wenn so viele Leute auf einem so kleinen Fleck zusammenkommen?«, fragte sie dann beiläufig.

»Inga!«, rief Nitsch beinahe drohend aus, als er merkte, worauf sie hinauswollte.

»Ich bin nur der Meinung, dass wir auf unsere traditionellen Stärken nicht vergessen sollten!«

»Du redest von Dingen, die uns an den Rand des Abgrunds gebracht haben«, stöhnte Nitsch.

»Wir haben die Sache damals zu sehr auf die leichte Schulter genommen, und ein bisschen Pech war auch dabei. Aber wenn du deine alte Fingerfertigkeit wieder hast, passiert uns so etwas nicht noch einmal. Darum musst du üben, üben und nochmals üben. Dann ist für uns ein schönes Taschengeld drin wie in unseren besten Jahren«, bedrängte Inga ihn.

Nitsch war ihr Vorhaben gar nicht recht. »Es ist verdammt gefährlich«, gab er zu bedenken.

»Oh, mein kleiner Bambino, was im Leben ist nicht gefährlich?« Inga zwickte ihren Gatten liebevoll ins Ohr. »Es wird uns den zusätzlichen Nervenkitzel bringen, den wir brauchen, um eine Top-Vorstellung abzuliefern. Kannst du dich noch erinnern, wie uns die Idee kam? Wir hatten nicht viel und suchten nach Wegen, uns zusätzlich etwas Geld zu beschaffen. Heute ist unsere Situation leider ähnlich. Unsere große Kunst wird nur mehr mittelmäßig bezahlt und immer weniger beachtet. Da müssen wir uns zu helfen wissen. Und eine solche Gelegenheit kehrt so schnell nicht wieder.«

»Führe mich nicht in Versuchung, meine Angebetete! Mir ist mehr als mulmig bei dem Gedanken.«

»Wir sollten keine Angst haben! Angst ist schlecht fürs Selbstvertrauen.«

Während er seiner Frau zuhörte, zog sich Alfred Nitsch allmählich wieder in die Welt seiner Erinnerungen zurück. Er hörte genießerisch den Applaus, doch er realisierte dabei, dass es sich nur um ein Traumbild handelte. Die Zeit seiner Erfolge war lang vorüber, und er musste diesmal wirklich sein Allerbestes geben, um auch nur halbwegs den Anforderungen, die auf ihn zukamen, zu entsprechen. Vielleicht hatte Inga recht, und es war wirklich notwendig, dem eigenen Glück ein wenig nachzuhelfen. Es barg zwar ein gewisses Risiko in sich, aber was blieb ihnen denn über? Die Wirklichkeit war grausam. Man geriet beim Publikum rasch in Vergessenheit, wenn man ihm nicht ständig etwas noch Neueres, noch Sensationelleres präsentierte. Und den großen Alfredo Fantastico hatte es bereits vergessen.

Nitsch bewegte nervös seine Finger. Er wusste nicht, ob er der Versuchung, seine Geschicklichkeit während des Kostümballs im Heller nicht nur auf der Bühne unter Beweis zu stellen, würde widerstehen können.

*

Weshalb bin ich bloß immer so ein stilles Wasser gewesen? Warum habe ich all das, was in mir ist, meine Gefühle und Leidenschaften, meine Zu- und Abneigungen nie jemandem mitgeteilt? Vielleicht war es die Strenge meiner Mutter – meiner alleinerziehenden Mutter, wie man heute sagen würde. Denn ich bin vaterlos aufgewachsen. Meine Mutter hat mich auch immer, vom frühen Kindesalter an, so weit es ging vom männlichen Geschlecht ferngehalten – zuerst von den Buben, dann von den Burschen, dann von den jungen Männern. Sie selber hat sich, so weit ich mich erinnern kann, auch nie näher mit einem Mann eingelassen. Mein Dasein erscheint mir daher heute als ein Rätsel. Es fällt mir schwer, mir vorzustellen, dass sie sich einmal jemandem so hingegeben hat, dass daraus ein kleines Mädchen entstehen konnte.

Ich habe darum meine Erfahrungen mit Männern erst spät gesammelt – mit Männern, wohlgemerkt, denn mit jungen, unreifen, pubertierenden halbwüchsigen Knaben wollte ich nie etwas zu tun haben. Es würde zu weit führen, von diesen oft zufälligen Begegnungen, die nicht immer so romantisch verliefen, wie man es sich als junge Frau wünscht, zu berichten. Ich behalte solche Dinge lieber für mich. Und damit wären wir wieder bei meinem Hauptproblem.

Denn ich sehe vor mir eine Bühne, auf der ich stehen möchte! »Sei ruhig, lass die anderen reden«, hat meine Mutter immer gesagt. So hatte ich ständig ein Gefühl der Bedeutungslosigkeit. Aber jetzt ist etwas in mir, das möchte herausplatzen. Ich will meine Botschaft weitergeben, den Menschen etwas sagen. Ich traue mich nur nicht. Ich habe Angst, dass mir niemand zuhört.

Wie stelle ich es bloß an?

Mir fällt ein, dass ich eigentlich eine schöne Stimme habe. Wenn ich allein bin, trällere ich manchmal ein Liedchen vor mich hin. Nichts Besonderes, nichts, mit dem man einen Talentwettbewerb oder etwa gar den Song-Contest gewinnen würde, sondern ganz einfache Melodien, die mir durch den Kopf gehen. Ich singe auch ganz leise, damit mich meine Nachbarn nicht hören. Aber irgendwie klingt es, zumindest für meine Ohren, zart und angenehm. Könnte das nicht eine Möglichkeit für mich sein? Wahrscheinlich hören die Leute eher jemandem zu, der singt, als jemandem, der spricht. Und seine Gefühle kann man so auch besser ausdrücken. Da muss man wenigstens nicht so viel nachdenken, wo man anfängt, und wie man weitertut. Es ergibt sich mehr oder minder alles von selbst.

Fehlt nur noch die Bühne, damit alles so wird wie in meinen Träumen. Ich glaube, ich habe da eine Idee. Die Alpengeister *gastieren in meinem Heimatbezirk Floridsdorf, eine angeblich sehr volkstümliche und volksnahe Theatergruppe. Vielleicht gelingt es mir, zu ihnen in Kontakt zu kommen. Das wird sicher nicht leicht, aber wenn ich meinen ganzen Mut zusammennehme, und die Gebete, die ich vertrauensvoll in die Nacht hinaussende, erhört werden, könnte es klappen. Man darf nie den Mut verlieren.*

In der anderen Sache, was nämlich den ehemaligen Freund meiner Mutter betrifft, bin ich übrigens bereits fündig geworden. Auch da werde ich viel Glück und Entschlossenheit brauchen. Darum beende ich jetzt meine Aufzeichnungen und gehe zu Bett, damit ich Ruhe und Kraft für die nächsten wichtigen Tage tanken kann. Alles wird gut!

KAPITEL 6

Donnerstag, 7. Jänner

Mit einigem Bedauern stellte Leopold fest, dass sich der Andrang der Gäste ins Café *Heller* im neuen Jahr noch in Grenzen hielt. Schuld war anscheinend der ins Haus stehende Kostümball. Das Stammpublikum schien abzuwarten, bis dieses Ereignis vorüber war, und man wieder wie gewohnt auf ein Schalerl Kaffee, ein kurzes Plauscherl und einen neugierigen Blick in die Zeitung vorbeikommen konnte. Offenbar herrschte die Angst, das wilde, ungestüme Treiben der Ballnacht könnte seine Schatten vorauswerfen und den gewohnten, angenehm ruhigen täglichen Betrieb schon jetzt stören. Die meisten Stammgäste interessierte der Ball nämlich nicht, im Gegenteil, er beunruhigte sie. Es kamen ja, der allgemeinen Meinung nach, ohnedies nur »die Leut' vom *Wildner*«. Wer sich seine Ballkarten abholte oder einfach einmal kurz hereinschnupperte, um sich das Ambiente für das Gschnas anzusehen, wurde deshalb mit feindlichem Blick gemustert, so als ob er einer Armee angehören würde, die im Heller das Kommando übernehmen wollte. Höchste Zeit, dass der Spuk ein Ende nahm.

»Jetzt wirst du mich ein paar Tage nicht sehen«, wandte sich so mancher Kaffeehausbesucher vertrauensvoll an Leopold. »Ich komme erst wieder, wenn diese … also, wenn wieder ein bisschen Ruhe eingekehrt ist.«

»Es ist ja eh ruhig«, antwortete Leopold daraufhin achselzuckend.

»Du weißt schon, was ich meine! Viele seltsame Gestalten gehen derzeit hier ein und aus. Und der Wirbel, den es da in nächster Zeit geben wird! Na Gott sei Dank hat alles auch wieder einmal ein Ende. Dann kannst du wieder auf mich zählen!«

Leopold sah sich dadurch in seinen dumpfen Vorahnungen bestätigt. Frau Heller fieberte dem Ereignis jedoch trotz aller Unkenrufe von Tag zu Tag mehr entgegen. Es schien, als sei jede ihrer Überlegungen nur mehr auf die Ballnacht ausgerichtet. Herr Wondratschek, ihr kultureller Berater, kam nun wieder öfter zu Besuch, um ihr mit Rat und Tat zur Seite zu stehen. Denn viele Fragen waren noch offen: ob bei der Mitternachtseinlage genügend Platz für alle sein würde, um die Darbietungen zu bewundern. Ob mit den Platzreservierungen alles klappen würde, damit es zu keinen Streitereien kam. Wie man mit einer reibungslosen Organisation ähnliche Wickel wie im Vorjahr beim *Wildner* verhindern konnte. Und wie man schließlich mit den kulturellen Vorführungen das Tüpfelchen aufs I setzen konnte, um das Publikum in eine nie enden wollende Woge der Begeisterung zu versetzen.

Wondratschek zwinkerte ihr zu: »Machen Sie sich nur keine Sorgen, meine Liebe, es wird alles superb ablaufen. Die Bezirksvertretung hat uns sogar eine kleine finanzielle Unterstützung zugesagt. Und für die Qualität der Künstler verbürge ich mich. Einem vollen Erfolg steht also nichts mehr im Wege!«

Frau Heller zwinkerte zurück: »Sie sagen es. Wir sind nämlich ausverkauft!«

In ihrer Vorfreude öffneten sie eine Flasche Sekt, schenkten sich zwei Gläser ein und prosteten einander zu. In diesem Augenblick betraten ein Mann und eine Frau das Lokal. Beide schauten sich unsicher um. Man sah wieder einmal gleich, dass es sich um Fremde handelte. »Die Herrschaften wünschen?«, fragte Leopold diskret.

Der Mann hüstelte. Die Frau nahm sich ein Herz: »Wir hätten gern zwei Karten für das Gschnas am Samstag«, nannte sie den Zweck ihres Kommens.

Als sie das hörte, stellte Frau Heller ihr Glas ab, zeigte ihr unschuldigstes Lächeln und verkündete: »Das ist leider nicht mehr möglich! Wir sind restlos ausverkauft. Es gibt keine einzige Karte mehr. Aber weil ich gerade so gut aufgelegt bin, dürfen Sie sich gern zu uns setzen und ein Gläschen mit uns trinken.«

Die Frau schüttelte den Kopf. »Nein danke! Wir wollen nichts trinken. Wir möchten bloß auf das Gschnas, aber das unbedingt. Gibt es denn gar keine Möglichkeit mehr?«

Herr Wondratschek räusperte sich. Das bedeutete, dass er es für angebracht hielt, ein paar Worte an das Paar zu richten: »Wir bedauern, aber aus Platzgründen war von vornherein nur ein begrenzter Kartenverkauf für diese Veranstaltung vorgesehen. Die Leute wollen sitzen, essen, trinken, tanzen und nicht zuletzt die künstlerischen Darbietungen sehen. Dafür muss man ihnen den notwendigen Raum zur Verfügung stellen. Es handelt sich hier ja um kein Fußballspiel, wo ein Zuschauer dem anderen auf die Zehen steigt, sondern um ein gesellschaftliches Ereignis.« Bei diesem letzten Satz lächelte er säuerlich.

»Wir sind doch nur zwei Personen«, drängte die Frau. »Zwei mehr oder weniger, das fällt sicher keinem auf. Drücken Sie ein Auge zu, bitte!«

»Heute zwei, morgen vier, übermorgen 100«, entgegnete Frau Heller mitleidslos, obwohl es sie in ihrem Inneren freute, dass eine unverminderte Nachfrage nach ihrem Fest herrschte. »Wir können leider überhaupt keine Ausnahme machen, weil es sonst einfach zu unübersichtlich wird. Außerdem haben wir unsere Auflagen. Aber es wird sicher nicht unser einziger Effent in diesem Jahr bleiben. Kommen S' das nächste Mal halt ein bisschen früher.«

Der Mann griff sich an den Kopf. Sein ohnehin schon bleiches Gesicht wirkte noch eine Nuance bleicher. »Zu dumm«, brummelte er vor sich hin. »Es ist wirklich zu dumm!«

»Wir nehmen Sie gern in unseren Verteiler auf, der Sie über solche Ereignisse per E-Mail informiert«, schlug Wondratschek vor.

»Darum geht es nicht«, druckste die Frau herum. »Wir … wir fürchten nur, dass auf dem Kostümball etwas Schlimmes passieren könnte. Das versuchen wir zu verhindern.«

»Papperlapapp! Liebe junge Frau, Sie reden ja schon daher wie mein Oberkellner«, ärgerte sich Frau Heller. »Der sieht auch immer gleich Schwarz. Aber ich lasse mir meine Festlaune nicht von Ihnen verderben. Ich mache Sie hiermit darauf aufmerksam, dass bei diesem Gschnas gar nichts passieren wird. Es ist alles perfekt organisiert. Gerade damit alles reibungslos abläuft, haben wir die Zahl der aufgelegten Eintrittskarten streng limitiert. Das ist letzten Endes auch der Grund, warum wir für Sie keinen Platz mehr haben. Und jetzt darf ich Sie bitten, sich entweder an einen Tisch zu setzen, wenn Sie noch etwas konsumieren möchten, oder unser Lokal wieder zu verlassen. Was Ballkarten angeht, kann ich leider nichts für Sie tun!«

»Eine scheußliche Sache das«, ereiferte sich der Mann. »So hilflos angesichts der drohenden Gefahr!«

»Komm, gehen wir«, schlug seine Begleiterin vor. »Hier richten wir ja doch nichts mehr aus.«

»Warten Sie einen Augenblick! Nehmen Sie Platz und bestellen Sie etwas«, raunte Leopold, der einen Großteil des Gesprächs mitverfolgt hatte, ihr zu. »Ich komme dann sofort zu Ihnen, und wir können die Angelegenheit in Ruhe besprechen. Vielleicht kann ich Ihnen helfen.«

Das Gesicht der Frau hellte sich kurz auf. »Das wäre eine Möglichkeit. Sie sind bei dem Gschnas ja anwesend … Was meinst du, Otto?«

»Mir ist alles recht«, äußerte der Mann mit Zurückhaltung. »Ich möchte nur das Ärgste verhindern. Alles, was dazu beiträgt, findet meine ungeteilte Zustimmung.«

»Da sind Sie bei mir genau an der richtigen Adresse«, zwinkerte Leopold ihm zu. »Zweimal Melange, die Herrschaften? Sind schon unterwegs!«

*

»Wir heißen Kainz – Sonja und Otto Kainz«, eröffnete die Frau Leopold kurze Zeit später, als zwei Schalen mit herrlich duftendem Kaffee, den noch dazu ein schönes Milchschaumhäubchen zierte, vor ihnen standen. »Und wir fürchten, dass ein Freund von uns auf diesem Gschnas etwas Böses vorhat. Wir wissen nicht genau was, aber …«

»Aber es könnte sein, dass er sogar mit dem Gedanken spielt, jemanden umzubringen«, ergänzte Otto Kainz heiser.

»Wie kommen Sie denn zu so einer Vermutung?«, fragte Leopold, sofort ganz Ohr.

»Unser Freund – er heißt übrigens Herbert Salomon – hat immer wieder komische, wirre Ideen«, fuhr Sonja Kainz fort. »Dieses Mal sieht es jedoch so aus, als ob es ihm ernst wäre. Er hat wie jedes Jahr auch den heurigen Silvesterabend bei meinem Mann und mir verbracht. Er ist schon längere Zeit verwitwet und kein sehr geselliger Typ. Deshalb laden wir ihn zum Jahreswechsel ein, damit er an diesem besonderen Abend nicht allein sein muss. Nach Mitternacht reden wir für gewöhnlich über unsere guten Vorsätze für das neue Jahr. Dabei begann Herbert, als die Reihe an ihm war, zu fantasieren, dass er endlich einmal ein Verbrechen begehen, unter Umständen jemanden … ermorden wolle.«

»Könnte es nicht sein, dass er da vorher ein bisschen zu viel getrunken hat?«, gab Leopold zu bedenken. »Der Alkohol bringt die Leute oft auf recht absurde Gedanken, die sie dann sehr schnell wieder vergessen.«

»Das haben wir auch gehofft«, erklärte Sonja. »Doch scheint es sich mittlerweile leider um eine fixe Idee zu handeln. Vorgestern hat Herbert Otto angerufen und … erzähl selber, was er dir gesagt hat!«

Otto spielte unruhig mit seinen Fingern, hüstelte noch einmal und schilderte dann das Telefongespräch: »Ich kann mich noch genau an den Wortlaut erinnern. ›Ihr glaubt wohl nicht, dass ich es durchziehen werde‹, hat er gesagt. ›Aber da täuscht ihr euch. Ich habe schon einen Plan. Ihr werdet sehen, es wird wunderbar funktionieren, und mein Leben ist dann um eine Nuance reicher.‹ Damit kann er nur das gemeint haben.«

»Das Wichtigste hast du vergessen. Er hat in diesem Zusammenhang vom Gschnas im Café *Heller* gesprochen«, ergänzte Sonja. »Natürlich machen wir uns jetzt Sorgen. Er hat einen Mord zwar nicht definitiv angesprochen, und es könnte sich auch nur um einen geschmacklosen Scherz handeln, aber was ist, wenn er wirklich durchdreht? Wenn er vorhat, bei diesem Kostümball jemanden umzubringen? Zur Polizei wollten wir nicht gehen, denn erstens ist Herbert immer noch unser Freund, und zweitens reichen die Hinweise sicher nicht aus.«

»Das ist schon in Ordnung«, gab ihr Leopold Recht.

Otto Kainz räusperte sich. »Unsere Idee war deshalb, auf den Ball zu kommen, uns nach Herbert umzusehen und ein wenig auf ihn aufzupassen, falls er tatsächlich hier ist. Und nun gibt es keine Karten mehr. Wir sind verzweifelt!«

»Glauben Sie, dass Sie uns helfen können?«, spielte Sonja den Ball an Leopold weiter.

Der rieb sich das Kinn. Sein Interesse war klarerweise geweckt. »Irgendwie klingt die Sache unglaublich und irgendwie auch wieder nicht«, konstatierte er. »Sie bestätigt auf jeden Fall meine Theorie, dass Ereignisse, bei denen viele Menschen zusammenkommen, das Verbrechen wie ein Magnet anziehen. Bei diesem Hausball sind noch dazu alle verkleidet, etliche schwer, einige wahrscheinlich kaum zu erkennen – eine ideale Gelegenheit für ein Verbrechen. Hat Ihr Freund vielleicht angedeutet, ob er eine bestimmte Person umbringen will?«

»Er hat uns wissen lassen, dass er bereits jemanden im Auge hat«, meldete sich die belegte Stimme von Otto Kainz zu Wort.

»Vielleicht hat er sich doch nur wichtig machen wollen«, spielte Sonja die Angelegenheit nun wieder herunter.

»Halten Sie ihn wirklich für so pervers, einen Mord auf dem Gschnas zu planen?«, wollte Leopold wissen.

»Eigentlich nicht«, bekundete Sonja. »Aber wenn ich ehrlich sein soll, weiß ich überhaupt nicht mehr, was ich denken soll.«

»Wir stellen uns nur die Frage: Wenn tatsächlich etwas passiert, was dann?«, ächzte Otto Kainz.

»Wir sollten uns zunächst vor allem eine Frage stellen«, überlegte Leopold. »Was bezweckt er mit seiner Ankündigung und dem Anruf? Nehmen wir an, er hat am Silvester nur den Mund ein wenig zu voll genommen – dann muss er sich natürlich weiterhin den Anschein geben, als wolle er seine Vorhersage erfüllen. Das wäre die angenehmere Variante. Aber wenn er es ernst meint, hat er sein Opfer wahrscheinlich schon bestimmt, welches Motiv auch immer er dafür hat. Da er doch nicht so eiskalt ist, wie er Ihnen gegenüber tut, muss er sich unter Umständen erst einen Anlauf nehmen, um dieser Person etwas anzutun. Er macht sich quasi selber Mut, indem er immer wieder davon spricht, dass er sein Vorhaben durchführen wird. Damit wird sein Plan zur fixen Idee, und das macht Ihren Freund unberechenbar und gefährlich. Er kann jederzeit zuschlagen. Der Ball wäre für ihn eine wunderbare Gelegenheit.«

»Sag ich doch«, bestätigte Otto Kainz.

Seine Frau Sonja nahm behutsam eine Fotografie aus ihrer Handtasche und überreichte sie Leopold. »So sieht er aus«, erklärte sie ihm. »Etwa 1,70 Meter groß, schon ziemlich rund, breiter Kopf, immer weniger Haare.«

»Aber er wird verkleidet sein«, gab Leopold zu bedenken. »Das macht die Sache nicht leichter. Er hat Ihnen nicht zufällig mitgeteilt, als was er geht?« Sowohl Otto als auch Sonja Kainz schüttelten verlegen den Kopf.

Von hinten rief jemand ungeduldig »Zahlen«, und ein paar neue Gäste waren inzwischen auch zur Tür hereingekommen. »Ich muss wieder an die Arbeit«, entschuldigte Leopold sich. »Jedenfalls verspreche ich Ihnen, dass ich mein Bestes tun werde, um ein Verbrechen auf unserem Gschnas zu verhindern. Natürlich brauche ich ein bisschen Glück, aber wenn es mir gelingt, den Mann ausfindig zu machen, werde ich mein geschultes Auge auf ihn werfen. Dann hat er es schon sehr schwer. Hoffen wir trotzdem, dass Sie sich umsonst aufgeregt haben.«

Leopold kassierte die zwei Melange ab und ließ sich von Sonja Kainz noch ihre Telefonnummer geben. Als die beiden gegangen waren, machte er sich mit Elan ans Werk. Er hatte nun endlich einen Grund, dem Gschnas auch eine positive Seite abzugewinnen. Angeblich war ein Mord geplant, und er, Leopold, war dazu ausersehen, ihn zu verhindern. Was konnte man von einer Ballnacht mehr verlangen?

*

Margarete Kerschbaumer vermochte nicht mehr genau zu sagen, wann sie regelmäßig zu trinken begonnen hatte. Der Anlass war jedenfalls gewesen, dass sie sich von ihrem Mann vernachlässigt gefühlt hatte. Schon bald nach Beginn ihrer Ehe war ihr seine Lieblosigkeit aufgefallen, seine Gleichgültigkeit ihr gegenüber. Dass die Firma an erster Stelle stand, und dass dabei viel Zeit draufging, hatte sie gewusst. Aber es war nicht nur die Firma. Es waren immer wieder auch andere

Frauen. Zu Margarete kam Rainer Kerschbaumer nach Hause, wenn er seine sexuellen Bedürfnisse bereits bei einer anderen befriedigt hatte.

Irgendwann hatte sie aufgehört, ihm eine Szene zu machen oder von Scheidung zu sprechen, und sich der Flasche zugewandt. Sie wusste, dass es für ihr Kind besser war, wenn sie durchhielt. Für ihr Kind, das nicht Rainers Kind war. Anfangs hatte Rainer es diesem Kind an nichts fehlen lassen. Aber mit der Zeit hatte auch seine Tochter Gabriele seine Herzlosigkeit zu spüren bekommen. Rainer Kerschbaumer wollte seine Familie beherrschen. Absolut beherrschen.

Margarete schaute in den Spiegel. Schon längst hatte sie die Spuren bemerkt, die der Alkohol in ihrem Gesicht hinterließ. Es waren nicht so sehr die Falten oder die aufgedunsene Haut, die sie beunruhigten. Es war der harte, unnachgiebige Zug um ihren Mund. Selbst wenn sie lächelte, war es ein freudloses Lächeln. Margarete hatte vergessen, was Heiterkeit war.

Sie wusste, dass sie wahrscheinlich nicht mehr aufhören würde zu trinken. Zu groß war die Angst, dass sie sonst alles nicht mehr aushalten würde, sowohl die Furcht vor ihrem Mann als auch die Anforderungen des Lebens überhaupt. Seine Wutausbrüche nahmen zu. Er begann plötzlich aus dem Nichts heraus zu schreien. Er drohte. Er würde es mit immer neuen Repressalien versuchen, um seinen Willen durchzusetzen. Der Alkohol legte einen wohltuenden Schleier zwischen sie und ihn. Die Dinge erschienen nicht mehr so trist und unmittelbar. Es gibt eine Lösung für alles, dachte sie. Auch für meine Probleme mit Rainer. Damit wurde ihr wieder leichter.

Sie hörte, wie die Wohnungstür aufgesperrt wurde, und begann, leicht zu zittern. Es war dieses ungute Gefühl, wenn Rainer nach Hause kam. Man wusste nie, was er vorhatte und wie man ihm begegnen sollte. Er polterte zu ihr ins Wohnzimmer. Die Nebelschleier lichteten sich ein wenig. Sie betrachtete ihn und fand, dass er nervös und gehetzt aussah, ganz gegen seine sonst so selbstsichere Art.

»Was ist los mit dir?«, fragte sie, und in ihrer Stimme lag ein provokanter Unterton. Im nächsten Moment bereute sie es.

»Was auch immer es ist, es hat dich nicht zu interessieren«, schnauzte er sie an. »Kümmere dich um deine eigenen Angelegenheiten.«

Angriff ist der beste Weg heraus aus meiner Unsicherheit, dachte Margarete. »Du wirst es mir sagen«, forderte sie. »Hier und jetzt! Ich habe ein Recht darauf. Hat dir etwa eine deiner Geliebten den Laufpass gegeben?«

»Du hast überhaupt kein Recht! Wenn ich will, jage ich dich und deine Tochter zum Teufel«, brüllte Rainer Kerschbaumer, dessen Gereiztheit offensichtlich ein Ventil suchte, wo sie sich entladen konnte.

Hatte er *deine Tochter* gesagt? Wusste er etwas? Wieder stieg Angst in Margarete hoch. Sie hatte das Gefühl, sich und Gabriele verteidigen zu müssen. Unbeholfen stand sie auf und hielt sich an der Sessellehne fest. »Du wirst mich und Gabriele in Ruhe lassen«, lallte sie. »Du hast nicht über uns zu bestimmen. Von mir aus geh zu deinen Weibern und vergnüge dich mit ihnen, aber lass uns in Ruhe!« Sie machte zwei Schritte auf Rainer zu, sodass sie jetzt genau vor ihm stand.

»Geh zur Seite! Du stinkst nach Alkohol«, befahl er ihr.

Margaretes Augen wurden zu zwei kleinen Schlitzen. Ihre Angriffslust schien schon wieder vorüber zu sein und der vorherigen Lethargie Platz zu machen. Unsicher setzte sie einen Fuß vor den anderen, kam dabei ein wenig aus dem Gleichgewicht und stolperte nach vorn in Kerschbaumers Arme. Er fing sie auf und betrachtete sie einige Augenblicke lang mit grenzenloser Verachtung. Dann schlug er sie ins Gesicht, links, rechts, links, rechts, bis sie kaum hörbar zu weinen begann. »Du wirst nie wieder, hörst du, nie wieder, solange du hier mit mir unter einem Dach lebst, so mit mir reden«, drohte er ihr. »Du kannst dich von mir aus zu Tode trinken, aber du musst dabei aufpassen, was du sagst. Ich bin mein eigener Herr! Ich kann tun und lassen, was ich will. Ich bin dir keine Rechenschaft darüber schuldig. Deine Tochter fragst du ja auch nicht, was sie so treibt. Grüß sie schön, sie wird demnächst einiges von mir zu hören bekommen. Und jetzt lass mich in Ruhe!«

Er stieß sie förmlich auf die Couch in der Sitzecke auf der anderen Seite des Zimmers. Anschließend ging er ins Bad, duschte sich und summte dazu alle möglichen Lieder. Eine halbe Stunde später befand sich Margarete bereits wieder allein in der Wohnung.

KAPITEL 7

Freitag, 8. Jänner

Auch diesmal erkannte Leopold ihn nicht auf Anhieb. Andreas Jungwirth saß schwarz gelockt mit knallgelbem Sakko und violettem Halstuch da, die unvermeidliche Sonnenbrille auf der Nase, neben sich eine junge Frau, die sicher nicht älter als 25 Jahre war. Im Gegensatz zu ihrem aufgemotzten Begleiter wirkte sie einfach und natürlich. »Schau, meine liebe Flora, da kommt er schon, unser Oberkellner«, lächelte Jungwirth ihr zu. »Hat immer einen Scherz auf den Lippen, du wirst sehen!«

»Habe die Ehre, Herr Jungwirth. Was belieben zu wünschen?«, kam Leopold auch schon herbei.

»Mir bringst du ein Achterl trockenen Weißwein wie immer«, ließ Jungwirth ihn wissen.

»Und für das Fräulein Tochter?«

Jungwirths sonnenstudiogebräuntes Gesicht konnte einen Anflug von Röte nicht ganz kaschieren. »Siehst du«, neigte er den Kopf zu seiner Nachbarin. »Was habe ich dir gesagt? Er ist eben ein kleiner Scherzbold, unser Leopold. Das ist natürlich nicht meine Tochter, sondern eine liebe gute Bekannte. Was gustert dich denn an, Flora? Was möchtest du haben?«

Flora schaute Jungwirth kurz mit großen Augen an. »Eine heiße Schokolade mit Schlagobers hätt' ich gern«, äußerte sie dann leise und nur schwer verständlich. »Und eine Mehlspeise.«

Leopold hob die Augenbrauen und zählte auf: »Sachertorte, Esterhazytorte, Obstschnitte, Marillenkuchen, Topfenstrudel.«

Ein Glänzen kam in Floras Augen. »Einen Marillenkuchen mit viel Schlagobers«, teilte sie ihm mit, und es war wiederum nur schwer zu verstehen.

»Du warst tatsächlich noch nie hier?«, redete Jungwirth weiter auf sie ein. »Ich komme immer wieder gern herein. Es ist so ein ruhiges, angenehmes Lokal. Es gefällt dir doch?«

Flora nickte.

»Du würdest mich also zu dem Gschnas hier am Samstag begleiten?«

Flora legte den Zeigefinger ihrer linken Hand unter ihr Kinn und schaute sich alles genau an, so als müsse sie sämtliche Einzelheiten gegeneinander abwägen, die für oder gegen den Besuch des Kostümballs sprachen. »Aber natürlich«, stimmte sie dann lächelnd zu und rückte ziemlich nahe an Jungwirth heran.

Jungwirth legte seinen linken Arm um Floras Schulter und drückte ihr einen Kuss auf die Wange. »Ich hab's ja gewusst! Du bist ein Prachtmädel«, freute er sich. Beim zweiten Kuss kam Leopold mit den Getränken und dem Kuchen. »Wohl bekomm's, Herr Jungwirth! Und extra viel Schlagobers für das Fräulein«, säuselte er dienstbeflissen, sich diskret den Anschein gebend, nichts von diesen Zärtlichkeiten bemerkt zu haben.

Gerade damit machte er Jungwirth erneut verlegen. »Flora und ich sind, wie gesagt, gute Bekannte, mehr nicht«, raunte er Leopold zu.

»Selbstverständlich!«

»Du darfst da auf keine falschen Gedanken kommen!«

»Aber wie könnte ich!«

»Die Sache ist im Grunde genommen die«, machte Jungwirth einen Erklärungsversuch. »Flora ist meine Retterin in höchster Not. Durch eine unglückliche Terminkollision kann meine Frau leider nicht auf das Gschnas gehen, sie fährt zu ihrem Bruder nach Wiener Neustadt. Soll ich ihre Karte verfallen lassen? Und dann ganz allein herkommen, wenn alle anderen paarweise eintrudeln? Nein, nein, das wäre doch nichts. Also habe ich Flora gefragt, ob sie mit mir kommen möchte, und sie hat ja gesagt.«

»Eine charmante Idee«, befand Leopold. »Bloß der lieben Gattin wird's, fürchte ich, nicht recht sein!«

»Die weiß natürlich nichts davon«, beruhigte Jungwirth ihn. »Ich habe ihr selbstverständlich nichts von meinem Plan erzählt, Flora zur Balldame zu wählen, um sie nicht unnötig nervös zu machen. Sie denkt, ich treffe mich mit ein paar Spezln beim Heurigen. Das heißt, was unsere Anwesenheit am Samstag hier betrifft, ist äußerste Diskretion geboten.«

»Ich würde trotzdem vorsichtig sein, Herr Jungwirth«, mahnte Leopold. »Bei diesen Computern heute genügt ein Foto, das steht dann im Internet und hängt als ständiges Damoklesschwert über Ihnen.«

»Du vergisst die Verkleidung«, erinnerte Jungwirth ihn. »Und nach Mitternacht, wenn die Masken fallen, werden wir eben bald gehen.«

Flora hatte inzwischen schweigend ihre heiße Schokolade getrunken und den Marillenkuchen vertilgt. Sie stand auf und lenkte ihre Schritte in Richtung Toilette.

»Was sagst du, ist das nicht ein Ballhaserl, dass einem das Herz im Leibe lacht?«, schwärmte Jungwirth, kaum dass sie weg war. »Du wirst es mir nicht glauben, aber solche Mädchen laufen mir in letzter Zeit richtiggehend nach. Ich hab die Flora vor zwei Tagen zufällig auf der Straße kennengelernt. Am Samstag ist sie schon hier mit mir auf dem Gschnas. Hunderte könnt' ich haben auf meine, na ja, nicht mehr ganz so jungen Tage. Und warum?«

»Haben Sie im Lotto gewonnen?«, fragte Leopold. »Oder eine Erbschaft gemacht?«

Jungwirth verzog sein Gesicht. »Mit dir kann man wirklich nicht ernst reden«, seufzte er. »Dabei ist alles ganz einfach und auch für dich nicht uninteressant. Eine junge Frau sucht heutzutage einen Mann mit Erfahrung, der sich nicht so dumm anstellt wie die ganzen Buberln, die nur das eine wollen und doch nicht wissen, wie's geht. Einen, der ihnen auch geistig und seelisch etwas zu vermitteln vermag. Einen, an den sie sich anlehnen können. Kurz gesagt, einen reifen Mann, der aber trotz allem körperlich jung geblieben ist. So wie ich! Schau her, was ich aus mir gemacht habe. Aber es ist kein Mirakel, das kannst du auch. Man muss nur von dem blöden Gedanken wegkommen, dass die besten Jahre schon vorüber sind.«

»Ich sag's ja, die Frau Gemahlin wird nicht begeistert sein«, gab Leopold erneut zu bedenken.

Jetzt verklärte sich Jungwirths Blick. »Natürlich ist eine gewisse Gefahr, dass man den Versuchungen, die auf einen zukommen, erliegt, gegeben. Aber wie heißt es so schön? Der Kavalier genießt und schweigt. Manchmal ist es gar nicht anders möglich. Das Schicksal will es so. Die Gattin braucht davon aber absolut nichts zu erfahren, hörst du?«

»Selbstverständlich, Herr Jungwirth!« Leopold versuchte sich vorzustellen, wie Jungwirth genoss, ein junges Mädchen nach dem anderen zu vernaschen. Betörende Schönheiten gaben sich ihm hin, jede noch hübscher als die vorherige. Jungwirth gab sein Bestes, den Kopf zwischen den Brüsten und den Unterleib zwischen den Schenkeln vergraben. Er rackerte sich ab wie ein Sexualroboter und drückte noch das letzte Tröpferl aus sich heraus. War das alles wirklich so ein toller Genuss?

»Wie gesagt, auch dir stehen ungeahnte Chancen offen. Ich kann dir Spezialisten empfehlen, die deinen Körper wieder auf Vordermann bringen, und diverse Cremes bekommt man ganz leicht über das Internet«, redete Jungwirth unterdessen weiter. »Und solltest du etwas brauchen, damit … also damit du dich den Damen auch wirklich erkenntlich zeigen kannst … damit es keine Probleme gibt, wenn du sozusagen deinen Mann stehen sollst … hab ich alles zu Hause, brauchst nur zu mir zu kommen. Na, was sagst du zu diesen Aussichten?«

»Das sind Aussichten auf einen frühen Tod«, gab Leopold zurück, noch einmal Jungwirth mit roboterhaften krampfartigen Verrenkungen vor seinem inneren Auge. »Einen schönen Tod vielleicht, aber einen frühen und disreputierlichen Tod immerhin.« Er sah Flora von der Toilette zurückkommen und fügte sarkastisch hinzu: »Dieses Haserl wollen Sie vernaschen, während das Weiberl beim Brüderl ist?«

»Immer einen Scherz auf den Lippen, dieser Leopold«, wandte sich Jungwirth mit verlegenem Grinsen an sie und legte gleich wieder den Arm um ihre Schulter. »Aber diskret, wenn's drauf ankommt, darauf kann man sich Gott sei Dank verlassen. Du hast aufgegessen und ausgetrunken?«

Flora nickte und machte ihre Augen so groß, dass eine 2-Euro-Münze darin Platz gehabt hätte. »Ich möchte noch dorthin, wovon wir vorhin gesprochen haben«, bat sie. »Nimmst du mich mit?«

»Aber natürlich, mein Engel!« Jungwirth kramte in seiner Tasche und holte ein paar Münzen hervor, die er Leopold zur Begleichung seiner Rechnung überreichte. Außerdem steckte er ihm einen 10-Euro-Schein zu. »Ich hoffe, ich kann mich wirklich auf dich verlassen«, schärfte er ihm dabei ein. »Und wie gesagt, wenn du einmal etwas brauchst …«

»Ist schon recht, Herr Jungwirth!« Leopold glättete den Schein und ließ ihn in seiner privaten Brieftasche verschwinden. Schon komisch, was für ein Gigolo aus dem früher so biederen Jungwirth geworden war. Ob er wohl auch einmal solche Anwandlungen bekommen würde? Garantiert nicht. Er hatte doch seine Erika, und auch wenn sie in letzter Zeit mit dem Tanzen ein wenig übereifrig war, schien sie doch das Beste zu sein, was ihm in punkto Frau widerfahren hatte können. Dieser Jungwirth mit seinem jugendlichen Getue kam ihm eigentlich nur lächerlich vor. Warum ließ sich der in seinem Alter auf solche Eskapaden ein, die ihm in letzter Konsequenz auch nicht viel brachten, außer dass sie seine Ehe gefährdeten? Manchmal trieben die Menschen höchst seltsame und unergründliche Dinge.

Irgendwie erinnerte Jungwirth Leopold an seinen Freund Thomas Korber, der seine Beziehung zu Geli Bauer so lange aufs Spiel gesetzt hatte, bis sie schließlich zerbrochen war. Dabei fiel ihm ein, dass er Thomas im heurigen Jahr überhaupt noch nicht gesehen hatte. Er machte sich Sorgen, überlegte, ob er sich nicht doch mit einem Anruf bei ihm melden sollte. Aber dann beschloss er, noch ein bisschen zu warten. Bis jetzt hatte Korber in guten wie in schlechten Zeiten immer wieder zurück ins Café *Heller* gefunden.

*

Die Generalprobe war zwar noch nicht die Premiere, und alle Fehler, die einem dabei unterliefen, ließen sich, wenn's darauf ankam, noch ausbessern. Trotzdem sind alle erleichtert, wenn sie gelingt: wenn die einzelnen Abläufe passen, die Stichwörter sitzen, und jeder genau weiß, wann er welche Requisiten auf die Bühne mitzunehmen und auch wieder wegzuräumen hat. Damit war schon viel gewonnen, auch wenn natürlich eine perfekte Erstaufführung keineswegs garantiert war.

Die *Alpengeister* feierten deshalb bei einem Glas Wein, dass alles gut gegangen war. »Ich hoffe, jeder weiß, dass die Premiere erst morgen stattfindet«, mahnte Markus König. »Dann müssen alle konzentriert und fit sein. Also übertreibt es bitte nicht und schaut, dass ihr bald ins Bett kommt.«

»Da brauchst du keine Angst zu haben«, entgegnete Sascha Komenda. »Aber morgen, wenn alles vorbei ist, möchten wir eigentlich gemeinsam beisammen sitzen und auf den hoffentlich gelungenen Abend anstoßen. Und da soll ein Teil von uns noch in dieses Kaffeehaus! Um Mitternacht großteils beschwipsten Ballgästen etwas vorspielen und ein paar Lieder vorsingen! Das ist uns gar nicht recht. Was schaut denn überhaupt dabei heraus?«

König wand sich. Wondratschek hatte ihn überredet, sozusagen aus Gefälligkeit nur eine sehr freundschaftlich bemessene Summe zu verlangen. »Zugegebenermaßen nicht viel«, gestand er. »Aber immerhin ein kleiner, nicht unwesentlicher Beitrag für unsere gemeinsame Kasse.«

Nun gingen die Stimmen durcheinander: »Wie konntest du so etwas vereinbaren?« – »Wir arbeiten doch nicht im Akkord und noch dazu fast gratis!« – »Wenn man sich nicht einmal mehr nach der Premiere mit den Kollegen zusammensetzen kann, wann dann?«

Komenda atmete tief durch. König war eine Respektsperson, jemand, dessen Wünsche für gewöhnlich jeder erfüllte. Er war jedoch auch jemand, der auf seine Mitarbeiter hörte. »Niemand von uns möchte bei dieser Sache mitmachen, Markus«, ließ er ihn deshalb wissen. »Es ist einfach gegen unsere bisherige gemeinsame Kultur und bringt nur Unfrieden. Bitte sieh das ein!«

»Jetzt wollt ihr abspringen? Einen Tag vorher? Wisst ihr, was das heißt? Ich habe fix zugesagt«, empörte König sich.

»Du hast uns vorher nicht gefragt. Es herrscht schon eine ganze Weile Unmut. Jetzt kommt eben alles hervor. Ich fürchte, du musst dir etwas einfallen lassen.«

In Königs Hirn liefen ständig mehrere Pläne gleichzeitig ab. Natürlich war ihm die jetzige Situation äußerst unangenehm. Andererseits konnte bei einem Ensemble wie den *Alpengeistern* immer etwas Unvorhergesehenes passieren. Obwohl es das Ehrgefühl eines Schauspielers verlangte, seine Truppe nie im Stich zu lassen und eigentlich nur der Tod als geeignete Entschuldigung für ein Nichtauftreten galt, war in der Praxis niemand gegen Krankheit, Unfall oder eine andere Verhinderung gefeit. Also musste man hin und wieder improvisieren. Genau darauf stellte sich König jetzt ein.

»Ich möchte niemanden von euch zwingen …«, stellte er noch in den Raum. Die Gesichter sagten ihm sofort, dass sich auch niemand von seinen Leuten zu etwas zwingen lassen würde. Das waren eben keine Vollprofis, sondern Schauspieler aus Liebhaberei, die durch eine geringfügige Gage ihr Einkommen ein wenig aufbesserten und nach getaner Arbeit ihre Ruhe haben wollten. Er hätte es wissen müssen.

König atmete tief durch. Mit etwas Glück würde sich jedoch alles machen lassen: Reduzierung des Programms von drei Szenen auf zwei Lieder, keine Zugaben, keine Effekte, nichts. Wondratschek musste das einsehen. König selbst, der ja im Stück den Fortunatus Wurzel verkörperte, würde das *Brüderlein fein* singen und das *Hobellied* aus dem *Verschwender* übernehmen, für das Sascha Komenda vorgesehen gewesen war. Für einen alten Hasen wie ihn kein Problem. Für das *Brüderlein fein* brauchte er allerdings eine Partnerin, die als Jugend auftrat. Und Traudl Mader, die diese Rolle in der Theateraufführung spielte, hatte sich den Streikenden angeschlossen.

In dieser Situation gab es nur eine treue Weggefährtin, auf die er sich verlassen konnte, und das war Gisela Roithner. Gisela war zwar schon etwas über die Jahre hinaus, in denen man normalerweise diesen Part übernahm, aber mit entsprechendem Make-up konnte man das für die wenigen Minuten, auf die es ankam, tadellos kaschieren. Den Liedtext musste sie eben kurz einstudieren. Eine passable Sängerin war sie obendrein. Wie auch immer, es blieb für den Augenblick die einzige Möglichkeit. Also würde er sie inständig um diesen Gefallen bitten müssen.

»Du willst mich wieder einmal überreden, dir zu helfen, ich seh's dir an«, kam sie ihm zuvor. »Na gut! Irgendjemand muss es ja tun, auch wenn es uns so gar nicht passt, was du da vereinbart hast. Ich nehme an, es handelt sich um die Jugend. Also opfere ich mich, wenn du in Kauf nimmst, dass meine Stimme im Augenblick etwas angegriffen ist. Die Erkältung, du weißt …«

Spontaner Applaus von allen. König war erleichtert. »Danke, Gisela«, stieß er hervor.

»Schon gut«, tat sie, als ob nichts wäre. »Es gibt nicht viele, die die Lakrimosa und die Jugend an einem Abend spielen. Zu denen gehöre ich jetzt.«

Somit war für König das letzte große Hindernis vor der Premiere aus dem Weg geräumt. Alles schien sich nun in die richtige Richtung zu entwickeln. Da war nur noch so etwas wie eine Vorahnung. Mit Gisela war König auch die unliebsame Begegnung mit Siegfried Streitenberger wieder eingefallen. Irgendwie wurde er das Gefühl nicht los, dass ihm dieser Mann noch alles verderben konnte.

*

Samstag, 9. Jänner, frühmorgens

»Schau, Schnucki, es schneit!« Entzückt öffnete Erika Haller das Fenster ihrer Wohnung und schaute auf die dichten Flocken, die draußen ruhig und regelmäßig zu Boden fielen. Es sah ganz so aus, als würden sie liegen bleiben und so die Stadt zumindest vorübergehend mit einer weißen Decke überziehen.

Leopold quittierte diese Nachricht mit einem verärgerten Grummeln. Wenn er etwas nicht leiden konnte, dann war es Schnee schon in aller Frühe. »Hättest du mir das nicht ein bisschen später sagen können?«, motzte er.

»Aber weshalb denn?«, fragte Erika, die sich im Gegensatz zu ihm an dem Naturschauspiel erfreute.

»Dann hätte ich wenigstens noch in aller Ruhe frühstücken können.«

»Du hättest es ohnedies gesehen, sobald du einen Blick aus dem Fenster gemacht hättest.«

»Ich hätte eben mit starrem Blick durch die Flocken durchgeschaut und mir eingebildet, ich träume noch.«

»Ach Schnuckilein! Du bist nur nervös wegen heute Abend! Da brauchst du halt etwas, worüber du dich künstlich aufregen kannst.«

»Ich mich künstlich aufregen? Das ist bei dieser Wetterlage nicht notwendig. Da ist es die natürlichste Sache der Welt, wenn einen der Ärger packt. Das kommt sozusagen von selber«, brummte Leopold, lustlos mit seinem Löffel auf die Schale seines Frühstückseis klopfend. Erika wusste, dass das nur der Beginn einer längeren Tirade war, so gut kannte sie ihr Schnucki schon. Am besten war es, sich alles geduldig anzuhören, ihm dabei ein paar Mal tief in die Augen zu schauen und immer wieder zustimmend zu nicken. So ging diese Phase am problemlosesten vorüber.

»Natürlich ist Schneefall in unseren Breiten nie ganz zu vermeiden«, begann er auch schon, während er in sein Marmeladebrot biss. »Ich verstehe nur nicht, wie man dieser Laune der Natur etwas Positives abgewinnen kann. Wäre heute nicht Samstag, sondern ein ganz normaler Wochentag, könnte ich nicht so ruhig beim Frühstück sitzen. Ich müsste mir den Kopf darüber zerbrechen, wie ich in die Arbeit komme. Das Fahrrad, dem neuerdings ja alles geopfert wird, könnte ich schon einmal vergessen.

Und das Auto? Da ich keinen Garagenplatz habe, muss ich es zunächst einmal abkehren und die Scheiben abkratzen. Dabei höre ich zu meinem Kratzen noch das Kratzen der Scheibenkratzer der ganzen Straße, gepaart mit dem Scharren der Schneeschaufeln der Hausbesorger, die sich bemühen, den Gehsteig notdürftig frei zu machen. Ein klangliches Erlebnis der Sonderklasse! Dabei sehe ich, wie es denjenigen geht, die an so einem Tag versuchen, ihren Weg zu Fuß zurückzulegen: Die wackeln, rutschen, stolpern und fallen hin, dass es eine Freude ist. Nicht umsonst haben bei Schneefall die Unfallstationen in den Spitälern Hochbetrieb. Und dauernd kreischen irgendwo die Sirenen der Einsatzfahrzeuge. Die hört man natürlich ebenfalls. Nur eines hört man nicht: das Bimmeln auch nur einer einzigen Straßenbahn. Wenn es schneit, fahren Straßenbahnen, glaube ich, grundsätzlich nicht. Ab und zu wird eine Garnitur auf die Reise geschickt, damit die Leute einen Eindruck davon bekommen, wie es wäre, wenn Straßenbahnen auch bei solchem Wetter verkehren würden. Aber die ist dann so voll, dass ohnedies niemand zusteigen kann.

Also kratze ich weiter, weil man an einem solchen Tag zwar das Auto stehen lassen soll, ohne Auto aber überhaupt nirgendwo hinkommt. Schließlich starte ich den Motor und wage mich auf die Straße. Dabei muss ich aufpassen wie ein Haftelmacher und den ständig stolpernden, rutschenden und hinfallenden Menschen ausweichen, denn wo der Gehsteig nicht geräumt ist, rutschen, fallen und stolpern sie lieber auf der Straße. Und dann sind da noch die Kinder! Eingepackt in dicke Winterjacken mit Kapuzen, damit sie ja nichts sehen und hören, vielleicht noch Stöpseln mit irgendeiner lauten Musik im Ohr, rennen sie johlend und schneeballwerfend durch die Gegend und scheren sich einen Dreck darum, ob ein Fahrzeug daherkommt. So rutscht alles durch die Gegend, mein Auto inklusive, das aber dann doch bald irgendwo stehen bleibt, weil vor ihm auch alle anderen Autos stehen und nichts mehr weitergeht. Dann steckt man im Stau und fragt sich, warum man überhaupt von zu Hause fortgegangen ist. Ist das schön? Ist das ein Grund zum Feiern? Ein Grund zum Verzweifeln ist das!«

Leopold machte eine kurze Pause, um sich noch ein Marmeladebrot zu streichen. Erika schwieg und wartete auf Teil zwei seiner Ausführungen. »Man sollte also schon wenn die ersten Flankerln herniederfallen an all die Unannehmlichkeiten und Gefahren denken, die sie hervorrufen können«, fuhr er, einen Bissen im Mund kauend, auch schon fort. »Staus, Unfälle, Knochenbrüche, in den Bergen Lawinen und so weiter. Und selbst wenn nichts passiert, freuen sich alle, die über die weiße Winterlandschaft jubeln, zu früh. Jeder Schnee wird nämlich unweigerlich einmal zu Gatsch, und der bespritzt Kleidung und Schuhe. Zusammen mit dem Salz, das wegen ihm gestreut wird, ist Schnee überhaupt der größte Schuhvernichter, den es gibt. Und egal welche Konsistenz er hat, es wird immerzu alles nass. Die Leute sehnen so etwas aber offensichtlich herbei. Wenn es einmal in einem Winter Gott sei Dank weniger schneit, bekommen sie so eine unnatürliche nostalgische Euphorie und jammern, dass es in früheren Zeiten noch einen ›richtigen Winter‹ gegeben habe. Dabei kann mir kein Mensch einreden, dass es damals besser war. Es war genauso nass, kalt und gatschig wie heute, und alle haben genauso geschimpft und geflucht und gehofft, dass alles möglichst schnell wieder vorübergeht. Und wer sich an die angeblich so lustigen Schneeballschlachten seiner Kindheit zurückerinnert, sollte nicht vergessen, dass er nach einer ordentlichen Abreibung vermutlich geweint hat, völlig durchnässt nach Hause gekommen ist und sich von seiner Mutter die damals noch erlaubte ›g'sunde Watsch'n‹ abgeholt hat und schließlich als Folge des Spaßes mit Fieber ins Bett musste. So war das und nicht anders!«

»Hört, hört«, kam Erikas Kommentar. Sie schaute auf die Uhr. Die zehn Minuten, die sie Leopold für seine Ergüsse zugestanden hatte, waren längst vorüber. »Bist du jetzt fertig, Schnucki?«, fragte sie, während sie den Tisch abräumte.

»Dir gefällt dieses Schneetreiben natürlich«, erwiderte er mit verständnislosem Kopfschütteln. »Ich muss heute Abend jedenfalls einen Haufen Menschen in nassen Kostümen bedienen, die mit feuchten Geldscheinen bezahlen und die kleinen Steinderln von ihren Schuhsohlen munter auf dem Tanzparkett verteilen. Es wird die Hölle!«

Erika verzog das Gesicht. »Du suchst nur nach einer Ausrede, damit du nicht mit mir tanzen musst«, folgerte sie.

»Ich fürchte, das wird heute wirklich unmöglich sein«, seufzte Leopold.

»Überleg dir das noch gut! Es sind sicher genug fesche Männer auf dem Kostümball, die das Tanzbein schwingen«, warnte Erika ihn. »Und weil du gerade so fürchterlich auf das Wetter schimpfst: Weißt du, als was ich auf das Gschnas gehe? Als Schneekönigin!«

KAPITEL 8

Samstag, 9. Jänner, abends

Es hörte nicht auf zu schneien, und es sah ganz so aus, als ob es das erste richtige Winterwochenende des Jahres werden würde. Das schien außer Leopold jedoch niemandem die Laune zu verderben. Langsam, aber sicher trudelten gegen halb acht Uhr abends die ersten maskierten Gäste im Kaffeehaus ein. Herr und Frau Heller hatten zusammen mit Tochter Doris alles unternommen, um für die Ballbesucher den nötigen Platz zu schaffen. Sogar die Billardbretter hatte man mit Platten abgedeckt, damit man sie als Tische im herkömmlichen Sinn verwenden konnte.

Während Leopold missmutig die ersten nassen Schuhabdrücke betrachtete, die trotz Abstreifer und zusätzlich ausgelegten Tüchern entstanden waren, schien sich sein Kollege Waldemar *Waldi* Waldbauer schon auf die kommenden Ereignisse zu freuen. »Wirst sehen, das wird eine rauschende Ballnacht«, stellte er überzeugt fest. »Ich kenn diese Festln ja schon vom *Wildner*!«

»Vom *Wildner*? Du warst schon einmal beim *Wildner* am Gschnas?«, fragte Leopold überrascht.

»Jedes Jahr«, brüstete Waldi sich. »Da ist es immer hoch hergegangen. Dann wollte er halt noch mehr verdienen und hat die Leute geneppt. Drum kommt die Hautevolee jetzt zu uns.«

»Da musst du ja eine Menge Leute kennen«, fiel Leopold ein.

»Na und ob! Ich erkenne sie alle, trotz ihrer Verkleidungen. Mir kann keiner was vormachen. Die meisten sind nämlich nicht sehr einfallsreich und ziehen jedes Jahr dasselbe

Kostüm an. Dann tun sie ganz geheimnisvoll, dabei weiß eh jeder, um wen es sich handelt.«

»Interessant! Du kannst also schon beim Hereinkommen mit ziemlicher Sicherheit sagen, wer wer ist?«

»Mit praktisch 100-prozentiger Sicherheit!« Als im selben Augenblick eine als Maus getarnte Frau das *Heller* betrat und sich leicht schwankend sofort auf die Theke zu bewegte, nahm Waldbauer die Gelegenheit wahr, sein Können zu zeigen. »Das ist zum Beispiel Margarete Kerschbaumer«, teilte er Leopold mit. »Sie verkleidet sich immer als Mauserl. Beobachte außerdem bitte ihre zielstrebige Orientierung in Richtung Theke, das ist das beinahe noch entscheidendere Markenzeichen. Ich kombiniere, dass sie bereits leicht illuminiert ist. Aber das wird sie nicht daran hindern, heute noch einige Gläser zu schnupfen.«

»Ist sie etwa allein da?«

»Nein! Die Piratenbraut da vorn ist ihre Tochter Gabriele. Den Piraten daneben kenne ich nicht, wird aber ihr Freund sein, nehme ich einmal an. Ihr Mann, Rainer Kerschbaumer, kommt sicher auch gleich. Die beiden erscheinen selten irgendwo zur gleichen Zeit. Meist taucht zuerst der eine auf, irgendwann später der andere. Kann sein, dass sie sich während des Balls auch aus dem Weg gehen. Du merkst schon, dass es um ihre Ehe nicht zum Besten bestellt ist.«

»Den da drüben kenn' jetzt sogar ich«, bekundete Leopold stolz. »Afro-Perücke und dunkel angemaltes Gesicht. Das kann nur der Jungwirth sein. Aufgrund der Sonnenbrille unverkennbar. Dann muss diese knabenhafte Figur neben ihm mit dem roten Glitzersakko und dem Zylinder das neue Pupperl sein, das er sich angelacht hat. Schaut aus wie eine Art Zirkusdirektor. Du lieber Mann!«

»Einen Gespritzten bitte! Bringt mir denn niemand ein Glas Spritzwein?«, machte Margarete Kerschbaumer nun lautstark auf sich aufmerksam.

»Im Kartenpreis ist ein Glas Sekt als Begrüßungsgetränk inkludiert, Gnädigste«, informierte Leopold sie dezent.

»Ich will keinen Sekt, ich will meinen Spritzwein«, beharrte Margarete.

Waldbauer zuckte mit den Achseln und schenkte ihr ein Glas ein. Dabei sah er aus dem Augenwinkel einen weiteren Gast eintreten und zwinkerte Leopold zu. »Das ist Gatte Rainer«, teilte er ihm im Flüsterton mit. »Wetten hätte ich darauf können, dass er auch heuer wieder wie jedes Jahr als Scheich geht. Grüßt alle mit ›salemaleikum‹ und verkriecht sich dann in irgendeinen Winkel, wo er möglichst wenig gestört wird. Seine Frau würdigt er natürlich keines Blickes. Das ist bei den beiden halt so.«

»Und warum kriselt es in der Beziehung?«, wollte Leopold wissen.

»Sie bechert ganz schön, das siehst du ja! Angeblich, weil sein Interesse für sie stark nachgelassen hat. Das hat er seit jeher mehr für seine Firma und andere Frauen gehabt. Hast du schon einmal was von der Creme ›Le Printemps‹ gehört?«

Leopold deutete an, dass ihm der Name kein Begriff war.

»Die hat er neben anderen kosmetischen Produkten entwickelt. Aber durch die ist er bekannt geworden. Angeblich macht sie um Jahre jünger, na, und wenn du den Leuten so etwas versprichst, braucht das Produkt nur mehr die Hälfte davon zu halten und ist schon ein Renner. Die Firma ist gut gegangen. Sensationell gut! Vor zwei Jahren oder so hat Kerschbaumer sie dann verkauft. Muss in Geld schwimmen, der Mann. Aber auf der Gefühlsebene scheint's zu hapern.«

Leopold musste unwillkürlich an Jungwirth denken. Der badete wahrscheinlich täglich in ähnlichen Produkten. Und jetzt schlurfte er immerhin mit einer Begleiterin Mitte 20 durch die Gegend, weil seine Frau an diesem Wochenende nicht da war. Wenn das nur gut ging!

Schön langsam mussten er und Waldbauer sich an die

Arbeit machen. Alles lief, wenn man es positiv sehen wollte, reichlich ungezwungen ab, man konnte auch sagen chaotisch. Von guter Organisation keine Rede. Die einen Gäste holten sich als Erstes ihr Glas Sekt als Begrüßungsgetränk, die anderen suchten zuerst ihren Sitzplatz, und der Rest stand irgendwie orientierungslos im Weg herum. Plötzlich huschte eine Frau mit weißem Kleid, Gesichtsmaske und güldener Krone im Haar an Leopold vorbei. Das musste die Schneekönigin sein. »Erika!«, entfuhr es ihm. Doch die Frau reagierte nicht und gab ihm im Gedränge nur einen leichten Schubser, sodass er Mühe hatte, sein Tablett unter Kontrolle zu halten. Schon wollte er sie zur Rede stellen, da bemerkte er, dass sie einen Mann an der Hand hinter sich herzog. Er war relativ einfach mit einem Arbeitsanzug und einer Kappe, auf der »Dienstmann« stand, kostümiert. Im Gesicht trug er die nicht sehr originelle Dreierkombination aus Plastikbrille, -nase und -schnurrbart. Er lächelte kurz in Richtung Leopold und tat so, als ob er etwas bestellen wollte, aber die Frau schleifte ihn unbarmherzig weiter.

Nein, das war nicht seine Erika, auf keinen Fall. Das war ja auch nicht das Kostüm, das sie ihm zu Hause noch gezeigt hatte. Es handelte sich also um eine andere Königin, Prinzessin oder Fee, die er noch nie gesehen zu haben glaubte. Aber der Mann kam ihm bekannt vor. Der sehnsüchtige Blick, mit dem er zu Leopold geschaut hatte, war unverwechselbar. Es musste Thomas Korber sein, daran bestand nach einer kurzen Schrecksekunde kein Zweifel. Thomas Korber mit durstigem Blick und in resoluter weiblicher Begleitung – das versprach, einigermaßen anstrengend zu werden.

*

Natürlich hatte Leopold nicht vergessen, dass es einen Mann gab, auf den er sein besonderes Augenmerk richten musste:

einen älteren, untersetzten Glatzkopf namens Herbert Salomon, der sich angeblich vorgenommen hatte, während des Balls ein Verbrechen zu begehen. Doch dieser Mann war ja, wie alle anderen, verkleidet, womöglich mit einem prächtigen Lockenkopf oder einer Langhaarperücke über dem kahlen Haupt. So jemanden während des Servierens aus dem Gewirr an Gästen herauszufiltern, die sich recht zwanglos im Lokal verteilten und ständig hin und her bewegten, erwies sich als eine schwierigere Aufgabe, als erwartet. Auf seiner Suche nach geeigneten Verdächtigen hätte Leopold beinahe seine Erika übersehen, die nun tatsächlich als Schneekönigin das *Heller* betrat.

Die Musikkapelle mit dem klingenden Namen *Bridge Across the Danube* hatte mittlerweile zu spielen begonnen, und schon drehten sich die ersten Paare im Kreis. »Oh wie schön«, schwärmte Erika. »Ich kann es kaum erwarten, das Tanzbein zu schwingen. Glaubst du nicht, dass du es schon früher mit mir probieren darfst? Nur für ein paar Takte?«

»Das ist leider ausgeschlossen«, blieb Leopold hart. »Du siehst ja, was los ist! Wenn die Leute tanzen, werden sie durstig, wenn sie durstig sind, wollen sie etwas trinken, und wenn sie etwas trinken wollen, bin ich dran!«

»Und du hast wieder einmal die beste Ausrede der Welt«, stellte Erika verärgert fest. »Wundere dich nur nicht, wenn ich mich heute mit anderen Männern vergnüge. Zumindest in ihren Verkleidungen sehen einige ausgesprochen fesch aus. Ich bin ja nicht gekommen, um dir beim Arbeiten zuzusehen.«

Sie machte ein Schnoferl, das sogar durch ihre Maske zu sehen war, drehte sich von ihm weg und verschwand in der Menge. Leopold wollte noch etwas sagen, aber da war sie schon inmitten der anderen Gäste untergetaucht. Dafür drängte sich auf einmal eine auf Jüngling getrimmte Gestalt herein, der das blonde Haar bis auf die Schultern fiel. Auf einem überlangen

T-Shirt, das in der Mitte mit einer Schnur zusammengebunden war und deshalb wie ein Kleid wirkte, stand in großen Buchstaben *Amor* aufgedruckt. Das Gesicht war mit weißer und roter Farbe bemalt, was es mehr oder minder unkenntlich machte. Über der Schulter hing ein Köcher mit Pfeilen, und in der rechten Hand hielt die Gestalt einen Bogen.

Das ist er, schoss es Leopold durch den Kopf. Eine Frechheit, dass der Kerl die Mordwaffe gleich so offensichtlich mit sich trug. Denn bei dem als Liebespfeile getarnten Köcherinhalt schien es sich um keine Attrappen zu handeln. Leopold, der mit einer Flasche Bier und dem dazugehörigen Glas zu einem Gast unterwegs war, blieb abrupt stehen und fixierte den Neuankömmling. Dadurch verriet er sich Amor gegenüber. Denn als er das Bier abgestellt und das Geld dafür einkassiert hatte, war der Liebesgott nicht mehr zu sehen.

Wohin mochte er sich verdrückt haben? Die mittlerweile auf ein Halbdunkel herabgedrehte Beleuchtung machte die Suche noch schwieriger. Noch dazu hörte Leopold um sich herum ungeduldige Rufe nach Getränkenachschub. Doch ungeachtet dessen lenkte er seine Schritte zielbewusst in Richtung Tanzfläche, wo die Band gerade einen Slowfox spielte. Dort schien ihm der beste Platz für den Kerl zu sein, sich zu verstecken.

Das Erste, was er sah, war jedoch seine Erika, auf Tuchfühlung mit einer Art Faschingsprinz tanzend, dessen Hände seiner Meinung nach mehr arbeiteten als seine Beine. Entrüstet wollte sich Leopold auf das Paar stürzen, aber da lief ihm Amors Gestalt über den Weg. Er rief: »He, Sie da«, und wusste im nächsten Moment, dass er erneut überreagiert hatte. Sofort mischte sich Amor wieder unter die Menge. Unschlüssig blieb Leopold stehen. Was sollte er tun? Er konnte ja keine Verfolgungsjagd durchs Kaffeehaus starten. Blieb er hingegen untätig, war unter Umständen ein Attentat mit Pfeil und Bogen zu befürchten.

Während er verzweifelt hin und her überlegte, packte ihn jemand von hinten am Arm. »Endlich«, flötete eine weibliche Stimme. »Auf diesen Augenblick habe ich schon die ganze Zeit gewartet. Sie waren mir gleich sympathisch, als ich zur Tür hereingekommen bin. Los, tanzen wir!«

Es war die Maus, die vorher noch teilnahmslos an der Theke gelehnt war und einen weißen Spritzer getrunken hatte. Jetzt aber schnappte sie Leopold an der Hand und zerrte ihn auf die Tanzfläche. Die Band spielte gerade ein neues Stück, einen Boogie. »Lassen Sie mich bitte, ich muss arbeiten«, machte Leopold einen schwachen Versuch, das Unglück abzuwenden.

Doch die Maus ließ ihn nicht. »Oh no Sir, I can boogie«, trällerte sie und wackelte dabei mit ihren Mäuseschnurrbarthaaren. »And you boogie with me!«

Margarete Kerschbaumer ließ Leopold keine Chance. Sie fasste seine rechte Hand, drehte ihn einmal um seine Achse und wieder zurück. Automatisch fuhr ihm nun der Rhythmus in die Beine. Er war es von der Tanzschule gewöhnt, er konnte gar nichts dafür. Lang-lang-kurz-kurz, lang-lang-kurz-kurz. Jetzt drehte er die Maus. Überrascht bemerkte er, dass sie sich gut führen ließ, was bei seiner eigenwilligen Erika nicht immer der Fall war. Die Sache begann, ihm Spaß zu machen. Neben ihnen tanzten Jungwirth im Afrolook und der Glitzerknabe Flora offen. Jungwirth legte eine Art Twist hin und vollführte dabei mit seinem Becken laszive ruckartige Bewegungen. Flora hingegen stand steif da und tapste einmal mit dem linken, dann wieder mit dem rechten Fuß auf den Boden. Dafür streichelten ihre Hände die aufgeheizte Luft wie eine Wolldecke. In der Zwischenzeit hatte sich Margarete an Leopold gedrückt: »Komm, mein kleiner Gigolo, führe mich enger«, schnurrte sie.

»Aber wenn Ihr Mann … ich meine … wenn er etwas bemerkt …« Während Leopold verlegen herumdruckste, schob Margarete seine Hand nach oben in Richtung ihrer Brust.

»Der bemerkt schon nichts«, versicherte sie ihm. Plötzlich schien es, als weiche wieder alle Energie aus ihrem Körper. Sie hing nun geradezu in Leopolds Armen und lehnte ihren Kopf gegen seine Schulter.

Von irgendwo kam in diesem Augenblick Erika Hallers erboster Blick dahergetanzt. »Sieh an, sieh an, so schaut sie also aus, die gewissenhafte Arbeit des Oberkellners«, spottete sie. »Statt Bier, Wein und Sekt trägt er jetzt ein Frauenkopferl durch die Gegend. Mir erklärt er, dass er unter keinen Umständen tanzen kann, und kaum drehe ich mich um, schäkert er schon mit einer anderen. Da hätte ich ja ohne Weiteres zu Hause bleiben können.«

»Also du warst vorhin auch nicht gerade ein Kind von Traurigkeit«, ging Leopold sofort zum Gegenangriff über.

»Das war die reine Notwehr«, versicherte Erika ihm, bevor sie sich wieder von ihm wegdrehte. Da war der Boogie auch schon zu Ende. Leopold hob Margarete etwa 15 Zentimeter in die Höhe und stellte sie dann mit voller Wucht zurück auf den Boden. Das wirkte. Sie erwachte wie aus einem süßen Schlummer und flüchtete sofort wieder in Richtung Theke. Auf dem Weg dorthin hatte sie einen kurzen Zusammenstoß mit einem Indianer in Kriegsbemalung.

Leopold bekam nun in nicht gerade freundlichem Ton von allen Seiten Bestellungen entgegengeschrien. Er schrieb alles auf, so schnell und gut er konnte und eilte dann ebenfalls nach vor, um sich die Getränke herrichten zu lassen.

»Wo waren Sie denn so lange?«, fragte Frau Heller schnippisch von hinter der Theke. »Haben Sie sich etwa Urlaub genommen, ohne dass ich etwas davon bemerkt habe?«

»Ich wurde verschleppt«, rechtfertigte Leopold sich kleinlaut.

»Soso, mitten in unserem Lokal. Was heutzutage so alles passiert! Und Sie haben sich freitanzen müssen?«

»Sozusagen!«

»Leopold, halten Sie mich nicht für blöd! Ich sehe es Ihnen an, dass Sie schon wieder etwas im Schilde führen und krampfhaft glauben, bei unserem schönen Effent ein Verbrechen aufklären zu müssen, das noch gar nicht begangen worden ist.«

»Sie sagen es! Eine äußerst schwierige Angelegenheit, so etwas«, seufzte Leopold.

»Dann merken Sie sich eines, wenn Ihnen die Stellung in diesem Hause lieb ist«, fuhr Frau Heller ihn nun ziemlich grob an. »Wir feiern hier ein einzigartiges Fest, bei dem sich alle Leute gut unterhalten, und sämtliche Verdächtigungen Ihrerseits völlig fehl am Platz sind. Ich wünsche keinerlei Eskapaden mehr! Und jetzt gehen Sie an Ihre Arbeit, aber ein bisschen plötzlich!«

Das hatte er nun davon. Der selbsternannte Liebesgott, bei dem es sich wohl mit ziemlicher Sicherheit um Herbert Salomon handelte, war ihm fürs Erste entkommen, dafür stand er auf Kriegsfuß mit seiner Chefin. Nervös stellte Leopold die Getränke auf den Tabletts zusammen.

»Pst«, flüsterte ihm da Waldi, der Frau Hellers Gardinenpredigt mit Genugtuung gelauscht hatte, ins Ohr. »Das da ist für dich abgegeben worden.« Er steckte Leopold einen zusammengefalteten Zettel zu, um den ein Gummiringerl gewickelt war. Leopold rollte das Ringerl herunter und faltete den Zettel auseinander. In Blockbuchstaben konnte er darauf lesen: »1:0 FÜR MICH. AMOR.«

*

Immer wieder streiften Leopolds geübte Augen während seiner Arbeit durchs Kaffeehaus, aber Amor schien tatsächlich das Weite gesucht zu haben. Bei der Tanzfläche legte

Dienstmann Korber einen eher steifen und züchtigen langsamen Walzer mit seiner Begleitung hin. Leopold rätselte. Wer mochte sie wohl sein? Und weshalb war Thomas ausgerechnet mit ihr hier und nicht mit einem seiner sonstigen Haserln?

Er wandte sich wieder ab, denn mit Tanzen wollte er an diesem Abend nichts mehr zu tun haben. Gerade rechtzeitig. Im vorderen Teil des *Heller* war es offenbar zu einer Auseinandersetzung gekommen. Der junge Mann im Piratenkostüm attackierte den Scheich.

»Sie haben gar nichts zu bestimmen«, brüllte er ihn an. »In welchem Jahrhundert leben Sie denn? In diesem? Im vorigen? Oder gar im vorvorigen? Was haben Sie denn dagegen, dass Ihre Tochter und ich uns lieben? Die Väter bestimmen heute nicht mehr den Bräutigam für ihr Kind. Das tut das Kind schon selber.«

»Nicht mit meinem Geld«, stieß der Scheich hervor, während er gegen den ihn bedrängenden Seeräuber zurückwich.

»Es reicht, hören Sie? Wenn der Haken an meiner Hand nicht aus Plastik wäre, würde ich Ihnen damit beide Augen auskratzen!«

»Nur zu!«

Margarete Kerschbaumer wurde an der Theke wieder munter. »Das ist mein Mann«, japste sie.

»Wollen Sie ihm nicht helfen?«, fragte Leopold.

»Ich helfe niemandem, meinem Mann schon gar nicht. Geben Sie mir lieber noch einen Spritzwein«, forderte Margarete.

»Ich glaube, ich werde gleich einschreiten müssen«, raunte der herbeigeeilte Waldi Waldbauer Leopold zu. »Offenbar geht es um eine Familienangelegenheit. Ich hab ja gesagt, der Kerschbaumer ist ein Haustyrann. Der junge Seeräuber steht sich's auf seine Tochter und möchte ihm eine Abreibung verpassen.«

»Und was tust du jetzt?«, erkundigte sich Leopold.

»Den Seeräuber aus dem Lokal entfernen«, stellte Waldi klipp und klar fest. »Gegen den Kerschbaumer kann ich ja nichts machen. Den kenn ich von den Faschingsfesten beim *Wildner*, da war ich immer in seiner Partie. Man muss schon ein bisserl aufpassen, wen man hinauswirft.«

Mittlerweile machte der Seeräuber ernst. Er stürzte sich auf den Scheich und versuchte, ihn am Hals zu fassen, um ihn zu würgen. Aber der Scheich war schneller und wehrte ihn ab. Einen Augenblick schien es, als würde er zum Gegenangriff übergehen. Da bemerkte er, dass die Piratenbraut wie wild auf ihren Seeräuber einredete, um ihn von weiteren Kampfmaßnahmen abzuhalten. »An so jemandem mache ich mir meine Finger nicht schmutzig«, presste er daraufhin hervor und wandte sich ab.

Inzwischen war auch Waldi zur Stelle. »Raufereien brauchen wir da herinnen keine«, schnauzte er in Richtung Seeräuber. »Wir sind ja kein Vorstadtcafé! Dürfte ich Sie bitten, das Lokal zu verlassen und sich draußen ein wenig abzukühlen? Sie können gerne wiederkommen, sobald Sie sich ein wenig gutes Benehmen angeeignet haben. Aber für heute ist Schluss!«

»Er hat mich provoziert. Er hat mich und meine Braut beleidigt«, schnaubte der Seeräuber. »Von ihm ist doch alles ausgegangen. Ihn müssen Sie hinauswerfen.«

»Tut mir leid! Wenn Sie nicht gleich gehen, rufe ich die Polizei«, blieb Waldi unbeirrbar.

»Eine Schande ist das«, fauchte Piratenbraut Gabriele. »Komm, ich gehe mit dir!«

»Der soll sich ja nicht zu früh freuen«, posaunte ihr Seeräuber hinaus. »Ich kriege ihn schon noch. Er wird es bereuen, dass er versucht, mich und Gabriele mit unfairen Mitteln auseinander zu bringen. Ich werde ihm eine Abreibung verpassen, an die er bis an sein Lebensende zurückdenkt, dieses Schwein!«

Gabriele nahm ihn beim Arm: »Komm!«

»Wo ist mein Mann, dieses Schwein?«, lallte Margarete. »Hat er endlich bekommen, was er verdient?« Als sie sah, dass sich Pirat und Piratenbraut zum Ausgang bewegten, schloss sie sich ihnen an.

»Jetzt hat sie ihren letzten Spritzer nicht bezahlt«, beklagte sich Waldbauer. »Und den Herrn Gemahl darf ich darauf gar nicht anreden. Na ja, bei dem heutigen Umsatz werde ich das gerade noch verkraften. Hauptsache, es ist wieder ruhig herinnen.«

»Die Ruhe täuscht«, warnte Leopold. »Es ist, wie ich immer sage: Viele Menschen auf einem relativ kleinen Fleck bilden den Nährboden für Auseinandersetzungen aller Art, bis hin zum Verbrechen. Ich bin gespannt, was als Nächstes kommt.«

Im selben Augenblick hielt ein als Zorro verkleideter Mann anstatt seinen Plastikdegen seinen Bauch und krümmte sich vor Schmerzen. »So helfen Sie mir doch«, rief er in Richtung der beiden Kellner. »Helfen Sie mir bitte!«

»Was haben Sie denn?«, fragte Leopold.

»Ein total beschissenes Gefühl«, antwortete Zorro. »Und die Toilette ist besetzt. Ich bin nämlich nicht der Einzige. Jemand muss etwas in die Getränke getan haben.«

KAPITEL 9

Tatsächlich krümmten sich schnell mehrere Menschen. Die Toilette des Café *Heller* wurde für diejenigen, die da unversehens in große Not geraten waren und plötzlich Probleme mit ihrer Verdauung hatten, bald zu klein. Um eine sanitäre Katastrophe zu verhindern, bat man das gegenüber liegende Hotel, die dortigen Anlagen benützen zu dürfen. Das linderte das Elend, die Not blieb.

»Eine Gemeinheit«, schimpfte Frau Heller. »So ein heimtückischer Anschlag auf unser schönes Fest!«

»Ich tippe auf ein Abführmittel«, kombinierte Leopold. »Am wahrscheinlichsten ist, dass es jemand ins Begrüßungsgetränk gegeben hat, aber auch nicht in alle Sektgläser, sondern nur bei einem Tablett. Sonst gäbe es eine weit größere Bescherung.« Natürlich hatte er überprüft, ob auch Erika Haller von dem plötzlichen allgemeinen Unwohlsein betroffen war, aber die tanzte weiterhin munterer, als ihm lieb war, übers Parkett. Auch Thomas Korber zeigte keinerlei Anzeichen von Bauchgrimmen.

»Wer tut denn so etwas? Und warum?«, kam bei Frau Heller zum Ärger jetzt die Ratlosigkeit.

»Ich habe da schon einen Verdacht«, räsonierte Leopold. »Mal sehen, ob er sich bestätigt. Haben Sie noch irgendwo welche von den benutzten Gläsern stehen?«

»Leider bereits alle im Geschirrspüler«, bedauerte Frau Heller. »Bei so einer Veranstaltung muss es halt flott gehen.«

»Schade. Damit haben wir keine Beweismittel«, kam Leopolds leiser Vorwurf.

»Wer rechnet denn mit so etwas«, rechtfertigte sich Frau Heller.

»Dank des Hotels haben wir die Situation ja einigermaßen im Griff«, machte Wondratschek einen Beruhigungsversuch. »Wir sollten nach vorn schauen. Es ist gleich Mitternacht, Zeit für unsere künstlerischen Einlagen. Das wird die Leute auf andere Gedanken bringen.«

»Wäre es nicht besser, die Polizei zu holen?«, wandte Frau Heller ein.

Wondratschek schüttelte energisch den Kopf. »Da sowieso das gesamte Beweismaterial unbrauchbar geworden ist, ergibt das überhaupt keinen Sinn. Anzeige können wir immer noch erstatten. Aber zuerst wollen wir unserem Publikum etwas bieten! Der große Alfredo Fantastico und seine Assistentin sind bereits hier und haben alle Vorbereitungen für ihren Auftritt getroffen.«

»Und die Schauspieler?«

»Ebenfalls.«

Frau Heller überlegte. »Das kann nicht sein. Das hätte ich doch merken müssen, wenn ein ganzes Ensemble zur Tür hereinkommt.«

Jetzt wurde Wondratschek um ein paar Zentimeter kleiner. »Es sind nur zwei«, gab er zu.

»Was?«, entfuhr es Frau Heller.

»Ich erkläre es Ihnen später. Am besten ist, wenn wir rasch zu den Darbietungen kommen. Ich schnappe mir jetzt einfach die Akteure und kündige sie an.«

Wondratschek ging zu der kleinen Bühne und gab der Band ein Zeichen. Nach Ende der Musiknummer trat er ans Mikrofon. Nun kam Bewegung anderer Art auf die Tanzfläche. Das Publikum drängte sich, um die kommenden Vorführungen zu sehen.

Wondratschek begann: »Meine sehr geehrten Damen und Herren, werte Ballgäste! Die Spannung in Ihren Gesichtern zeigt mir, dass Sie wissen, was nun gleich auf Sie zukommen wird: der Höhepunkt des Abends. Nach der bisherigen heiteren und ausgelassenen Stimmung« – hier wurde es ein bisschen unruhig – »möchten wir Sie in der nächsten halben Stunde ein wenig verzaubern. Ja, der Zauber ist tatsächlich das Motto der heutigen Ballnacht. Zunächst entführt Sie der weltberühmte Alfredo Fantastico in das Reich der Illusionen und der Fantasie. Genießen Sie staunend diese magischen Augenblicke. Und dann folgt ein Zauber der ganz anderen Art, nicht weniger spektakulär, vielleicht eine Spur intimer, näher an Herz und Gemüt. Die *Alpengeister*, die soeben eine sensationelle Premiere des Theaterklassikers *Der Bauer als Millionär* von Ferdinand Raimund hingelegt haben, beglücken uns mit den wohl zauberhaftesten Liedern aus Raimunds Stücken, dem *Hobellied* und dem *Brüderlein fein*. Zuerst also magischer Zauber, dann Raimundzauber! Wir beginnen mit dem großartigen Alfredo Fantastico! Ich bitte um Applaus!«

Alfredo verbeugte sich. Bildete er es sich nur ein, oder war der Beifall zurückhaltend, emotionslos? Die Menschen, die da standen, hatten Gläser in der Hand und unterhielten sich ungeniert. Es war nicht so wie früher, nein! Er musste seine Show vor einem Häufchen desinteressierter Banausen abziehen, deren größter Spaß darin bestehen würde, zu versuchen, hinter seine Tricks zu kommen. Noch ehe er anfing, überfiel ihn eine unsagbare Müdigkeit. Die Leute wollen mich nicht, dachte er. Noch dazu war es im Bereich der Toiletten weiterhin unruhig.

Leopold stellte sich still und leise neben Erika Haller. »Na so etwas, du kannst dir schon wieder eine Pause leisten?«, bemerkte sie schnippisch.

»Das ist keine Pause«, schärfte er ihr leise ein. »Ich muss aufpassen. Womöglich geschieht hier in Kürze ein Verbrechen.«

Erika verdrehte die Augen. »Ach, jetzt kommt schon wieder diese Masche«, stöhnte sie.

Alfredo hatte mittlerweile mit dem ersten Kunststück begonnen. Doch von Anfang an erkannte man seine Unsicherheit. Der Zuschauer, den er gebeten hatte, eine Karte zu ziehen und sich zu merken, machte ihm auch gleich zu schaffen. Immer wieder wollte er mischen und wünschte, die Karte zwischendurch gezeigt zu bekommen. Schließlich bat er gar, den Trick zu wiederholen, damit er alles besser verfolgen könne. Innerlich schäumte Alfredo vor Wut. Aber gleichzeitig machte sich eine Resignation in ihm breit, die ihn lähmte und mithalf, eine noch größere Barriere zwischen ihm und dem Publikum zu errichten.

Weshalb bin ich eigentlich hier, fragte er sich. Niemand will es, die Leute nicht und ich auch nicht. Wie viele Auftritte werde ich in meinem Leben überhaupt noch haben? Er verlor sich beinahe vollkommen in diesen Gedanken, bis ihm seine Frau Inga einen leichten Deuter gab: »Schläfst du, Bambino? Unsere Schwebenummer! Pronto!«

Die Schwebenummer! Natürlich! Er musste weitermachen, trotz allem. Noch die Schwebenummer und dann Schluss. »Meine Damen und Herren! Bei meinem nächsten Zauberkunststück werde ich meine Partnerin in Trance versetzen, sodass sie allein durch die Ströme meiner Gedanken den Einfluss der Schwerkraft überwinden wird«, kündigte Alfredo vielversprechend an. »Zunächst einmal wird sie es sich auf diesen beiden Stühlen liegend bequem machen – den Kopf auf der Sitzfläche des einen Stuhls, die Füße auf der des anderen.«

Alfredo musste aufpassen, sich nicht selber in Trance zu reden, sondern konzentriert zu bleiben. Er schaute in die Runde. Er brauchte ein Opfer, an dem er zumindest einen Teil seiner schlechten Laune wieder loswerden konnte. Etwa fünf Meter rechts vor ihm stand eine Gruppe selbst ernannter Faschingsprinzen im dunklen Anzug mit Augenmaske im Gesicht und einer Art Narrenkappe am Kopf. Sie machten anstößige Bemerkungen über Inga und ihn. Er konnte es an ihren Lippen ablesen. Offenbar schlossen sie gerade eine Wette ab, wie viele Kilos Inga auf die Waage brachte.

»Darf ich *Sie* auf die Bühne bitten, um mir kurz zu assistieren?« Alfredo zeigte auf den, der am lautesten lachte.

Jetzt kam ein wenig Bewegung ins Publikum. Der Angesprochene zierte sich und musste erst von seinen Kollegen ermutigt werden, zu Inga und Alfredo auf die Bühne zu steigen. Als er es schließlich doch wagte, wurde der Applaus kräftiger.

»Ich begrüße Sie recht herzlich bei mir«, wandte Alfredo sich an seinen neuen Assistenten. »Ich spüre, dass Sie der geeignete Mann sind, um mich bei dem folgenden Wagnis – denn es ist ein Wagnis, das können Sie mir glauben – zu unterstützen. Sie sind mein Zeuge! Allein durch die Kraft meiner Gedankenströme und dieses Zauberstabes …« Alfredo hielt inne. Er hob etwas in die Höhe. Es war aber kein Zauberstab, sondern ein Pfeil mit einer gefährlich scharfen Spitze.

»Da ist mein Freund Amor sicher auch nicht weit«, rief Leopold. »Aufpassen, Lebensgefahr! Haltet den …«

Doch schon hielt ihm Erika mehr oder weniger unsanft den Mund zu. »Halt du endlich einmal deinen Schnabel«, wies sie ihn zurecht.

Alfredo hatte seinen Zauberstab inzwischen gefunden. Diese Panne trug nicht gerade zu einer Besserung seiner Verfassung bei. Er wollte weg von hier. »Dieser Zauberstab ist nur ein kleines, aber wichtiges Utensil«, setzte er seine Conférence mechanisch fort. »Wichtig ist, dass in diesem Augenblick alle Kraft der Selbstbeherrschung von hier«, er deutete auf seinen schütteren Kopf, »nach dort geht.« Er deutete auf seine Frau Inga.

»In wenigen Augenblicken wird sich dieser Frauenkörper außerhalb der physikalischen Gesetze befinden«, erklärte Alfredo seinem Assistenten und allen Anwesenden. Er machte ein paar magische Bewegungen mit dem Zauberstab, tat kurz so, als ob er hilfesuchend nach oben blicke. Schließlich bat er seinen Helfer, den einen Stuhl mit einem Ruck unter Ingas Füßen wegzuziehen. Der betrachtete die Sache einen Moment lang abwägend wie jemand, der keinen Fehler machen will. Dann tat er, wie ihm geheißen.

Ingas gesamter Körper mit Ausnahme ihrer Kopfpartie schwebte nun tatsächlich über dem Boden. Der spektakuläre Anblick brachte allseits anerkennenden Applaus. Alfredo verneigte sich tief. Auf diesen Trick waren sie ihm hereingefallen. »Ist das nicht fantastico?«, rief er geschmeichelt seinen früheren Leitspruch ins Publikum. »Fantastico«, kam es gut gelaunt zurück. Er hatte es all den boshaften betrunkenen Banausen gezeigt.

»Wir dürfen den Körper nicht zu sehr schwächen. Wir müssen ihn in seinen Zustand der natürlichen Entspannung zurückführen. Zu diesem Zweck bitte ich Sie, den Sessel wieder als Stütze unter die Füße des Mediums zu stellen«, trug er seinem Helfer auf.

Wie Alfredo sie doch alle verachtete, obwohl sie ihn jetzt hochleben ließen. Er freute sich bereits insgeheim auf das, was nun folgen würde. Der Assistent hatte den Sessel wieder zurückgestellt und machte sich, nachdem Inga wie aus einer Trance erwacht und aufgestanden war, daran, auf seinen Platz im Publikum zu gehen. »Halt«, kommandierte ihn Alfredo da zurück. Aus seiner Miene konnte man Genugtuung ablesen. »Haben Sie auch alles? Haben Sie nichts vergessen?«

Der Mann stand verwirrt da. »Können Sie mir sagen, wie spät es ist?«, fragte Alfredo ihn mit einem Lächeln.

Der Mann hob seinen linken Arm, schob den Hemdsärmel zurück – und stellte fest, dass die Uhr fehlte. Triumphierend hielt Alfredo sie ihm entgegen: »Darf ich Ihnen das hier zurückgeben? Es ist präzise zehn Minuten nach zwölf Uhr!« Dann winkte er noch mit der Geldbörse des Mannes. »Auch darauf sollten Sie besser aufpassen, sonst können Sie am Ende Ihre Rechnung nicht bezahlen«, spöttelte er. Wie dumm dieser Ignorant, der sich vorhin noch über Inga und ihn lustig gemacht hatte, nun dreinschaute. So etwas tat man eben nicht ungestraft. Früher wäre ein solches Verhalten undenkbar gewesen, da hatten alle noch mit Ehrfurcht zu ihm aufgeblickt. Wie hatten sich die Zeiten doch geändert! Aber er hatte die richtige Antwort darauf gegeben. Alfredo genoss den nochmaligen Applaus. Er wollte jedoch keine Zugabe mehr geben, nein. Noch ein, zwei Verbeugungen zusammen mit Inga, und dann fort von hier.

»Sie Betrüger! Sie Dieb! Sie Lump!«, schrie ihm da der Mann entgegen. »Sie haben mir mein Geld gestohlen!«

Oh nein, jetzt kam wieder dieser Vorwurf. Natürlich! Der Gelackmeierte wollte sich rächen. Lassen Sie sich nie dazu hinreißen, persönliche Wertgegenstände der Zuschauer an sich zu nehmen, es könnte zu erheblichen Schwierigkeiten führen. Wieder klang Alfredo dieser Satz, den er als junger Magier von einem älteren Kollegen gehört hatte, in den Ohren.

»Mein Herr, Sie können mich durchsuchen«, bot er an. »Ich habe Ihnen nichts weggenommen, nur etwas zurückgegeben, auf das Sie nicht gut genug aufgepasst haben.«

»Und wie kommt es dann, dass mir 200 Euro fehlen? Es befinden sich nur mehr ein paar kleine Scheine in meinem Portemonnaie. Das Geld kann doch nicht von selbst verschwinden. Sie haben es mir entwendet!«

»Wieso ich?«, verteidigte sich Alfredo. »Es sind noch genug andere Menschen hier herinnen. Jeder kann es gewesen sein. Tut mir leid, mein Herr!«

Unmut machte sich unter den Ballgästen breit, ein großes Tuscheln begann. »Mir fehlt auch Geld«, ertönte eine empörte Stimme aus der Menge. »Vor einer Stunde hatte ich es noch.«

»Mein Schmuck«, hörte man einen weiblichen Schrei des Entsetzens. »Die beiden Halsketten, die ich zu meiner Verkleidung als italienische Edeldame angelegt und kurz vor der Zaubervorstellung in meine Handtasche gegeben habe, sind weg! Sie sind ein Vermögen wert!«

Die Stimmen gingen aufgeregt durcheinander: »Man muss die Polizei rufen!« – »Ach was! Es ist immer dasselbe! Die Leute passen einfach nicht auf ihre Sachen auf!« – »Der Dieb ist sicher schon über alle Berge!« – »Wer sagt, dass es ein Mann war?« – »Wann spielt endlich wieder die Musik? Ich möchte tanzen.«

Gott sei Dank war es immer noch so finster, dass man Wondratscheks hochroten Kopf nicht sehen konnte. »Schnell, machen Sie Ihren Auftritt, ehe alles verloren ist«, wandte er sich händeringend an Markus König. »Sonst gerät hier alles aus den Fugen. Aber nur das *Brüderlein fein*, hören Sie? Mehr ist im Augenblick nicht drinnen.«

König rief seine Partnerin Gisela Roithner zu sich, um ihr diese Neuigkeit mitzuteilen. Sie winkte jedoch sofort ab. »Meine Stimme ist beim Teufel«, krächzte sie. »Du weißt ja, wie bedient ich schon die ganze Zeit bin. Die heutige Vorstellung hat mir den Rest gegeben.«

»Bist du wahnsinnig? Du musst es zumindest probieren«, flehte König sie an. »Sonst hättest du Traudl überreden müssen zu kommen und für dich einzuspringen. Du kannst mich jetzt nicht im Stich lassen, sonst lynchen sie uns. Versuch es mit einer Art Sprechgesang, das geht immer.«

Gisela schüttelte den Kopf. Ihre Augen waren rot und ganz klein. »Nein, nein, es geht nicht. Aber die Kleine wird das für mich machen.«

»Welche Kleine?«, fragte König verdattert.

»Die Kleine, die in einer unserer nächsten Produktionen mitspielen will und vorgestern bei uns vorgesungen hat. Die war doch gut! Erinnerst du dich nicht mehr? Und sie kann das Lied!« Mit diesen Worten zeigte Gisela Roithner auf Flora Maurer.

*

Flora kam mit ihrem roten Glitzerjackett, der dazu passenden schwarzen Hose, einem Zylinder und Stiefeln mit hohen Absätzen dahergetrippelt. »Sie hat sich das Kostüm extra noch heute aus dem Theater geholt. Sie hat sich so gefreut, dass sie eventuell singen darf. Es passt ihr hervorragend, nicht?«, erklärte Gisela mit heiserer Stimme dem immer noch fassungslosen Markus König.

Leopold schaute gerade wieder auf einen Sprung bei seiner Erika vorbei. »Das junge Ding war vorhin weg und ist jetzt wieder aufgetaucht, dafür ist unser Rasta-Man Jungwirth verschwunden. Oder siehst du ihn irgendwo?«

»Ich weiß gar nicht, wovon du sprichst. Auf jeden Fall möchte ich heute noch mit dir tanzen«, beharrte Erika.

»Wir sollten abwarten, wie sich die Dinge entwickeln«, versuchte Leopold, sie zu vertrösten. »Gerade eben ein paar Diebstähle, vorhin die Sache mit dem Abführmittel oder etwas Ähnlichem – und ich bin davon überzeugt, dass das noch nicht das Ende der mysteriösen Ereignisse ist.«

»Nun übertreibe einmal nicht, Schnucki. Der Schmuck oder das Geld können wieder auftauchen, und vielleicht war die Mayonnaise auf den Sandwiches oder etwas anderes leicht verdorben. Solche Dinge passieren eben. Sei lieber froh, dass es *uns* gut geht.«

»Dass ein Geldschein von selber wieder dahergeflogen kommt, habe ich noch nicht gehört, und dass bei uns im Café *Heller* einmal eine Ware verdorben war, erst recht nicht. Nein, nein, da ist etwas im Busch. Ich muss nach wie vor auf der Hut sein. Am meisten stört mich, dass dieser Amor offenbar schon wieder entwischt ist. Der ist der Gefährlichste von allen.«

»Du spinnst«, entgegnete Erika nur kopfschüttelnd.

Mittlerweile hatte sich Wondratschek noch einmal aufs Podium gewagt. Kurz schien es, als wolle er noch einmal eine längere Rede halten, er verkündete aber dann nur: »Meine Damen und Herren, als Höhepunkt des heutigen Abends folgt nun das Lied *Brüderlein fein* aus dem Zaubermärchen *Der Bauer als Millionär* von Ferdinand Raimund, jenes wunderschöne Gesangsstück, in dem der reich und liederlich gewordene ehemalige Bauer Fortunatus Wurzel zur Kenntnis nehmen muss, dass die Jugend gekommen ist, um von ihm Abschied zu nehmen. Dargeboten wird es uns von … den *Alpengeistern*!«

Unter schwachem Applaus wurde aus den Lautsprechern die Instrumentalmusik zu dem Lied eingespielt. Dann wurde es noch einmal ruhig im Lokal. Offenbar hatte man sich jetzt auf eine Version geeinigt, bei der Flora Maurer den Part der Jugend sang und Gisela Roithner als eine Art zweite Jugend auf der Szene blieb. Flora begann:

»Brüderlein fein, Brüderlein fein,
musst mir ja nicht böse sein,
Brüderlein fein, Brüderlein fein,
musst nicht böse sein.
Scheint die Sonne noch so schön,
einmal muss sie untergehn.
Brüderlein fein, …«

Markus König fiel ein Stein vom Herzen. Diese junge Frau sang wirklich gut. Sie sang nicht nur gut, sie sang sogar bezaubernd. Ihre glockenhelle Stimme hallte durch das Café *Heller*, dass im Nu alle Augen an ihren Lippen hingen. Vor lauter Bewunderung verpasste König beinahe seinen Einsatz. Er setzte aber gerade noch rechtzeitig fort:

»Brüderlein fein, Brüderlein fein,
wirst doch nicht so kindisch sein!
Brüderlein fein, Brüderlein fein,
wirst nicht kindisch sein.
Geb zehntausend Taler dir,
alle Jahr bleibst du bei mir.
Brüderlein fein, …«

Nun folgte die energische, die gesamte Tonleiter nach oben gehende Weigerung der Jugend, sich so einfach bestechen zu lassen: »Nein, nein, nein, nein, nein, nein, neeeiiin!«

»Schau!« Leopold tippte Erika liebevoll auf die Schulter. Gisela Roithner war inzwischen als zweite Jugend auf das Publikum zugetanzt und vor dem Scheich zu stehen gekommen. Der ging daraufhin aber sofort seiner Wege. »Jetzt verzupft sich der Kerschbaumer auch«, folgerte Leopold. »Äußerst interessant!«

»Stör nicht«, fauchte Erika. »Endlich was Schönes, und du plapperst dazwischen!«

»Pssst«, tönte es von allen Seiten.

»Geld kann vieles in der Welt,
Jugend kauft man nicht ums Geld!
Drum Brüderlein fein, Brüderlein fein,
's muss geschieden sein.«

Flora Maurer versuchte nun, mittels einiger Tanzbewegungen auf Tuchfühlung mit Fortunatus Wurzel alias Markus König zu kommen. Es sah etwas besser als bei ihrem Boogie aus, aber sie tat sich schwer. »Geh ich fort von dir«, und »Geh nicht fort von mir«, sangen sie und König gleichzeitig.

Dann tapste Flora plötzlich ein paar Schritte von König weg. Sie schien es auf einen Mönch mit Kutte, Kapuze und Gesichtsmaske abgesehen zu haben, der das Geschehen aus der zweiten Reihe betrachtete. »Brüderlein fein, Brüderlein fein, wirst mir wohl recht gram jetzt sein«, trällerte sie ihn an. Dabei kraulte sie ihn zärtlich am Hals und hauchte ihm einen Kuss auf die Stirn. Dem Mönch war das sichtlich unangenehm. Auch König und Gisela Roithner wussten nicht so recht, was sie in dieser Situation tun sollten. Bei seinem nächsten Einsatz:

»Brüderlein fein, Brüderlein fein,
du wirst doch ein Spitzbub sein.
Willst du nicht mit mir bestehn,
na, dann kannst zum Teuxel gehn!
Kannst zum Teuxel gehen!«

packte König Flora, die heftig zappelte und ihr »Nein, nein, nein, nein, nein, nein, neeeiiin!« nun mehr kreischte als sang, und setzte sie vor sich ab. Die Szene hatte eine unfreiwillige Komik. Die Leute lachten, weil sie dachten, es handle sich um eine einstudierte Einlage. Aber gleich war es wieder mucksmäuschenstill, und mit »Brüderlein fein, Brüderlein fein, schlag zum Abschied ein«, folgte der Liedschluss mit dem endgültigen Auseinandergehen zwischen Jugend und Fortunatus. Beide, Flora Maurer und Gisela Roithner, umarmten König nun bis zum Ende der Musik, dann tanzten sie unter dem begeisterten Applaus des Publikums davon. König konnte es kaum glauben. Was als letzte Notaktion mit einer mehr oder minder Fremden über die Bühne gegangen war, hatte tatsächlich geklappt.

»Ich danke Ihnen, der Abend ist gerettet«, raunte Wondratschek ihm zu.

In diesem Augenblick kam, begleitet von einem kalten Windstoß, eine ganz und gar zerzauste männliche Gestalt zur Tür herein. Sie war in einen dicken, alten abgetragenen Mantel gehüllt, trug zerschlissene Wollhandschuhe und hatte eine Art Schlafmütze auf. »Jetzt komme *ich*«, rief sie mit sich überschlagender Stimme. »Sie verzeihen, dass ich so frei bin, meine mühselige Aufwartung zu machen. Ich bin das hohe, kranke Alter, Ihnen miserablicht zu dienen!«

König war nahe daran, im Erdboden zu versinken. Bei der zerzausten Gestalt handelte es sich unstreitbar um Siegfried Streitenberger.

*

Auch in Ferdinand Raimunds *Bauer als Million*är traf das hohe Alter ein, nachdem die Jugend Abschied von Fortunatus Wurzel genommen hatte. Das Erscheinen dieser Figur bedeutete eine Zäsur in dem Zaubermärchen. Aus dem gesunden, trinkfesten Wurzel, der seinen Reichtum in Gelagen mit so genannten Freunden verprasste, wurde mit einem Paukenschlag ein mittelloser Greis von angegriffener Gesundheit. Das Hohe Alter instruierte ihn, wie er es schaffen könnte, mit einer genügsamen Lebensweise halbwegs gut durch den Rest seines Lebens zu kommen.

Das »Hohe Alter« im Café *Heller* hatte seine Aufwartung wohl in erster Linie deshalb gemacht, um Unfrieden zu stiften. »Was willst du, Siegfried? Stör uns nicht! Du hast kein Recht, hier zu sein«, fuhr Markus König deshalb seinen ehemaligen Schulkollegen an.

»Zeigen Sie mir Ihre Eintrittskarte«, forderte Wondratschek.

»Ich hab da einen Einquartierungszettel bei Ihnen«, zitierte Streitenberger noch einmal aus dem Stück, einen zerknüllten Zettel aus der Manteltasche ziehend. Dabei setzte er ein hämisches Grinsen auf. Die grauen ruinösen Zähne in seinem Mund glänzten matt.

»Siegfried, das ist eine geschlossene Gesellschaft. Du kannst hier nicht so einfach hereinplatzen«, machte König ihn in möglichst sachlichem Ton aufmerksam.

»Oh wie gern würde ich dieses ganze Haus in ein Spital verwandeln«, ätzte Streitenberger. »Wie viele kranke Menschen doch hier herumlaufen und glauben, sie seien gesund. Sie verstecken ihre degenerierten Gesichter hinter Masken und ihre maroden Körper hinter Verkleidungen. Ihr Fieber verleitet sie zu orgiastischen Tänzen und lässt sie halluzinieren. Ihr Wohlbefinden ist nichts als eine Illusion. Ihr Verfall ist längst vorprogrammiert.«

»Verlassen Sie sofort unser Lokal«, drohte Wondratschek.

Nun schaute sich Streitenberger beinahe leidend zu Gisela Roithner um. »Gisi«, flehte er.

»Geh«, erwiderte Gisela Roithner schroff.

»Kommst du mit mir?«

»Nein!«

»Du hältst Rainer wohl immer noch für deinen Traummann!«

»Ja«, kam es überzeugt, wenn auch heiser.

»Er hat dir versprochen, seine Frau deinetwegen zu verlassen, und er hat es nicht getan. Deshalb gingst du weg. Jetzt bist du wieder da, und er hat es dir erneut versprochen, stimmt's?«

»Ja!«

»Er wird nie dir gehören, auch wenn er sich von Margarete trennen sollte, begreifst du das immer noch nicht? Er will nur spüren, dass du bereit bist, alles zu opfern, daran begeilt er sich. Du selbst interessierst ihn nur am Rande. Er nimmt, was er kriegen kann. Weißt du denn nichts von seinen anderen Freundinnen?«

»Doch!« Giselas raue Stimmer wurde unsicherer, die Augen nahmen wieder eine rötere Farbe an.

Ein Großteil der Ballgäste starrte auf die Szene. Das war kein Theater mehr, das war die Wirklichkeit, spannend und beklemmend zugleich. Frau Heller schwitzte hinter der Theke bereits Blut. »Ich bitte alle Gäste, die es noch nicht getan haben, ihre Masken abzulegen, damit wir sehen, wer sich hinter ihnen verbirgt«, forderte sie die Umherstehenden auf, um von der peinlichen Szene abzulenken. So recht schien es ihr nicht zu gelingen. Sie scheuchte damit nur den Mönch mit der Kutte auf, der es plötzlich recht eilig hatte und fluchtartig durch die Tür hinausstürzte. Ihm auf dem Fuß folgte eine in Violett gewandete Dame, die eine Hexenlarve trug.

»Von Davonlaufen war keine Rede«, rief Frau Heller den beiden entgeistert nach.

Ein Holzfäller in Lederhose kam zur Theke und nahm seinen künstlichen Vollbart ab. Dahinter kam das unauffällige Gesicht eines Mannes zum Vorschein, der seine Arbeit wohl weniger in den Wäldern als in einem geheizten Büro verrichtete. »Schade«, gestand er enttäuscht. »Dabei war ich überzeugt, es würde etwas werden mit uns. Ihre Einladung an mich, sie zum Gschnas zu begleiten, wie sie sich dann beim Tanzen an mich geschmiegt hat … Nun ja, da kann man nichts machen. Geben Sie mir bitte ein Achterl Grünen Veltliner.«

Leopold schenkte ein. »Sie meinen die Dame in Violett?«, erkundigte er sich.

»Ja!« Verträumt lehnte der Holz fällende Bürohengst an der Theke. »Ich denke, sie hatte Angst vor der Demaskierung. Sie ist ja doch eine verheiratete Frau. Obwohl ja nichts war zwischen uns im eigentlichen Sinn. Das bisschen Tanzen Wange an Wange …« Er schaute mit glasigem Blick ohne eigentliches Ziel um sich und zündete sich eine Zigarette an, was seit einigen Minuten im Thekenbereich erlaubt war. Dabei sah er Siegfried Streitenberger an sich vorbeimarschieren, der nach kurzer Diskussion nachgegeben und sich bereit erklärt hatte, das Café *Heller* unter einer Bedingung zu verlassen: Markus König musste ihn begleiten. Man sah König an, dass er sich einen ruhigeren Ausklang des Abends gewünscht hatte, aber um einen weiteren Eklat zu verhindern, machte er mit.

Nun stellte sich ein großer, breitschultriger als Japaner verkleideter Mann mit seiner kleinen Geisha neben den Holzfäller und vor Leopold hin und nahm demonstrativ seinen fernöstlich gestylten Schnurrbart ab. »Zwei große Braune, Herr Oberkellner«, redete er ihn an. »Und ein paar Tipps zu den Vorfällen des Abends. Hat jemand etwas in einen Teil der Getränke geschüttet? Hat jemand Geld oder Schmuck gestohlen? Und wenn ja, wer war es? Ich erbitte mir einige weiterführende Hinweise vom Meisterdetektiv.«

Leopold fiel beinahe die Kaffeetasse aus der Hand. »Richard! Ja, was … was machst denn du hier?«, stotterte er.

»Das siehst du ja: Mich mit meiner lieben Hannelore auf eurem Ball vergnügen«, lachte ihm Oberinspektor Juricek ins Gesicht. »Zuerst wollten wir uns das Theaterstück anschauen, aber das tun wir dann nächstes Wochenende.«

»Und warum hast du bis jetzt nichts unternommen?«, fragte Leopold ein wenig vorwurfsvoll.

»Ich bin als Privatperson hier, vergiss das nicht«, klärte Juricek ihn auf. »Außerdem fallen Diebstahl und die Manipulation von Getränken nicht in meinen Bereich. Hätte ich die Polizei kommen und sämtliche Gäste durchsuchen lassen sollen? Ich denke nicht, dass das sehr förderlich gewesen wäre, zumal ein eventueller Dieb wahrscheinlich mit dem Schmuck ohnehin schon über alle Berge ist. Ich dachte, ich hole zunächst einmal deine Meinung dazu ein.«

Leopold zuckte die Achseln. »Es ist schwierig. Ich bin gewarnt worden und sollte jemanden im Auge behalten, aber leider ist es mir nicht gelungen.« Er erzählte Juricek, wie er auf Herbert Salomon aufmerksam gemacht worden war und daraufhin vergeblich versucht hatte, den mit Pfeil und Bogen bewaffneten Liebesgott Amor zu stellen.

»Der ist mir auch aufgefallen«, rekapitulierte Juricek. »Aber mit den Pfeilen ist nichts passiert, außer dass der Zauberer plötzlich einen in der Hand hatte.«

»Ich war bereits alarmiert, das hast du bestimmt bemerkt!«

»Natürlich«, versicherte Juricek Leopold mit einem Augenzwinkern. »Ganz untätig war ich übrigens nicht. Als die Leute begannen, Probleme mit ihrer Verdauung zu bekommen, habe ich sicherheitshalber einmal das leergetrunkene Glas von einem der Opfer eingesteckt.«

»Das war genial, die anderen sind nämlich sofort in den Geschirrspüler gewandert«, lobte Leopold.

»Ich nehme an, wir finden Spuren. Dienlich wäre in jedem Fall, auch was den Diebstahl betrifft, eine Liste der heute hier anwesenden Personen.«

»Ich werde mich bemühen. Frau Heller hat sicher einen Überblick über die Personen, die Karten gekauft haben. Aber sonst ist es ja ganz schön drunter und drüber gegangen! Viele sind schon wieder weg, und die meisten davon habe ich ohne Maske nicht einmal gesehen.«

Während Leopold seinem Freund Richard dies alles auseinandersetzte, gesellte sich auch Erika Haller zu der Gruppe. Sie hatte kurz ein paar Worte mit Hannelore Juricek gewechselt, war aber eigentlich wegen Leopold gekommen. »Es ist jetzt bereits um einiges nach Mitternacht, und wenn du Zeit hast, mit deinen Freunden zu plaudern, hast du auch Zeit, endlich mit mir zu tanzen«, forderte sie ihn ungeduldig auf. »Komm, sie spielen gerade einen Walzer!«

Widerwillig ließ sich Leopold von Erika zur Tanzfläche ziehen. Sie hatten dort nun schon genug Platz, um sich im Takt drehend über das ganze Parkett zu bewegen. Erika merkte aber, dass Leopold nicht gerade konzentriert ans Werk ging. »Du bist mit deinen Gedanken schon wieder ganz woanders, Schnucki«, warf sie ihm vor, während sie ihn energisch an einem anderen Paar vorbeiführte.

»Es ist ja heute auch schon einiges passiert, und Richard benötigt meine Meinung zu diesen Vorfällen«, verteidigte Leopold sich.

»Komm, entspann dich! Eins, zwei, drei, eins, zwei, drei …« So versuchte Erika, ihn wenigstens für diesen einen Tanz bei Laune zu halten. Aber es dauerte nicht lange, da läutete sein Handy. Leopold blieb abrupt stehen, löste sich von ihr und schaute ihr mit dem größtmöglichen Unschuldsblick in die Augen, während er nach seinem Mobiltelefon griff.

»Lass es sein«, bat sie.

Er ließ es nicht sein. Was er zunächst hörte, war teilweise unverständliches Gemurmel. Daraus kristallisierte sich jedoch eine Aufforderung deutlich heraus: »Leopold, komm … ein Mord …«

KAPITEL 10

Nacht von Samstag, 9. Jänner auf Sonntag, 10. Jänner

»Du wirst dich erkälten, nur so mit Smoking und Mascherl«, machte Oberinspektor Juricek Leopold aufmerksam. Er selbst hatte in der Zwischenzeit einen dicken Mantel an und auch sein Markenzeichen, den Sombrero, wieder auf dem Kopf.

»Mir ist noch warm vom Tanzen«, beruhigte Leopold ihn. Während Juricek es lieber gesehen hätte, wenn er wieder zurück ins *Heller* marschiert wäre, führte Leopold an, persönlich an den Ort des Verbrechens gerufen worden zu sein.

Sie standen auf dem Parkplatz zwischen dem Floridsdorfer Hallenbad und dem Floridsdorfer Gymnasium. Noch immer fielen die Schneeflocken gleichmäßig dicht vom Himmel. Unter anderem fielen sie auf einen sonst schwarzen BMW, auf dessen Fahrersitz Rainer Kerschbaumers Leiche saß. Er war offensichtlich erdrosselt worden. Sein Hals sah übel aus.

Andreas Jungwirth hatte den Toten entdeckt. Er sah nicht nur mitgenommen, sondern auch sehr ramponiert aus. Seine Kleidung, vor allem die Samthose, war total verschmutzt. Er blutete am Kinn, an der Wange und den Lippen. Überdies hatte er ein Cut über dem Auge, und der Teil eines Schneidezahnes war ausgeschlagen.

»Sobald die Spurensicherung und dein Inspektor Bollek da sind, gehe ich meiner Wege«, beteuerte Leopold.

»Na schön«, brummte Juricek. Er wusste ohnehin, wie schwer es war, Leopold in solchen Situationen loszuwerden, und fand sich meistens mit seiner Anwesenheit ab. »Könnten Sie mir inzwischen den Hergang der Ereignisse genauer schildern?«, wandte er sich an Jungwirth.

Jungwirth bibberte, was wohl dem Zusammenwirken von Kälte, Schock und Schamgefühl zuzuschreiben war. »Kommt das alles ins Protokoll?«, erkundigte er sich vorsichtig mit leichtem Lispeln.

»Ich notiere mir vorläufig, was mir wichtig erscheint, später müssen Sie Ihre offizielle Aussage machen«, erklärte Juricek. »Wie kamen Sie hierher?«

Zögernd begann Jungwirth: »Sie müssen wissen, dass ich … nun ja, dass ich felsenfest glaubte, meine Frau befinde sich über das Wochenende bei ihrem Bruder in Wiener Neustadt. Sie können sich also vorstellen, dass ich wie vom Blitz getroffen dastand, als ich auf einmal eine Gestalt erblickte, von der ich trotz Maske überzeugt war, dass nur sie es sein könne. Ich hatte ihr vorgemacht, dass ich ohne sie heuer nicht auf das Gschnas gehen würde, und in Begleitung einer jungen, attraktiven Dame befand ich mich überdies. Was also tun? Ich wollte noch nicht gehen, denn es standen ja die Mitternachtseinlagen bevor, wo meine Begleitung auch mitwirkte. Da kam mir ein rettender Gedanke: Ich hatte mir zuerst überlegt, als Mönch zu gehen und hatte deshalb eine Kutte im Auto, mit der ich mich notdürftig verhüllen konnte. Also änderte ich meine Verkleidung. Alles schien zu klappen, bis …«

Erwartungsvoll zog Juricek, auf dessen Hutkrempe sich der Schnee bereits gesammelt hatte, seine Augenbrauen in die Höhe: »Bis?«

»Bis Flora – so heißt meine Begleitung – während des *Brüderlein fein* anfing, mit mir herumzuschmusen. Dadurch wurde Katja – meine Frau – irgendwie auf mich aufmerksam. Als Frau Heller dann noch zur allgemeinen Demaskierung aufforderte, ergriff ich die Flucht. Aber Katja musste inzwischen Lunte gerochen haben. Ehefrauen scheinen ja bisweilen mit übersinnlichen Kräften ausgestattet zu sein.«

»Sie finden immer alles heraus, was ihre Ehemänner ausgefressen haben. Das nur zu Ihrer Beruhigung«, ließ sich Juricek zu einem Kommentar hinreißen.

»Jedenfalls verfolgte sie mich«, erzählte Jungwirth weiter. »Zu meinem Auto, das gleich ums Eck stand, durfte ich natürlich nicht, damit hätte ich mich verraten. Also versuchte ich, sie abzuschütteln. Anfangs gelang es mir, weil sie mit ihrem Kleid und den Stöckelschuhen auf dem Schneeboden nicht gut weiter kam. Aber ich passte in meiner Nervosität nicht auf, rutschte, stolperte, fiel und schlug mit dem Gesicht auf dem Boden auf. Das Resultat sehen Sie ja!«

»Schon gut! Ich habe zur Sicherheit einen Krankenwagen kommen lassen. Bitte erzählen Sie weiter!«

»Wäre ich liegen geblieben, hätte sie mich gehabt. Also sprang ich trotz der Schmerzen auf, so gut es ging, und humpelte über die Straße zu dem Parkplatz hier. Ich hoffte, mich irgendwie zwischen den Autos verstecken zu können. Geduckt hopste ich im Schutz der einzelnen Wagen bis ans hintere Ende des Parkplatzes, bis zu diesem Auto. Ich wollte schauen, ob Katja immer noch hinter mir her war. Dabei hielt ich mich an der Schnalle der Autotür fest. Zu meiner großen Überraschung war die Tür unverschlossen und ging auf. Zunächst landete ich mit meinem Gesäß auf dem Boden. Dann sah ich den toten Rainer Kerschbaumer auf dem Fahrersitz direkt vor mir.«

»War Ihre Frau noch da?«

Mit sichtlicher Erleichterung schüttelte Jungwirth den Kopf. »Nein! Katja hat in dieser Hinsicht Gott sei Dank keine große Ausdauer. Sie wird einfach nach Hause gegangen sein. Bitte verraten Sie ihr nichts! Sie ist so furchtbar nachtragend.«

»Also wenn sie nicht ganz blöd ist, genügt ihr ein Blick in Ihr Gesicht, und sie weiß alles«, mischte sich Leopold mit einem Kurzkommentar ein.

»Da fällt mir schon etwas ein. Mein Gott, mir muss etwas einfallen«, lispelte Jungwirth, dem langsam dämmerte, dass er aus diesem Dilemma nur schwer wieder herausfinden würde.

Juricek schaute über den Parkplatz. Er war, so wie die umliegenden Straßen, bereits mindestens einmal geräumt worden. »Haben Sie sonst jemanden hier in unmittelbarer Nähe gesehen oder bemerkt?«, setzte er die Vernehmung fort.

»Nein, niemanden«, beteuerte Jungwirth. »Es hat nur ganz ruhig heruntergeschneit. Das war alles.«

»Haben Sie den Toten berührt? Etwas an seiner Position verändert?«

Jungwirth erschauerte. »Um Gottes willen nein! Weshalb hätte ich das tun sollen? Ich war ja vor Schreck wie gelähmt. Nichts wie weg, dachte ich, als ich sah, dass meine Frau nicht mehr da war. Ich hatte Schmerzen und war rundum nass, woran sich übrigens nichts geändert hat. Dann kam mir die Idee, Leopold anzurufen, dessen Handynummer ich noch von früher eingespeichert habe. Ich hatte irgendwie das Gefühl, dass er mir in dieser Situation am ehesten helfen konnte. Dass er gleich zusammen mit Ihnen kommen würde, hätte ich nicht erwartet.«

»Ich danke Ihnen. Das ist vorläufig alles.« Juricek steckte seinen Notizblock ein und zog den Mantelkragen nach oben. »Wo die nur schon wieder bleiben«, bemerkte er mit einem ungeduldigen Blick auf die Uhr. »Ich bin gespannt, ob es verwertbare Fußspuren gibt. Kampf dürfte jedenfalls keiner stattgefunden haben. Das Opfer wurde von hinten erdrosselt, wahrscheinlich hat es der Täter überrascht.«

»Hast du ihn schon gesehen?«, fragte Leopold.

Juricek wurde aus seinen Gedanken gerissen. »Wen?«

Leopold deutete neben das Auto: »Den Pfeil! Das ist wahrscheinlich genauso einer, wie ihn der falsche Amor heute im Kaffeehaus bei sich hatte.«

»Du glaubst tatsächlich, dass es dieser Amor war?«

»Zunächst einmal ist es mein Hauptverdächtiger. Ist doch irgendwie logisch, oder?«

Juriceks Mund verzog sich zu einem Lächeln. »Du meinst wegen des Pfeils? Nun ja, es ist eine Möglichkeit. Aber an deiner Stelle wäre ich mir nicht schon so sicher. Wir wissen so gut wie gar nichts.«

In diesem Augenblick kamen die Einsatzfahrzeuge. »Vielleicht wissen wir bald mehr«, hoffte Juricek, sein Gesicht im Mantelkragen versteckend.

*

Ein paar Minuten später ging Juricek mit Leopold zurück Richtung Kaffeehaus. »Bollek soll sich die ersten Ergebnisse der Spurensicherung notieren«, setzte er ihm auseinander. »Ich höre mich zunächst einmal ohne viel Tamtam bei euch im *Heller* um. Vielleicht weiß jemand Genaueres darüber, unter welchen Umständen Kerschbaumer das Lokal verlassen hat.«

»Kerschbaumer ging während des *Brüderlein fein*«, erinnerte sich Leopold.

»Genau! Und da war diese zweite Jugend bei ihm. Gisela Roithner heißt die Dame, habe ich gehört. Wenn wir ein wenig Glück haben, ist sie noch da.«

Als die beiden das Heller betraten, merkte man, dass der Hausball langsam, aber sicher seinem Ende entgegensteuerte. Vereinzelt wurde noch getanzt, an den Tischen saßen kleinere Gruppen und plauderten, und um die Theke herum befand sich bereits eine Traube von beachtlicher Größe. Mitten in ihr stand Gisela Roithner und leerte mit dem wieder zurückgekehrten Markus König ein Gläschen.

Juricek hob seinen Sombrero leicht zum Gruß. »Guten Abend, Frau Roithner«, sprach er sie an. »Ich muss Sie bitten, mir ein paar Fragen zu beantworten.«

Gisela zog misstrauisch ihre Augenbrauen in die Höhe. »Wer sind Sie, dass Sie so komisch tun?«, fragte sie mit immer noch angegriffener Stimme. »Doch nicht etwa von der Polizei?«

»Sie haben es erraten«, teilte ihr Juricek mit und stellte sich kurz vor. »Ich hätte gern gewusst, warum Sie sich während des *Brüderlein fein* an den Scheich herangemacht haben und dieser daraufhin postwendend gegangen ist.«

»Merkwürdige Frage«, entgegnete Gisela. »Eines sage ich Ihnen gleich: Wenn Sie den Mann in Verdacht haben, Geld oder Schmuck gestohlen zu haben, liegen Sie völlig falsch. Es handelt sich um Rainer Kerschbaumer, den Begründer der Kosmetikfirma *Le Cerisier*. Ich kenne ihn zufällig. Der ist schwerreich und hat so etwas nicht nötig.«

»War schwerreich wäre die passendere Zeitform«, stellte Juricek richtig. »Wir haben ihn vor kurzem tot in seinem Auto gefunden – ermordet. Es ist sehr wahrscheinlich, dass Sie die Letzte waren, die ihn lebend gesehen hat – außer seinem Mörder natürlich!«

»Was?« Gisela taumelte zwei Schritte zurück. »Ermordet, sagen Sie? Aber das ist doch nicht möglich! Wer um alles in der Welt würde Rainer ermorden?« Sie atmete schwer.

»Das herauszufinden, ist meine Aufgabe, gnädige Frau. Deshalb noch einmal meine Frage: Mit welcher Absicht tanzten Sie zu Kerschbaumer? Was wollten Sie von ihm?«

Gisela suchte nach Worten. »Nichts Bestimmtes«, antwortete sie. »Ich konnte ja, wie Sie hören, nicht singen, wollte aber, weil ich schon da war, Markus und das Mädchen bei der Nummer unterstützen. Deshalb habe ich mir ein, zwei Kontaktpersonen aus dem Publikum gesucht. Rainer stand in der Nähe, also probierte ich es mit ihm. Er schien das nicht zu mögen und entfernte sich.«

»Er hat das Lokal sehr schnell verlassen. Haben Sie eine Ahnung, warum er das tat?«

»Nicht die leiseste. Aber Rainer tut – verzeihen Sie, tat – oft etwas Unerwartetes, und seine Stimmung schlug auch manchmal sehr schnell um. Man wusste dann nicht, wie man bei ihm dran war.«

»Sie haben vorhin gesagt, dass Sie Rainer Kerschbaumer zufällig kannten. Darf ich korrigieren? Sie kannten ihn sogar sehr gut. Man konnte es aus Ihrer Debatte mit dem ungebetenen Gast nach dem Lied heraushören. Hatten Sie eine Beziehung mit ihm?« Geduldig steuerte Juricek auf jenen Punkt zu, der ihm wichtig erschien.

»Sie bohren in alten Wunden, Herr Inspektor«, seufzte Gisela. »Ja, ich muss zugeben, ich hatte einmal große Gefühle für Rainer – aber dann ist schließlich doch nichts daraus geworden. Er hatte sich für seine Frau Margarete entschieden, also musste es mit unserer Romanze einmal zu Ende gehen. Es ist schon viele Jahre her, und Gott sei Dank beschert uns die Zeit die Gnade des Vergessens.«

»Verzeihen Sie, aber das scheint wieder nicht ganz zu stimmen. Hat es nicht gerade eben wieder einen Annäherungsversuch von Seiten Kerschbaumers gegeben?«, bohrte Juricek weiter.

Gisela Roithner trank einen Schluck von dem Tee, der vor ihr auf der Theke stand, und räusperte sich. »Entschuldigen Sie, Herr Inspektor, meine Stimme«, bat sie um Verständnis. »Sie verlässt mich gerade. Wenn Sie erlauben, werde ich es kurz machen. Rainer und ich hatten uns lang nicht gesehen. Ich wohne jetzt ja auch ein wenig außerhalb von Wien, in Korneuburg. Er hörte, dass ich mit den *Alpengeistern* hier auftreten würde und hat wieder Kontakt mit mir aufgenommen. Nicht in Ruhe gelassen hat er mich, wenn Sie es genau wissen wollen. Heute Abend war er vor der Vorstellung sogar noch einen Sprung im Theater. Aber ich habe ihm klar gemacht, dass er sich keine Hoffnungen mehr zu machen braucht.«

»Diesem Siegfried gegenüber klang es etwas anders«, wunderte Juricek sich.

Gisela lachte kurz bitter und musste dabei husten. »Siegfried Streitenberger verehrt mich seit jungen Tagen, und er tut es nach wie vor. Ich musste Siegfried ein wenig anschwindeln, ihm vorspielen, immer noch in Rainer verliebt zu sein. Er würde mich sonst verfolgen wie eine Klette. Er ist noch schlimmer als Rainer.«

»Obwohl Rainer Kerschbaumer sich erneut für Sie interessiert, hat er das Kaffeehaus ausgerechnet verlassen, nachdem Sie während des *Brüderlein fein* zu ihm getanzt waren? Das erscheint mir doch ein wenig sonderbar!«

Gisela Roithner wurde ungeduldig. »Ich habe Ihnen bereits gesagt, dass Rainers Launen nur schwer vorhersehbar waren. Vielleicht war er böse, weil ich ihm im Theater eine Abfuhr erteilt hatte, vielleicht meinte er auch, ich wolle ihn provozieren. Ich habe mir letztlich keine Gedanken darüber gemacht.«

»Und wann war das in etwa?«

»Ich habe nicht auf die Uhr geschaut, Herr Inspektor. Ich hatte einen Auftritt!«

Juricek tat es sofort leid, dass er diese letzte Frage gestellt hatte. Sie war reichlich unprofessionell gewesen und hatte die etwas schnippische Antwort direkt herausgefordert. Er musste ja selbst über den ungefähren Zeitpunkt von Kerschbaumers spontanem Verschwinden Bescheid wissen. Er dachte kurz nach, dann schrieb er »ca. 12.30 Uhr« auf den kleinen Notizblock, den er stets bei sich führte.

»War's das jetzt?«, fragte Markus König, der Gisela Roithner zu Hilfe kommen wollte.

Juricek blickte auf: »Nicht ganz. Wo ist das Fräulein, das die Jugend gesungen hat?«

König schaute sich um. »Nicht mehr hier«, stellte er trocken fest.

»Sie ist eingesprungen?«

»So ist es! Gisela konnte nach der Premiere wirklich keinen Ton mehr singen.«

»War sie zufällig hier?«, erkundigte sich Juricek.

»Mehr oder minder ja«, gab Markus König Auskunft. »Sie war unter den Ballgästen. Sie war aber noch vorgestern bei uns zum Vorsingen, außerdem kannte sie das Lied. Damit hat sich für unseren kleinen Auftritt hier noch einmal alles zum Guten gefügt.«

Juricek ließ sich von Markus König die Kontaktdaten von Flora Maurer geben. »Eine letzte Frage: Wie lang hat das Theaterstück gedauert, und wann sind Sie hier eingetroffen?«, wollte er wissen.

Wieder antwortete Markus König: »Wir haben um 20 Uhr begonnen. Die Pause hat etwas länger gedauert, sodass wir um etwa 22.30 fertig waren. Eine Stunde später, um halb zwölf, sind wir hier eingetroffen.«

Juricek griff zu seinem Telefon. Er rief Inspektor Bollek an, erstens, um sich die wichtigsten Informationen vom Tatort geben zu lassen, zweitens, um Bollek selbst sowie Frau Inspektor Dichtl zu einer raschen, möglichst unauffälligen Befragung der verbliebenen Ballgäste herbeizubeordern. Vielleicht war jemandem etwas Entscheidendes aufgefallen. Auch mit Frau Heller und Herrn Wondratschek wollte er ein paar Worte wechseln. Vor allem galt es, Frau Heller um eine möglichst vollständige Liste der Ballteilnehmer zu bitten.

Leopold hatte unterdessen seine Arbeit wieder aufgenommen. Er nutzte diese Gelegenheit, um ein paar Worte mit seinem Kollegen Waldi Waldbauer über den heutigen Abend zu wechseln.

*

»Die Leute sind ein Wahnsinn. Kannst du dir das vorstellen? Kommen mit ihrem Familienschmuck auf unser Gschnas!

Lassen sich von allen anschauen und bewundern, was sie so zu Hause im Nachtkasterl liegen haben, und dann nehmen sie das wertvolle Zeug noch vor aller Augen herunter und geben es in ihr Tascherl. Dazu kann man nur eins sagen: *Für Garderobe keine Haftung*!« Waldbauer verstand die Welt nicht mehr.

»Glaubst du, dass es der Zauberer war?«, wollte Leopold wissen.

Waldi zuckte mit den Achseln. »Ich glaub, die waren ohne Zaubertrick auch leicht zu grapschen«, vermutete er. »Da hat nicht viel dazugehört. Und was das Geld betrifft, sag ich dir eines: Die Leute wissen oft nicht einmal, wie viel sie eingesteckt, geschweige denn, wie viel sie ausgegeben haben. Nach ein paar Flascherln sind sowieso etliche Scheine futsch, auch ohne Diebstahl.« Waldi Waldbauer hatte den alten Oberkellnerreflex: Immer waren an allen Unannehmlichkeiten die Gäste selber schuld.

»Ja, aber in den Begrüßungssekt wird wohl jemand etwas hineingetan haben«, gab Leopold ihm ein weiteres Stichwort.

Waldi kratzte sich am Kopf. Er überlegte. »Die ersten Tabletts sind sehr schnell weggegangen, da kann überhaupt nichts gewesen sein. Später ist die Sache aber eher zäh geworden. Ich habe der Chefin eh gesagt, sie soll nicht mehr so viele Gläser herausstellen, es werden nicht mehr so viele Gäste mit dem Begrüßungssekt zu begrüßen sein. Sie hat es doch gemacht, weil sie sich nicht lumpen lassen wollte. Wir waren alle im Einsatz und konnten nicht so darauf schauen. Na ja, da kann so was schon vorkommen. Den Hans Zahorsky und seine Frau hat's erwischt. Die sind ziemlich spät erschienen. Das ist mit ein Grund, warum ich glaube, dass es so war.«

Man konnte über Waldi sagen, was man wollte, aber er war auf jeden Fall kein schlechter Beobachter. Deshalb wagte sich Leopold zu jener Frage vor, die ihm am meisten am Herzen lag: »Ich habe da einen Mann in Verdacht, der kurz als

Amor verkleidet herinnen war. Hast du von dem etwas mitgekriegt?«

»Selbstverständlich«, erinnerte Waldi sich sofort. »Das war doch der mit den Pfeilen im Köcher und dem Bogen. Ich hab ihn noch darauf aufmerksam gemacht, dass er das Zeug in die Garderobe stellen soll, damit er niemandem damit ins Aug fährt. Das muss er dann auch getan haben, die Sachen sind eine Weile dort gestanden. Dann waren sie allerdings wieder weg.«

Leopold horchte auf. »Hat Amor sie mitgenommen?«

»Das glaube ich nicht. Den hast du doch verscheucht. Höchstens, er ist später noch einmal gekommen und hat sich alles geholt.«

»Es hatte also im Prinzip jeder Zugriff zu diesen Waffen«, folgerte Leopold messerscharf.

»Im Prinzip ja! Für Garderobe keine Haftung, wie gesagt«, bestätigte Waldi.

Wer aber konnte sich unbemerkt mit Pfeil und Bogen aus dem Kaffeehaus gestohlen haben? Die in der Loge hinter dem Haustisch behelfsmäßig eingerichtete Garderobe befand sich im vorderen Teil des Heller, also dort, wo es während der mitternächtlichen Darbietungen sehr ruhig zugegangen war, weil sich praktisch alle Ballbesucher vor der Bühne im hinteren Teil des Lokals versammelt hatten. Zusätzlich hatten die mannigfachen Aufregungen für Ablenkung gesorgt. Es war also vielleicht gar nicht so schwer gewesen, wenn man die Gunst des Augenblicks geschickt zu nutzen verstanden hatte. Und vielleicht war dieser ominöse Amor ja tatsächlich kurz wiedergekehrt, wie es Leopold für einen Moment vorgekommen war.

Leopold war ganz in diese Überlegungen vertieft, als Thomas Korber mit seiner Begleitung kam, um sich von ihm zu verabschieden. »Oh, welch seltener Gast«, begrüßte Leopold ihn. »Dass du dich wieder einmal anschauen lässt!«

»Ich bin derzeit eher solide drauf«, erklärte Korber. »Du wirst verstehen, die guten Vorsätze im neuen Jahr …!«

»Gute Vorsätze, soso!« Leopold kam aus dem Staunen nicht heraus. »Hast du die nicht zum vorigen Jahresanfang auch gehabt? Und zum vorvorigen? Und eigentlich immer?«

»Naja, diesmal bin ich eben konsequent.« Korber warf einen fragenden Blick in Richtung Christa Wohlfahrt. »Was würden Sie zu einem kleinen Bier zum Abschluss sagen?«

»Kontraproduktiv«, ließ Christa ihn wissen. »Wir wollten außerdem gehen, und zwar wirklich."

»Siehst du?« Korber zauberte ein schwaches Grinsen auf sein Gesicht. »Heute ziehe ich es durch!«

Leopold bemerkte sofort den Unterschied zwischen Können und Wollen, sagte aber nichts. Er wurde jedoch stutzig, als sich Christa Wohlfahrt mit folgenden Worten an ihn wandte: »Er muss aufpassen, damit er sich nicht so leicht zum Alkohol verführen lässt, und stark bleiben. Ich teile Ihnen das nur mit, weil ich weiß, dass Sie ihn immer wieder zu Trinkgelagen überredet haben. Aber Schwamm drüber, das ist jetzt hoffentlich vorbei!«

»Was, ich soll …?«

»Darf ich vorstellen? Das ist Christa! Sie hat mir in letzter Zeit viel geholfen«, warf Korber verlegen ein.

»Ich bin Ihnen, wie gesagt, nicht böse«, versicherte Christa. »Aber jetzt muss Schluss sein. Bier und Schnaps, Bier und Wein – Sie haben Ihren Freund Thomas damit an den Rand des Abgrunds gebracht.«

»Jetzt erlauben Sie einmal!«, geriet Leopold nun wirklich in Rage.

»Sie drückt sich vielleicht ein wenig hart aus«, wand Korber sich. »Es ist schließlich dein Job als Oberkellner, mich zu fragen, ob ich noch ein Glas oder eine Flasche trinken möchte. Für mich war das jedoch auf Dauer tödlich und hätte beinahe zu einem gewissen Suchtverhalten geführt.«

»Willst du jetzt etwa mir die Schuld geben, dass du …?«

»Es geht hier keineswegs um irgendwelche Schuldzuweisungen«, beeilte Christa Wohlfahrt sich zu sagen.

»Ich muss meine Vergangenheit aufarbeiten, Schritt für Schritt«, ergänzte Korber. »Das mit dem Alkohol war ja noch einfach. Aber wenn es um meine Liebesbeziehungen geht, wird es sicher verdammt kompliziert. Trotzdem habe ich beschlossen, es zu tun.«

»Sie werden sehen, wenn Sie ehrlich zu sich selbst sind, kommen wir schnell hinter die Störfaktoren in Ihrem Leben.«

»Aus deinen Weibergeschichten lass mich dann aber bitte draußen«, ersuchte Leopold Korber, bemüht, ruhig zu bleiben. »Ich möchte nicht hören, ich hätte dich auch dabei zu allerlei Eskapaden ermutigt. Denk lieber an die Zeiten, als ich dich aus so manchem Innenstadtlokal abgeholt habe, um dich vor den schlimmen Folgen der Kombination Vollrausch plus Liebeshunger zu bewahren.«

»Ich kann dich auch hier leider nicht verschonen«, entgegnete Korber. »Vergiss bitte nicht, dass Geli eher deine Wahl für mich als meine eigene war. Wenn ich mich recht erinnere, hast du sie mir richtiggehend zugeschanzt. Dann hast du dich natürlich auch immer bemüht, die Beziehung zu kitten, wenn Feuer am Dach war, damit mir diese von dir für mich ausersehene Superbraut auch ja erhalten bleibt. Und genau das scheint mir den psychischen Knacks gegeben zu haben: die Fixierung auf eine Partnerschaft, die ich wahrscheinlich gar nicht wollte.« Er attackierte seinen Freund jetzt in einem überheblichen Ton.

»Wir werden ja sehen«, lenkte Christa ein, als sie sah, wie gespannt die Stimmung geworden war.

»Gar nichts werden wir sehen«, polterte Leopold. »Das ist ja unglaublich, wie du auf einmal versuchst, die Wahrheit zu verdrehen, nur um deiner Begleitung zu imponieren. Wenn man dich so reden hört, könnte man meinen, du wärst ein ganz anderer Mensch geworden, wenn du mir nie begegnet wärst. Dann ziehen wir doch am besten gleich die Konsequenzen. Geh dorthin, wo du vor meinem schlechten Einfluss sicher bist, aber komm mir nie wieder unter die Augen. Da vorn ist die Tür!«

»Er hat es nicht so gemeint. Er ist instabil«, raunte Christa Leopold zu.

»Ich habe es jedenfalls so gemeint«, beharrte Leopold. »Aus, fertig, basta!«

»Was hast du denn, Schnucki? Reg dich doch nicht so auf«, versuchte die herbeieilende Erika Haller, das Schlimmste zu verhindern. Aber es war zu spät. Leopold stand mit eindeutiger Geste wie ein Hinausschmeißer vor der Theke. Korber warf ihm einen beleidigten und verachtenden Blick zu, schnappte Christa an der Hand und verließ das Café *Heller* fluchtartig.

Frau Heller, die gerade damit beschäftigt war, eine möglichst vollständige Liste der Ballteilnehmer für Oberinspektor Juricek zu schreiben, schaute über den Rand ihrer Brille und ließ sich zu der Bemerkung hinreißen: »Jetzt frag ich Sie, Leopold: War das denn wirklich notwendig?«

KAPITEL 11

»Bedaure, wir schließen gleich! Der nächste Maskenball findet bei uns erst in etwa einem Jahr wieder statt«, begrüßte Leopold zwei neu eintretende Gäste nicht gerade freundlich. Er war immer noch grantig wegen der Auseinandersetzung mit Thomas vorhin, und er hielt damit nicht zurück.

Das Skelett und der Clown ließen sich dadurch nicht irritieren. »Pst, Leopold! Erkennen Sie uns nicht?«, zischelten sie.

Bei genauerem Hinsehen erkannte Leopold Sonja und Otto Kainz hinter den Masken. »Wieso kommen Sie so spät noch hierher?«, erkundigte er sich. »Es ist gerade äußerst ungünstig.«

Spätestens jetzt hätte er Otto Kainz im Ganzkörperskelett wohl an seinem Hüsteln erkannt. Kainz nahm auch gleich mit zittrigen Fingern eine Zigarette heraus und zündete sie an. Während er nervös den Rauch inhalierte, gab seine Frau Sonja Auskunft: »Wir haben es zu Hause nicht mehr ausgehalten. Wir wollen unbedingt wissen, was los war.«

»Der Teufel war los«, informierte Leopold sie mit gedämpfter Stimme. »Es ist tatsächlich ein Mord geschehen.«

»Er hat es also wahr gemacht«, äußerte Otto Kainz kryptisch.

»Nehmen Sie bitte Ihre Masken ab, und stellen Sie sich ein bisschen mehr auf die Seite«, ersuchte Leopold die beiden. »Die Polizei ist schon da und befragt die noch anwesenden Gäste. Wollen Sie etwa einvernommen werden?«

»Nein«, krächzte Otto Kainz entschlossen.

Leopold entfernte sich mit dem Paar in Richtung Tanzfläche, wo die Band *Bridge Across the Danube* eines ihrer letzten Lieder anstimmte. Juricek, Bollek und Frau Inspektor Dichtl hielten sich gerade im vorderen Lokalteil auf. Man würde hinten also zumindest für kurze Zeit seine Ruhe haben.

In kurzen Worten schilderte Leopold, was sich bisher zugetragen hatte. »Herbert hat sein Handy abgeschaltet. Bei ihm zu Hause ist alles dunkel, und niemand macht auf«, berichtete daraufhin Sonja Kainz.

»Am Nachmittag hat er uns noch angerufen und angekündigt, er werde alle seine *guten Vorsätze* wahr machen«, ergänzte Otto.

»Das bekräftigt natürlich sämtliche Verdachtsmomente«, sinnierte Leopold nickend. »Wissen Sie, ob er Pfeil und Bogen zu Hause hatte? Oder ein Kostüm des Liebesgottes Amor?«

»Was man nicht zu Hause hat, kann man sich über das Internet oder anderswo besorgen«, stellte Otto Kainz nüchtern fest.

»Er hat das Ganze sicher strategisch geplant! Mein Gott, wie furchtbar!«, jammerte Sonja.

»Glauben Sie, dass er auf der Flucht ist?«, erwog Leopold eine Möglichkeit.

»Es wäre gegen seine Art«, verneinte Otto Kainz. »Ich glaube eher, er wird alles so einrichten, dass man ihn nicht überführen kann, und sich dann ins Fäustchen lachen.«

»Ich kann es einfach immer noch nicht glauben, dass Herbert so etwas getan haben soll.« Sonja war außer sich.

Für Leopold war das der springende Punkt. Wie sehr konnte man einem bisher unauffälligen, unbescholtenen Menschen tatsächlich zutrauen, einen grausamen Mord an jemandem zu planen, den er nicht kannte, und dann auch noch kaltblütig durchzuziehen? War Kerschbaumer ein rein zufällig ausgewähltes Opfer gewesen? Hatte er sterben müssen, weil er das Café *Heller* zum falschen Zeitpunkt verlassen hatte, gerade richtig für seinen Mörder? Und warum waren Pfeil und Bogen auf so seltsame Art ins Spiel gekommen? Fragen über Fragen, die es hier für Leopold zu klären galt.

»Gehen Sie bitte rasch wieder, ehe Sie der Polizei auffallen«, ersuchte er das Ehepaar Kainz. »Wir sollten morgen – das heißt, eigentlich heute – Früh noch einmal gemeinsam bei der Wohnung Ihres Freundes vorbeischauen und ihm einen Besuch abstatten. Ich melde mich bei Ihnen!«

»Jetzt schon gehen?«, zögerte Otto Kainz. Er deutete an, dass er sich gern noch einen Drink genehmigt hätte. Doch Leopold schob ihn und Sonja unbarmherzig zur Tür hinaus. Dann dachte er schön langsam ans Schlussmachen. Seine restlichen Aktivitäten würden wohl nur mehr aus Wegräumen, Saubermachen und Abkassieren bestehen.

Im Vorbeigehen warf er einen Blick auf Frau Heller und ihre Liste, mit der sie nach wie vor beschäftigt war. Dabei fielen ihm zwei Namen auf, die sie gerade notierte: Horst und Sabine Wildner.

»Was, die Wildner waren auch da?«, fragte er ungläubig in Richtung Waldi Waldbauer.

»Aber sicher doch«, entgegnete der, als sei das die selbstverständlichste Sache der Welt. »Habe ich dir das nicht gesagt?«

*

Leopold erinnerte sich daran, was ihm Andreas Jungwirth über die vorjährige Auseinandersetzung zwischen Wildner und Kerschbaumer anlässlich des Kostümballs mitgeteilt hatte. Kerschbaumer hatte Wildner damals beschimpft, ihm mit Konsequenzen für sein ausbeuterisches Verhalten gedroht und schließlich eine unangenehme Kontrolle seines Lokals veranlasst. Hatte sich aus diesem Streit etwa eine richtiggehende Feindschaft entwickelt? Eine Feindschaft, die ein Grund für Kerschbaumers gewaltsamen Tod gewesen sein könnte? Leopold fasste den Entschluss, sich nicht nur Herbert Salomon, sondern auch Horst Wildner vorzunehmen.

Mittlerweile machte sich Oberinspektor Richard Juricek mit seinen Kollegen daran, das Kaffeehaus zu verlassen. Man hatte einen ersten Überblick gewonnen, ohne einen zielführenden Hinweis erhalten zu haben. Aber der Ball war zu Ende, das Lokal leerte sich, und ein großer Teil der wichtigen Zeugen oder möglichen Täter war schon längst gegangen.

»Deine beiden Freunde stellst du mir bitte bei Gelegenheit vor«, wandte sich Juricek noch einmal an Leopold.

Leopold tat, wie immer in solchen Situationen, unschuldig: »Wen meinst du?«

Juricek kannte das Spiel. »Das Skelett und den Clown«, half er Leopold auf die Sprünge. »Haben sie etwas mit Amor zu tun?«

»Ach die! Das ist das Ehepaar, das mich gebeten hat, auf Herbert Salomon zu achten. Sie haben sich nach ihm erkundigt. Er war übrigens nicht zu Hause.«

»Schön!« Juricek nahm kurz seinen Sombrero ab und kratzte sich am Kopf. Er überzeugte sich mit einem Blick, dass seine Hannelore noch da war, und sah sie zu seiner Beruhigung zusammen mit Erika Haller an einem Tisch sitzen. »Gib mir noch einen großen Braunen, bevor ich endgültig gehe«, bat er Leopold. »Das wird in den nächsten Tagen ein ganz schönes Stück Arbeit. Wir haben noch nicht viel. Was derzeit feststeht: Kerschbaumer wurde offenbar mit einem Halstuch oder etwas Ähnlichem erdrosselt, eine Bogensehne kommt eher nicht infrage. Wahrscheinlich wurde er überrascht und hat sich höchstens kurz gewehrt. Es muss alles sehr schnell gegangen sein. Der Täter saß vermutlich am Rücksitz des Autos. Die von uns aufgrund der Fakten angenommene Todeszeit von ca. 0.30 Uhr könnte hinkommen, wird aber noch überprüft. Verwertbare Spuren um das Auto herum – etwa Schuhabdrücke – gibt es aufgrund des Schneefalls praktisch nicht.« Er machte eine Pause und nippte an seinem Kaffee. »Stellst du dir auch dieselbe Frage wie ich?«, wandte er sich dann an Leopold.

»Ich frage mich, wo der Täter hergekommen ist«, teilte der ihm mit.

»Genau! Niemandem ist aufgefallen, dass jemand Kerschbaumer aus dem Lokal nachgegangen wäre. Also muss er seinem Mörder auf der Straße oder erst beim Auto begegnet sein. Wir haben aber noch keine Zeugen dafür. Der Parkplatz wurde zwar geräumt, das war jedoch schon vor Mitternacht.«

»Was ist mit Streitenberger? Der kam ins Kaffeehaus, nachdem Kerschbaumer gegangen war. Könnte er der Mörder sein?«

Juricek schüttelte sofort den Kopf. »Das geht sich nicht aus. Da waren nur ein paar Minuten dazwischen. Und Streitenberger muss irgendwo vor dem Heller auf sein Stichwort gewartet haben. Er kam ja, zur Überraschung aller, auf den Punkt genau nach dem *Brüderlein fein* zur Tür herein, genau wie das Hohe Alter im *Bauer als Millionär*.«

»Du hast recht«, überlegte Leopold. »Was ist mit Margarete Kerschbaumer? Mit ihrer Tochter und deren Freund? Die sind nach dem Streit mit Kerschbaumer, den du sicher auch mitbekommen hast, gemeinsam gegangen.«

»Da hätten wir natürlich gleich ein einwandfreies Motiv. Die Frage ist, ob einer von ihnen tatsächlich so wütend auf Kerschbaumer war, dass er bei diesem Wetter beinahe zwei Stunden auf ihn wartete. Er oder sie könnte immerhin einen Schlüssel gehabt und sich ins Auto gesetzt haben, aber drinnen war es sicher eiskalt. Außerdem konnte niemand wissen, wann Kerschbaumer das *Heller* verlassen würde, es sei denn, es hätte eine dementsprechende Verabredung gegeben. Handy haben wir allerdings keins bei dem Opfer gefunden, und hier im Lokal hat keiner Kerschbaumer mit einem Mobiltelefon hantieren gesehen.«

»An eine zufällige Begegnung denkst du also nicht?«

»Eine zufällige Begegnung mit jemandem, der dann sein Halstuch zur Hand nimmt und ihn einfach so erwürgt? Ich kann es nicht ausschließen, glaube es aber eher nicht. Meiner Ansicht nach muss der Mörder auf Kerschbaumer gewartet haben. Die drei, die wir in der Szene mit dem *Brüderlein fein* gesehen haben, scheiden damit aus, aufgrund des zeitlichen Ablaufes auch dieser Streitenberger. Bleiben dein Amor, der einen besonders perversen, für uns nicht nachvollziehbaren Plan gehabt haben könnte, der Zauberer, der für mich allerdings vom Typ her nicht infrage kommt, oder ein anderer Ballgast, der vor halb eins gegangen ist. Oder jemand, der gar nicht auf dem Gschnas war.«

»Das geht nicht, Richard! Wie kommt denn dann der Pfeil zum Auto?«, wandte Leopold sofort ein.

»Weiß ich doch nicht«, grummelte Juricek.

»Dürfen wir die Herren in ihren hochtrabenden Ausführungen unterbrechen? Wir sind müde und wollen nach Hause«, meldete sich nun Erika Haller ungeduldig zu Wort. Die neben ihr sitzende Hannelore Juricek schreckte hoch. Sie war bereits eingenickt.

»Ich habe eine provisorische Liste für Sie erstellt«, teilte Frau Heller Juricek voll Stolz mit. »Meine Tochter Doris hat sie kopiert. Wenn ich auf eine Ergänzung stoße, teile ich Ihnen das selbstverständlich mit. Leopold, Sie können abrechnen und nach Hause gehen.«

Als sich Leopold ein paar Minuten später umziehen ging, drückte ihm Doris Heller eine der Kopien in die Hand. »Weil Sie sonst sowieso keine Ruhe geben«, wie sie ihm kundtat. Er bedankte sich dafür mit einem Zuckerl, das er aus seiner Sakkotasche nahm. Seit sie ihm als Kind geholfen hatte, die Tabletts für den Kaffee mit dem obligaten Glas Wasser, dem kleinen Löffel und den zwei Stück Würfelzucker herzurichten, bekam Doris Heller von Leopold ein Zuckerl »fürs

Bravsein«. An dieser Gewohnheit hatte sich nichts geändert, obwohl Doris Heller längst eine erwachsene Frau war, die in Graz Architektur studierte.

Beim Herausnehmen des Zuckerls bemerkte Leopold etwas in seiner Sakkotasche, das vorher noch nicht drinnen gewesen war. Es war die Visitenkarte von Margarete Kerschbaumer. Sie musste sie ihm während des Boogies zugesteckt haben. Interessant, dachte er bei sich, und äußerst hilfreich. Eine Kontaktadresse zur Familie des Verstorbenen konnte man immer brauchen.

Hat also doch einen Sinn gehabt, dass ich mit ihr getanzt habe, sinnierte er. Und dass ich in die Tanzschule gegangen bin, selbstverständlich auch.

*

Ich hätte mir nicht gedacht, dass ich mich heute noch hinsetzen würde, um meine Gedanken zu den Ereignissen des heutigen Tages aufzuschreiben. Es war ja anstrengend und ist so spät geworden. Aber ich kann jetzt nicht gleich schlafen gehen. Mein Kopf ist so voll und diktiert mir die Dinge in die Hand.

Zunächst einmal: Es ist vollbracht! Ich bin dagestanden und habe gesungen, und die Leute haben mir zugehört und geklatscht. Sie haben mir wirklich zugehört und waren begeistert. Es war ein großartiges Erlebnis. Keine Ahnung, ob ich es noch einmal zusammenbringe, aber das ist mir im Augenblick egal. Ich genieße es einfach.

Es ist oft leichter, etwas zuwege zu bringen, als man denkt. Ich bin draufgekommen, dass es Schlüsselerlebnisse im Leben gibt, die seinen weiteren Verlauf bestimmen. Und ich hatte ein solches Schlüsselerlebnis. Es war ganz einfach, ihn zu überzeugen, viel einfacher, als ich befürchtet hatte. Er musste mir nämlich zuhören, ihm blieb gar nichts anderes übrig. Da bekam ich dann jenes Selbstvertrauen, das man benötigt, um auch vor einem großen Publikum zu bestehen.

Vielleicht war es die Erziehung meiner Mutter, die vaterlose Erziehung, die mich zu einem stillen Wasser ohne Mut gemacht hat. Es gab so viele Dinge, die sich nicht geschickt *haben, und die man als anständiges Mädchen nicht tun durfte. Das ist jetzt Gott sei Dank vorbei! Ich kann etwas erreichen, wenn ich es nur wirklich ganz unbedingt möchte. Ich habe große Pläne. Ich habe erste Schritte gesetzt, ein Anfang ist gemacht. Alles wird sich zum Guten wenden.*

Ich kann heute beruhigt schlafen gehen. Auch wenn es mir niemand zutraut: Ich komme nach oben!

KAPITEL 12

Sonntag, 10. Jänner

Erika Haller schlief noch tief und fest. Leopold war es recht. Sein Hunger nach dem sonntäglichen Schnitzel war bei Weitem nicht so groß wie sein Hunger nach Neuigkeiten im Mordfall Rainer Kerschbaumer. So machte er sich zeitig am Vormittag gemeinsam mit Sonja und Otto Kainz auf den Weg zu Herbert Salomons Wohnung.

»Er hat sein Handy noch immer abgeschaltet. Wir haben kein Lebenszeichen von ihm«, schnarrte Otto Kainz.

»Ist das üblich?«, wollte Leopold wissen.

»Er ist ein Eigenbrötler. Bei dem ist immer etwas anderes üblich«, erwähnte Sonja. »Wir müssen uns auf jeden Fall vergewissern, ob er zu Hause ist, und was mit ihm los ist.«

Zielstrebig schritten sie auf die Wohnanlage in der Leopoldauer Straße zu. Es hatte zu schneien aufgehört, sogar die Sonne war heraußen, nur der Wind blies kalt und unfreundlich durch den Mantel in Leopolds noch etwas müde Knochen. Schließlich standen sie vor Salomons Tür. Sie klingelten und klopften. Er antwortete nicht.

»Ich habe einen Schlüssel«, vermeldete Otto Kainz. »Herbert hat ihn mir einmal mit dem Hinweis gegeben, dass er nicht mehr der Jüngste sei und ihm einmal etwas zustoßen könne. Wir sollten immer die Möglichkeit haben nachzusehen. In der Nacht hatte ich noch Skrupel, aber jetzt …«

»Schließen Sie auf«, ordnete Leopold an.

Kainz nahm umständlich den Schlüssel heraus und öffnete die Tür. In der Wohnung waren alle Jalousien heruntergelassen und ließen das Tageslicht draußen. Die alkoholgeschwängerte Luft schien zu stehen. Aus der offenen Schlafzimmertür hörte man lautes Schnarchen.

»Er schläft«, stellte Otto Kainz fest.

»Da wäre ich jetzt nie draufgekommen«, kommentierte Leopold trocken.

»Sollen wir ihn aufwecken?«, fragte Sonja Kainz vorsichtig.

»Eigentlich wollen wir mit ihm reden, also schauen Sie, dass er wach wird«, antwortete Leopold.

Herbert Salomon hatte sich offenbar nicht bemüht, sich in zivilisiertem Zustand niederzulegen. Den Großteil seiner Kleidung hatte er noch an, nur sein rechter Socken war abgestreift und lag am Fußboden. Auf seinem Nachtkästchen stand ein halb volles Glas Rotwein.

Otto Kainz tupfte ihn leicht an der Schulter an. Dann probierte Sonja Kainz dasselbe. Erfolglos.

»Das wird nichts«, befand Leopold. Er eilte ins Badezimmer, kam mit einem vollen Zahnputzbecher zurück und schüttete dessen Inhalt ohne viele Skrupel Salomon ins Gesicht. »Kaltes Wasser hilft immer«, ließ er seine Begleiter wissen. »Zuweilen wende ich dieses Mittel auch bei uns im *Heller* zur Sperrstunde an, wenn einen Gast zur Unzeit der Schlummer überfällt.«

Salomon schnappte kurz nach Luft. Einen Augenblick lang sah es so aus, als müsse er niesen, die Nasenflügel bebten leicht, doch die Explosion blieb aus. Stattdessen schlug er die Augen mit der Begeisterung eines Neugeborenen auf, das sich plötzlich außerhalb der Geborgenheit seines Mutterleibes wiederfindet und nicht weiß, wieso. Es dauerte etliche Sekunden, bis er seine Orientierung einigermaßen wiedergefunden hatte. »Was ist los?«, prustete er. »Wer von euch ist für diesen Scheiß verantwortlich?«

»Er!« Otto Kainz deutete mit einem hämischen Grinsen,

das seinen sonst freudlosen Gesichtsausdruck nun überzog, auf Leopold.

Salomon schaute zu Leopold, zu Otto, zu Sonja, dann wieder zu Leopold. »Was macht ihr eigentlich alle da?«, wollte er wissen.

»Wir wollten nachschauen, wie es dir geht«, kam es zaghaft von Sonja.

»Jetzt geht es mir schlecht«, grunzte Salomon irritiert. »Ich bin nass, und mein Bett ist nass. Wieso könnt ihr einen Menschen nicht einfach schlafen lassen?«

Leopold hielt dies für einen günstigen Zeitpunkt, um mit der Befragung zu beginnen: »Wo waren Sie gestern Abend?«

»Haben Sie die Sauerei angerichtet? Dann lecken Sie mich im Arsch«, protestierte Salomon nicht gerade höflich.

Leopold ging nicht darauf ein. »Herr Salomon, Ihre Freunde haben sich Sorgen um Sie gemacht«, beharrte er. »Und zwar nicht nur, weil Sie offensichtlich in der Nacht von gestern auf heute ziemlich lange aus waren. Sie haben vorher mehrfach angekündigt, einen Mord zu begehen, und zuletzt auch angedeutet, dass er während des Kostümballs im *Heller* stattfinden könnte. Im Lauf des Balls ist tatsächlich jemand ermordet worden. Das heißt, dass Sie dieser Tat jetzt dringend verdächtig sind, wenn Sie für die Tatzeit kein Alibi vorweisen können. Deshalb frage ich Sie noch einmal: Wo waren Sie gestern Abend?«

»Wegen solch einer Lappalie schütten Sie schlafenden Menschen Wasser ins Gesicht? Ein starkes Stück!«, echauffierte Salomon sich.

Otto Kainz hüstelte wieder einmal. »Es sieht nicht gut für dich aus, Herbert«, redete er auf Salomon ein. »Die Polizei wird dich demnächst verhören. Du bist im Café *Heller* gesehen worden.«

Herbert Salomon schien langsam einen Überblick über die Situation zu bekommen. Sein Gesichtsausdruck ließ ahnen, dass ihm das eine oder andere dämmerte. »Ich bin dort gesehen worden?«, fragte er, sich am Kopf kratzend. »Dann könnte es ja sein, dass ich dort war.«

»Es hat keinen Sinn, Hypothesen in den Raum zu stellen, Herbert«, mahnte Sonja, »versuche dich zu erinnern. Wenn du dort warst, sieht es schlecht für dich aus.«

Ein müdes, aber doch überlegenes Lächeln tauchte auf Salomons Gesicht auf. »Ich habe gar nicht die Absicht, mich zu erinnern«, bekundete er. »Soll die Polizei doch denken, was sie will.«

»Aber das ... könnte fatal für dich enden«, machte Otto Kainz ihn aufmerksam.

»Warum?« Salomons Laune besserte sich zusehends. »Was immer man mir auch vorwerfen wird, ich bin mir sicher, nirgendwo auch nur die kleinste Spur hinterlassen zu haben. Die Polizei hat keine Beweismittel gegen mich. Und was macht die Polizei in so einem Fall? Sie beginnt mit sinnlosen Befragungen, bearbeitet einen und hofft, dass man sich verrät und einen Fehler begeht. Soweit die Psychologie der Polizei. Dem begegne ich mit meiner eigenen Psychologie: der Psychologie des Vergessens. Ich habe in der Nacht auf heute, denke ich, genug Alkohol in mich hineingeschüttet, Wein und Schnaps durcheinander, um so ziemlich sämtliche Spuren meiner Erinnerung auszulöschen. Alles ist sehr verschwommen. Ich entsinne mich dumpf einiger Punkte, sonst herrscht gähnende Leere. Jetzt frage ich euch: Wie soll da die Polizei etwas aus mir herausbekommen?«

»Du musst dich doch verteidigen können«, schärfte Sonja Kainz ihm ein.

»Die beste Verteidigung besteht darin, die Dinge so stehen zu lassen, wie sie sind. Ich sagte es schon: Mir soll einmal einer etwas beweisen. Die Gefahr, dass ich mich verplappere, ist ausgeschaltet, ich kann mich also nicht selbst belasten. Ich war unterwegs, zwischendurch natürlich auch bei dem Gschnas, denn ich hatte eine Eintrittskarte. Aber das ist ja kein Verbrechen. Daraus kann mir keiner einen Strick drehen.«

»In welcher Verkleidung waren Sie auf dem Kostümball?«, wollte Leopold wissen.

Trotz seiner Indisposition brachte Herbert Salomon einen äußerst hinterhältigen Blick zustande. »Ach ja, man musste sich kostümieren«, gab er überheblich von sich. »Irgendeinen Hut oder eine Pappnase werde ich schon aufgehabt haben. Genaueres ist mir leider entfallen. Ich kann Ihnen da nicht weiterhelfen. Außerdem habe ich mir sagen lassen, dass der Sinn einer Verkleidung darin besteht, dass man für die anderen unerkannt bleibt.«

»Und wenn ich Ihnen auf den Kopf zusage, dass Sie als Liebesgott Amor dort waren? Mit einer netten Perücke über der Glatze und mit Pfeil und Bogen?«

»Amor?« Belustigt ließ Herbert Salomon das Wort auf seiner Zunge zergehen. »Sie meinen jenen Amor, der mit Pfeilen schießt, um zwei Herzen füreinander entflammen zu lassen? Schauen Sie mich an: Die Liebe hat sich schon längst aus meinem Leben vertschüsst. Ich empfinde in dieser Hinsicht nichts mehr. Warum hätte ich ausgerechnet als Amor gehen sollen?«

»Um mit den Pfeilen möglichst viel Verwirrung zu stiften. Vielleicht waren sie ja auch ursprünglich als Tatwaffe geplant«, behauptete Leopold.

»Eine interessante These. Wer sind Sie eigentlich?«

»Das ist Herr Leopold, der Oberkellner des Café *Heller*. Wir haben ihn gebeten, ein bisschen ein Auge auf dich zu haben, damit du … keinen Unsinn machst«, gestand Sonja.«

»Dass ihr das gemacht habt, ist zwar abscheulich«, amüsierte Salomon sich. »Es beweist mir jedoch, wie gut meine Psychologie des Vergessens wirkt. Ich kann mich an keinen Oberkellner erinnern. Er ist aus meinem Gedächtnis wie weggewischt.«

Leopold wurde unruhig. »Lenken Sie nicht ab«, forderte

er. »Ich behaupte, Sie haben unser Kaffeehaus als Amor betreten, es nach Intervention meinerseits allerdings auch schnell wieder verlassen. Später kamen Sie zurück, holten Ihre Pfeile und den Bogen aus der Garderobe, wo Sie beides deponiert hatten, und suchten sich Rainer Kerschbaumer als Opfer aus. Sie verfolgten ihn bis zu seinem Auto und brachten ihn um.« Er sprach schnell, ohne großen Wert auf die Logik seiner Ausführungen zu legen. Er wollte nur sehen, wie Salomon reagierte.

»Es tut mir leid, aber da ist eine Lücke in meinem Gedächtnis. Eine große Lücke. Außerdem bin ich müde«, ließ der verlauten. »Ich möchte mich ausruhen. Wenn alles so schlimm ist, wie ihr sagt, könnte ja tatsächlich demnächst die Polizei kommen und mich einem Verhör unterziehen. Da muss ich fit sein. Schließlich wird man mich auffordern nachzudenken, ob ich mich nicht doch an etwas erinnern kann. Da werde ich dann mein Gehirn zermartern müssen, nur um am Schluss aus voller Überzeugung sagen zu können: Ich weiß nichts, und mir fällt nichts ein. Da droben ist alles öde und leer. Also macht euch jetzt bitte schleunigst auf die Socken, dann bin ich bereit, die unfreundliche Art, wie ihr mich aus meinem kostbaren Schlaf gerissen habt, zu vergessen.«

»Ist schon gut, Herbert. Aber wenn dir noch etwas einfällt … du weißt ja …«, meldete sich Otto Kainz zögernd zu Wort.

»Verschwindet endlich!«, fauchte Salomon. »Und vergesst ja nicht, diesen Oberkellner mitzunehmen.« Er drehte sich um und rollte sich zu einem weiteren Nickerchen zusammen, ohne sich dabei durch die feuchte Bettwäsche stören zu lassen. Schnell wurde sein Atem ruhig und verwandelte sich in ein gleichförmiges Schnarchen.

»Gehen wir«, meinte Sonja Kainz achselzuckend.

Leopold wollte etwas sagen, ließ es aber dann doch bleiben. Er folgte Otto Kainz, der sich wieder einmal mit zittrigen Händen eine Zigarette anzündete. Sein Blick streifte dabei die Küche, deren Tür einen Spalt offen war. Auf dem Küchentisch stand eine beinahe leere Whiskyflasche mit einem Glas wie zum Beweis für Salomons unkontrolliertes Trinken. Nun entdeckte Leopold allerdings auch die Silhouette von etwas, das zunächst durch eines der Tischbeine vollständig verdeckt gewesen war. Er sah die Umrisse eines Pfeils.

*

Sonntags gab es bei Erika und Leopold beinahe immer das traditionelle Feiertagsessen der Wiener: paniertes Schnitzel mit Erdäpfelsalat. Die vielen Imbissstände, die nun schon Schnellversionen des Gerichtes anboten, nahmen der Speise zwar etwas von ihrer Besonderheit, dennoch war ein zu Hause in der eigenen Pfanne frisch herausgebackenes Schnitzel eine Delikatesse, und niemand scherte sich darum, dass in den meisten Fällen das Kalbfleisch des Originalrezeptes durch Schweinefleisch ersetzt wurde. Das Schnitzel hatte einfach seine Tradition, und Erika war eine Meisterin der Zubereitung. An sich störte es sie nicht, wenn Leopold einen Sonntagsspaziergang machte, während sie in der Küche hantierte. Er stand ihr sonst ohnedies meist im Weg herum. Diesmal war ihre Laune allerdings ein wenig getrübt, denn der Spaziergang hatte natürlich mit dem neuen Mordfall zu tun gehabt.

Als er mit seiner Erzählung vom Besuch bei Herbert Salomon fertig war, meinte sie nur: »Ich weiß nicht, warum du diesen Pfeilen eine solche Bedeutung beimisst, Schnucki. Der Mann ist doch erdrosselt worden, soviel ich gehört habe. Ich glaube, du erfindest da eine Indianergeschichte!«

»Amorgeschichte«, verbesserte Leopold sie mit erhobenem Zeigefinger. Dabei schnitt er mit Genuss in das knusprige Schnitzel.

»Ist doch egal, wie du es nennst«, erwiderte Erika. »Weißt du überhaupt schon, wie der Mord stattgefunden hat?«

Jetzt wirkte Leopold ein wenig irritiert. »Ich muss es mir noch einmal durchdenken, schließlich ist alles erst gestern passiert«, wich er aus.

»Du bist diesmal so schrecklich fixiert, Schnucki«, stellte Erika fest und naschte vom Salat. »Sonst gehst du viel offener an einen Fall heran. Jetzt bildest du dir ein, es muss dieser Amor gewesen sein, und dieser Amor war deiner Meinung nach der Langschläfer von heute. Es gibt doch eine ganze Reihe Verdächtiger, zum Beispiel die Ehefrau. Es ist offensichtlich, dass Kerschbaumer sie mit der Schauspielerin betrogen hat.«

Wiederum wurde Leopold an seine Tanzeinlage mit Margarete Kerschbaumer erinnert. Bei dieser Frau hatten Phasen voll Energie mit kraftlosen, beinahe apathischen Momenten innerhalb kürzester Zeit gewechselt. Sie wirkte auf ihn wie ein Tier, das in dem Augenblick zubeißt, wo man es für völlig zahm hält. Natürlich war ihr ein Mord an ihrem Ehemann zuzutrauen. Vielleicht hatte sie im Auto auf ihn gewartet. Blieb die Frage, ob sie es in ihrem Zustand bei dieser Kälte überlebt hätte. Hatte sie etwa den Motor laufen lassen? Das hätte jemandem auffallen müssen. Hatte sie die Kraft gehabt, ihn zu erdrosseln, mit einer Schnur oder einem Tuch etwa?

»Du solltest dir aussuchen, mit wem du deine Tänzchen machst, es könnte eine Mörderin sein, die du mir vorziehst! Mich hast du jedenfalls gestern sträflich vernachlässigt«, rügte Erika ihn nun.

»Immerhin habe ich dadurch ihre Kontaktdaten«, rechtfertigte Leopold sich.

»Möchtest du dich etwa für den nächsten Tanzabend mit ihr verabreden? Dann bedenke bitte, dass sie überhaupt keine

Schrittfolge kann und ständig aus dem Takt kommt. Ich sage das nicht, weil ich eifersüchtig bin, sondern weil es mir gestern extrem aufgefallen ist.«

»Sie war ziemlich betrunken«, erwähnte Leopold.

»Das ist es ja, was ich nicht begreife: dass du eine betrunkene Dame mir vorziehst. Aber bitte, reden wir nicht mehr darüber. Weißt du übrigens, dass Gabrieles Freund Roland ein ziemliches Heferl ist? Er hatte schon einmal eine Freundin, und die wollte ihm wer ausspannen. Diesen Kerl hat er ganz schön verprügelt.«

Leopold fuhr in die Höhe. »Woher weißt du denn das?«

»Man muss eben wissen, mit wem man tanzt!«

»Meinst du etwa den Typen, der sich so penetrant an dich geschmiegt hat?«

»Reg dich nur nicht auf, Schnucki! Du hast weder mit mir getanzt noch dich an mich geschmiegt, was sich eigentlich für dich als meinem Lebensgefährten gehört hätte. Da musste ich mir eben einen Ersatz suchen. Und dieser Mann wusste immerhin, dass es wegen Roland bei Kerschbaumers kriselte. Die Tochter will ihn unbedingt haben, der Vater hat bis zum Schluss dagegen opponiert und wilde Drohungen ausgestoßen.«

Was Leopold von seinem Kollegen Waldbauer über die Kerschbaumers gehört hatte, fand er hier also bestätigt. Somit musste er wegen seiner weiteren Vorgangsweise gar nicht lang überlegen: Es galt, den flüchtig entstandenen Kontakt zu Margarete Kerschbaumer für eine weitere Zusammenkunft zu nützen.

*

»Du bist heute zu Hause? Du gehst gar nicht fort?«, fragte Margarete Kerschbaumer ihre Tochter Gabriele. Sie saß dabei auf ihrem üblichen Platz im Wohnzimmer, die Weinflasche und ein zumindest halb gefülltes Glas vor sich.

»Papa ist tot! Ich möchte dich nicht allein lassen«, antwortete Gabriele, während sie mit einer Feile an ihren Fingernägeln herumhantierte.

»Ich komme schon zurecht!« Margarete Kerschbaumer kippte den Inhalt ihres Glases in einem Zug hinunter. »Du hättest in den Tagen vor seinem Tod öfter zu Hause sein sollen. Das wäre wichtiger gewesen«, kritisierte sie dann.

»Mama, ich bin erwachsen. Ich kann tun und lassen, was ich will! Glaubst du, dass das auch nur irgendetwas an meinem Verhältnis zu Papa geändert hätte?«, war Gabriele sofort in der Höhe.

»Es hätte uns allen viel erspart,« seufzte Margarete nachdenklich und meinte wohl, dass es *ihr* viel erspart hätte. »Wir müssten jetzt nicht zittern, ob Rainer seine Ankündigung wahr gemacht und sein Testament geändert hat.«

»Scheißtestament! Roland redet auch nur mehr davon. Mir ist mittlerweile ziemlich egal, was dabei herauskommt!«

»So darfst du nicht reden!« Margarete schlug mit der Faust auf den Tisch. Das Weinglas fiel um. Gott sei Dank hatte sie diesmal noch nicht nachgefüllt. »Ich habe so gut wie keine Ziele mehr im Leben, aber das wichtigste bist du. Du sollst deinen gerechten Anteil an Rainers Vermögen bekommen. Es soll dir gut gehen. Du sollst dir keine finanziellen Sorgen machen müssen. Du warst dabei, alles zu verspielen.«

»Das ist doch lächerlich! Euch allen geht es nur ums Geld!«

»Jawohl, ums Geld! Sein Kontostand war die einzige Existenzberechtigung, die dein Vater … die Rainer noch hatte.«

Gabriele begann zu weinen. Das aufbrausende, jähzornige Wesen ihres Vaters war zwar nicht mehr da, aber die dumpfe, selbstzerstörerische Gegenwart ihrer Mutter empfand sie als beinahe noch schlimmer. »Du hast Papa immer nur schlecht gemacht«, schluchzte sie. »Okay, er war nicht fair zu Roland und mir. Okay, er war oft zum Kotzen, und ich habe ihn dann gehasst. Aber es ist deine Sauferei, die ihn so auf die Palme gebracht hat, Mama!«

Margarete Kerschbaumer erstickte den Ansatz eines Lachens. »Ich habe Rainer länger gekannt als du, glaube es mir. Könnte es sein, dass du eine Kleinigkeit übersehen hast? Dass *er* der Grund für meine *Sauferei* war? Mit seinen Demütigungen, seinen Weibergeschichten? Nein, nein, Gabriele, er war schon so, als du noch an eine heile Familie geglaubt hast. Er war immer dasselbe verlogene Schwein!« Nochmals schlug sie mit der Faust auf den Tisch, zweimal, dreimal, immer wieder. Ihr Gesicht blieb dabei wie eine Maske. Eine verzerrte Maske. Ihre Augen waren wie zwei trockene Schlitze, aus denen keine Träne quoll.

»Hast du ihn umgebracht, Mama?«, fragte Gabriele plötzlich.

Margarete Kerschbaumer nahm nun ihr Glas, schenkte sich ein und trank gierig. Damit wurde sie sofort wieder ruhiger, sackte beinahe in sich zusammen. »Umgebracht? Weil er alles in mir abgetötet hat? Wie kommst du darauf? Ich bin nach Hause gegangen«, beteuerte sie.

»Bist du nicht!« Gabrieles Blick war jetzt eiskalt.

»Wieso? Was willst du?«

»Du bist nicht gleich nach Hause gegangen. Du bist hinüber zu dem Parkplatz, wo unser Auto gestanden ist, in dem Papa dann … oh mein Gott!«

»Bin ich das? Ich glaube, du fantasierst, mein Kind!«

»Du bist zu dem Parkplatz und hast telefoniert. Ich bin stehen geblieben und habe dich dabei beobachtet. Und ich weiß auch, mit wem du telefoniert hast!«

»Mit wem denn? Komm, spuck es aus!« Margarete Kerschbaumers Finger umklammerten krampfhaft ihr Glas.

»Es war dieser Mann! Wir haben ihn früher öfter beim Spazierengehen getroffen, als ich noch klein war. Er war mir nie sympathisch, weil er mir immer so komische Fragen gestellt hat, und die Zuckerln, die er mir geschenkt hat, waren auch grauslich. Ich habe ihn sofort wiedererkannt, als er wenig später auch zum Parkplatz gekommen ist.« Gabriele machte eine Pause und schaute ihrer Mutter dabei tief in die Augen. »Und dann habt ihr alles miteinander geplant, den ganzen brutalen Mord an meinem Vater.«

»Täusch dich nur nicht. Rainer war nicht dein Vater«, sagte Margarete leise, aber bedeutungsschwer, an Gabriele starr vorbeiblickend. »Der Mann mit den grauslichen Zuckerln hat dich gezeugt.«

Gabriele verschlug es die Sprache. Unsichtbare Kräfte drückten sie tiefer in den Sessel, ließen die Gedanken in ihrem Gehirn rotieren. Margarete redete indessen monoton weiter: »Meine Liebe zu Rainer war schon damals am Erlöschen. Die Firma war ihm wichtig, dann noch die eine oder andere Nebenfrau. Für mich war der Zug schon recht bald nach unserer Hochzeit abgefahren. Günter ist eine Flasche. Er konnte Rainer vom Verstand her nicht das Wasser reichen. Aber er ist all das, was Rainer nicht war: leidenschaftlich, impulsiv, fürsorglich. Ich brauchte das zu dieser Zeit. So bist du entstanden.«

»Mama, ich hasse dich«, war das Einzige, was Gabriele hervorbrachte.

»Spuck mich an! Schlag mich! Kratz mir die Augen aus«, forderte Margarete ihre Tochter auf. Sie sagte es gleichgültig dahin, ohne jede Emotion.

»Verstehst du denn nicht, was das für mich heißt? Verstehst du das denn nicht?« Ein Bach von Tränen ergoss sich aus Gabrieles Augen.

»Ich sage dir nur eines: Ich habe nie bereut, dass meine Tochter nicht Rainers Gene in sich trägt. Du bist nicht Rainers Kind, also bist du ein gutes Kind. Du bist hier bei uns aufgewachsen, ahnungslos, unbeschwert. Was glaubst du, wie es vielen anderen Kindern geht? Die kennen ihren Vater oder ihre Mutter auch nicht, oder sie sind Adoptivkinder oder weiß ich was. Wo und wie man groß wird, ist wichtig, nicht, wer einen gezeugt hat. Daran solltest du denken!«

»Und Papa ... verzeih, aber ich werde immer Papa zu ihm sagen ... Papa hat nie etwas gemerkt?«

»Wenn, dann hat er es mich bereits tausendmal büßen lassen. Aber das ist auch nicht wichtig. Wichtig warst und bist mir immer nur du, mein Kind. Außer dir habe ich keine Ziele mehr im Leben. Ich möchte, dass du glücklich wirst. Ich möchte, dass du deinen gerechten Anteil an Rainers Erbe bekommst. Du sollst nehmen, was dir gehört, und mit Roland glücklich werden.«

In Gabrieles Kopf herrschte weiterhin Chaos. Sie war überwältigt von dem, was sie soeben gehört hatte. Sie hatte das Bild ihres Vaters vor sich, der doch nicht ihr Vater war, und der jetzt tot war. Sie sah ihn, wie er sie an der Hand führte, als sie noch ein Kind war, und ihr ein Eis kaufte. Sie sah ihn, wie er mit ihr schrie und brüllte, weil er hinter ihr Verhältnis mit Roland gekommen war. Oft hatte sie Angst vor ihm gehabt, aber dennoch war sie immer in einer Beziehung zu ihm gestanden, wenn auch in einer problematischen. Ihr angeblicher Erzeuger bewirkte im Augenblick nur Ekel in ihr. Und nun musste sie sich noch fragen, ob er den Mann, den sie bis jetzt für ihren Vater gehalten hatte, getötet hatte.

Aber noch eine ganz andere schreckliche Ahnung überfiel sie: Sie sah wieder den Streit vor sich, den Roland mit ihrem Stiefvater angezettelt hatte, und der immer heftiger geworden war, bis sie schließlich herbeigeeilt war, um ihren Freund zu beruhigen. Roland war schon dabei gewesen, ihren Stiefvater zu attackieren. War etwa gar Roland der Mörder?

Sie hatte vor der Polizei ausgesagt, dass sie die Nacht bei Roland verbracht hatte. Das stimmte auch. Bloß, dass sie nicht gleich zu ihm gegangen war, nachdem sie des Kaffeehauses verwiesen worden waren. Sie war noch einmal zu sich nach Hause, hatte ein paar persönliche Sachen geholt, ein bisschen Fernsehen geguckt, Zeit vertrödelt. Erst nach ein Uhr war sie bei Roland angekommen. »Das braucht niemand zu wissen.

Wenn wir sagen, dass wir die ganze Zeit beisammen waren, kommt keiner auf blöde Ideen«, hatte Roland dazu gemeint.

Gabriele musste zugeben, dass sie nicht wusste, wo ihr Freund zum Zeitpunkt des Mordes gewesen war. Er konnte der Täter sein. Genauso wie ihre Mutter. Sie war, solange sich Gabriele in der Wohnung aufgehalten hatte, nicht heimgekommen.

Das alles lief durch ihre Gehirnwindungen wie ein Film mit vielen unzusammenhängenden Szenen, während ihr Körper nicht in der Lage war, das innere Beben zu beruhigen. »Hast du ihn umgebracht?«, schrie sie ihre Mutter an.

Margarete Kerschbaumer zeigte keinerlei Regung. »Wir müssen alles tun, damit du bekommst, was dir zusteht, mein Kind«, wiederholte sie nur klar und deutlich.

*

Am nächsten Tag ist alles ganz anders. Noch freut man sich über den Erfolg, atmet tief durch, möchte sich einfach nur irgendwo hinlegen und mit der Seele baumeln. Man denkt, man hat es geschafft. Man hat es aber doch nicht geschafft. Leider kann man sich offenbar noch so bemühen, ganz schafft man es nie. Das ist das Ungerechte im Leben. So viele Bemühungen, so viel Überwindung, und dann kommt man drauf, es fehlt doch noch etwas. Na ja, so kann's gehen.

Ich werde wieder reden müssen. Ich brauche wieder jemanden, der mir zuhört. Und in meinen schlimmsten Vorstellungen wenden sich meine Gesprächspartner ab, bevor ich noch zum Kern der Sache komme. Zum Singen hätte ich Talent, das haben mir sowohl Markus als auch Gisela attestiert. Aber Singen ist leider nicht alles im Leben. Eine wichtige Sache vorsingen kann man nur in einer Oper oder Operette oder einem Musical. Im wirklichen Leben muss man reden, auch wenn man so gar nicht dafür geeignet ist.

Ich möchte noch nichts Näheres über diese Angelegenheit aufschreiben. Obwohl es wahrscheinlich ohnehin niemand lesen wird, habe ich Angst, dass, falls es jemand liest, der- oder diejenige schlecht über mich denkt. Die Sache kann nämlich so oder so ausgehen. Mein Gott, wie war ich gestern voller Tatendrang, und wie unentschlossen bin ich heute!

Der Andreas könnte mir vielleicht wieder eine Hilfe sein. Aber erstens müsste ich ihn dann in alles einweihen, zweitens möchte ich seiner Frau in der jetzigen Situation nicht über den Weg laufen, und drittens schaut er im Moment aus wie Frankenstein. Das Foto, das er mir von sich geschickt hat, ist kein Schas! Da sieht man, wie schnell so ein Verfallsprozess gehen kann. Ich mag die reiferen Männer zwar, aber ich muss in Zukunft ein bisschen besser aufpassen, mit wem ich mich einlasse.

Vielleicht probiere ich's doch noch einmal mit ihm. Ein paar Stunden halte ich ihn aus, auch wenn mir jetzt natürlich vor ihm graust. Hoffentlich wird er nicht zudringlich und will mich küssen. Zunge kannst du momentan eh keine in seinen Mund hineinstecken, weil er sie dir dann abrasiert mit seinem halb ausgebrochenen Schneidezahn. Aber ich brauche ihn. Ich brauche eine Stütze. Alleine bin ich leider in vielen Dingen ein hilfloses Wesen.

Ich bin eben ein stilles Wasser. Ein zu stilles Wasser. Am besten, ich denke an etwas Schönes und schlafe schnell ein. Warum sollte es nicht so klappen, wie ich es mir vorstelle? Irgendwann im Leben muss das Glück doch auch zu mir kommen!

KAPITEL 13

Montag, 11. Jänner

Es ist wie bei einer Katerstimmung: Zuerst ist alles turbulent und ausgelassen, dann erfolgt das vom eigenen Körper oder der fortgeschrittenen Stunde verordnete abrupte Ende. Es wird wirklich Nacht. Am darauffolgenden Morgen bedrücken einen die Leere, die Ruhe und die unsichtbare Wand zwischen dem Leben und einem selbst.

So ähnlich wirkte das Café *Heller* auf Leopold, als er es nach dem Rummel des Kostümballs am Montag wieder betrat. Das erste winterliche Tageslicht schien durch die großen Fensterscheiben, und die wiederhergestellte Ordnung und das menschenleere Lokal hinterließen bei ihm einen seltsamen Eindruck. Beinahe gespenstisch fremd erschien ihm alles, obwohl er abwechselnd mit seinem Kollegen Waldbauer jeden Tag in der Früh als Erster hier war. Herr und Frau Heller kamen ja erst später aus ihrer Wohnung herunter, wenn schon einigermaßen Betrieb herrschte.

Leopold zog sich seine Arbeitskleidung, den Smoking mit dazugehörigem Hemd und schwarzem Mascherl, an. Dann warf er die Kaffeemaschine an, nahm das frische Gebäck in Empfang und verteilte es auf die verschiedenen dafür vorgesehenen Körberln. Erst, wenn aus seiner Sicht alles in Ordnung war, konnte er das Kaffeehaus aufsperren. Mit den ersten Gästen würde sich das Lokal beleben und das unbestimmte schale Gefühl verschwinden. Für eine gewisse Zeit war es jedoch da und nicht wegzukriegen.

War es zu zeitig? Egal. Leopold fischte nach Margarete Kerschbaumers Visitenkarte und rief ihre Nummer an, solange er noch allein war. Sie hob sofort ab. Trinker wachen oft früh auf.

»Kerschbaumer«, nuschelte Margarete so undeutlich ins Telefon, dass man annehmen konnte, dass sie nicht nüchtern war.

»Leopold hier, der Oberkellner vom Café *Heller*. Vielleicht erinnern Sie sich an mich. Am Samstag bei unserem Gschnas …«

»Natürlich, Sie waren der ausgezeichnete Tänzer«, schnurrte Margarete. Sie war sofort Feuer und Flamme. »Das ist aber schön, dass Sie anrufen! Wann treffen wir uns denn einmal? Ich würde Sie gern näher kennenlernen.«

»Frau Kerschbaumer, ich möchte Ihnen zunächst einmal mein herzlichstes Beileid zum Tod Ihres Gatten aussprechen«, erinnerte Leopold sie an das traurige Ereignis.

»Schon gut, schon gut! Das ist jetzt nicht so wichtig. Lassen Sie uns doch einfach einmal bei einem Glaserl gemütlich plaudern.«

»Das wäre durchaus auch in meinem Sinn, wenn es Ihre Verfassung bereits zulässt«, drückte Leopold sich vorsichtig aus.

»Reden Sie nicht so geschwollen daher! Wann haben Sie Zeit für mich? Ich brauche einen Mann!«

Leopold bemühte sich, diese letzte Bemerkung geflissentlich zu überhören. »Können Sie heute im Verlauf des Vormittags kommen?«, fragte er.

»Aber sicher«, säuselte Margarete ins Telefon. Sie seufzte: »Seien Sie bitte ein bisschen nett zu mir!« Dann legte sie auf.

Leopold konnte nur hoffen, dass sie auch tatsächlich erscheinen würde. Aber zunächst einmal musste er das Lokal aufsperren und mit seiner Arbeit beginnen. Es waren durchwegs bekannte Gesichter, die er um diese frühe Uhrzeit zu sehen bekam: ein paar Stammgäste sowie Schüler und Lehrer des benachbarten Gymnasiums, die auf ein Frühstück oder auf einen schnellen Kaffee hereinschneiten. Früher als sonst aus ihrer kleinen Küche kommend, zeigte sich bald auch Frau Heller hinter der Theke. Sie machte einen übernächtigen Eindruck. »Kaffee, Leopold«, ordnete sie an. »Schwarz und stark!«

»Wie Sie wünschen, Frau Chefin. Einen schönen guten Morgen!«

»Was soll an dem Morgen schön sein? Ich habe die letzten zwei Nächte kaum ein Auge zugetan. In meinem Kopf summt es wie in einem Bienenschwarm«, gab Frau Heller zurück.

»Dann legen Sie sich doch wieder hin. Sie müssen schon ein wenig auf Ihre Gesundheit achten«, schlug Leopold vor. »Ich komme allein ganz gut zurecht. Und wenn sich der Herr Gemahl dann vielleicht ein wenig später zu mir gesellt ...«

»So schnell wird er sich nicht blicken lassen. Im Augenblick schnarcht mein Heinrich, dass die Wände wackeln«, informierte Frau Heller ihren Oberkellner. Dabei zündete sie sich eine Zigarette an. »Das ist auch der Grund, warum es jetzt wohl nichts mehr wird mit dem Schlafen. In der Nacht sind wir beide noch lange wach gelegen. Es ist die Sorge, Leopold. Wie wird es nach diesem verpatzten Gschnas weitergehen?«

»Ich glaube, die Leute haben sich ausgezeichnet unterhalten«, versicherte Leopold ihr. Seine Chefin sah wirklich nicht gut aus. Es galt, sie zu beruhigen.

»Sie brauchen mir nichts vorzumachen«, ließ sie ihn gleich wissen. »Eine Zeit lang waren mehr von unseren Gästen am Klo als anderswo. Dann sollen auch noch Geld und Schmuck gestohlen worden sein. Das wird sich schnell herumsprechen und unserem Image gehörig schaden. Leider wird man bei so einer Veranstaltung danach beurteilt, ob die Dinge klappen oder nicht. Und bei uns haben sie eben nicht geklappt!«

»Bei dem bösen Anschlag mit dem Abführmittel komme ich schon noch drauf, wer dahintersteckt«, versprach Leopold. »Und auf ihr Geld und auf ihren Schmuck müssen die

Leute selber ein wenig Acht geben. Es wird schon nicht so schlimm kommen. Von unseren Stammgästen waren ohnehin nicht viele da.«

»Die Stammgäste werden uns hoffentlich die Treue halten. Aber mit dem Gschnas hätten wir uns als Kulturcafé und Vorzeigelokal profilieren können. Das ist uns, Gott sei's geklagt, nicht gelungen!« Frau Heller rauchte hastig. Plötzlich fixierte sie Leopold mit ihren hinter der Brille zusammengekniffenen Augen. »Und dann war ja noch dieser Mord«, feixte sie. »Der war sicher ganz nach Ihrem Geschmack. Jetzt können Sie wieder herumschnüffeln, anderen Leuten auf die Nerven gehen und sich ein Wettrennen mit Ihrem Freund, dem Oberinspektor, liefern. Dass unsereiner dadurch in eine handfeste Krise gestoßen wird, ist Ihnen wahrscheinlich egal!«

»Wenn ich bescheiden anmerken darf: Von einer Krise wäre wohl auch ich betroffen, also bitte keine unnötige Schwarzmalerei«, ersuchte Leopold. »Es will mir ja niemand glauben, dass eine größere Ansammlung von Menschen wie bei unserem Gschnas am Samstag die Wahrscheinlichkeit eines Verbrechens sprunghaft in die Höhe schnellen lässt. Das ist einfach so und kann nicht verhindert werden. Wonach man aber nach so einem traurigen Ereignis trachten sollte, wäre, das Beste daraus zu machen. Die Leute sind doch sensationslüstern. Man darf sich nicht schamhaft verstecken, sondern muss mit so etwas die Werbetrommel rühren, dann kommen sie in Scharen! Überall in den Zeitungen würde ich Einschaltungen machen lassen mit Bildern von der Leiche, vom Tatort und vom Kaffeehaus, und dazu große Überschriften, wie etwa: ›*Café Heller – Mord und Gemütlichkeit*‹. Na, ist das gelungen?«

»Bitte kommen Sie mir nicht schon wieder mit Ihrem abartigen Gedankengut«, protestierte Frau Heller, verkutzte sich dabei und begann, laut zu husten.

»Was heißt abartig?«, ließ Leopold sich nicht beirren.

»Wenn man dazu noch den Fremdenverkehrsverband und einige andere touristische Einrichtungen wie etwa Hotels und Fremdenführer mit einbezieht, wenn man auf all die Mordfälle der Vergangenheit hinweist, in die unser Kaffeehaus involviert war, wird das eine richtige Touristenattraktion. Bald werden auf dem Parkplatz keine normalen Autos mehr parken können, weil der Teil, wo der arme Herr Kerschbaumer verblichen ist, als Sehenswürdigkeit abgesperrt wird. Man könnte dort ein kleines Kreuz mit einer Inschrift und ein paar Blumen hinstellen. Außerdem könnte man in der schönen Jahreszeit dort das Mordauto mit einer Gedenktafel platzieren, wenn die Familie zustimmt. Den anderen Teil des Parkplatzes wird man für die Autobusse brauchen, die in Scharen an diesen Ort strömen werden. Da wird was los sein, mein Lieber! Und wo werden die Touristen einkehren und sich stärken? Bei uns im Café *Heller*!«

Jetzt konnte man ein seliges Leuchten in Frau Hellers Augen erkennen. »Glauben Sie das wirklich?«, fragte sie.

»Na und ob«, versicherte Leopold ihr. »Wir sollten uns beizeiten geeignete Namen für Speisen und Getränke einfallen lassen: Ripper-Cocktail, oder Kaffee Arsenic, oder, im bescheidenen Andenken an den Verstorbenen, Kerschbaumer-Strudel.«

»Es sind ja doch nur Hirngespinste von Ihnen, damit Sie mich über die schwere Zeit hinwegtrösten«, tat Frau Heller gleich wieder alles mit einer Handbewegung ab. Das Leuchten in ihren Augen war bereits wieder verschwunden.

»Ganz im Gegenteil: Das Verbrechen wird uns eine krisensichere Basis für die nächsten Jahre liefern«, kündigte Leopold an.

»Wie dem auch sei, ich muss das Ganze einmal in Ruhe durchkalkulieren. Im Augenblick bin ich dazu nicht munter genug.« Frau Heller konnte ein leichtes Gähnen nicht unterdrücken. »Und wenn ich an den vergangenen Samstagabend denke, kriege ich immer noch alle Zustände. Herr König von den *Alpengeistern* hat mir übrigens als kleine Aufmerksamkeit zwei Karten für die Vorführung am Mittwochabend dagelassen. Ich fühle mich außerstande, hinzugehen. Hätten Sie vielleicht Lust, sich das Stück mit Ihrer Freundin anzuschauen?«

Schon wollte Leopold verneinen, da schoss ihm ein, dass er mit einem Theaterabend seine Erika vielleicht wieder freundlicher stimmen konnte. Wahrscheinlich hatte er sie in letzter Zeit wirklich etwas vernachlässigt. Ein paar heitere und besinnliche Stunden im Theater wirkten da unter Umständen Wunder. Außerdem erinnerte er sich, dass er bei einer Schulaufführung des *Bauer als Millionär* seinerzeit die Rolle des Neides gespielt hatte. Ein paar Details aus dem Gerippe der Handlung kamen ihm wieder ins Gedächtnis: der Fluch der Feenkönigin, dass Lakrimosas Tochter Lotte mit einem armen Burschen vermählt werden müsse; der Aufstieg von Lottes Ziehvater, Fortunatus Wurzel, zum reichen Mann; sein Hinauswurf Lottes, als er von ihrer Liebe zu dem armen Fischer erfährt; sein Fall zum bettelarmen Greis, seine Bekehrung und das für alle, außer dem Neid und ein paar bösen Geistern, glückliche Ende. Er war gespannt, ob er sich noch Einzelheiten seiner damaligen Rolle – er war 13 gewesen – in Erinnerung rufen würde können. Und nicht zuletzt war er auch neugierig auf die schauspielerische Leistung von Markus König und Gisela Roithner.

»Ich bedanke mich höflichst, Frau Chefin. Sie wollen sich das wirklich entgehen lassen?« Leopold deutete eine leichte Verbeugung an.

»Schon gut, schon gut, ich habe momentan nicht den Kopf dafür«, winkte sie ab. »Da fällt mir aber noch etwas ein. Dieser unglückselige Effent! Herr Nitsch, der Zauberer, war so schnell weg, dass ich gar nicht mehr dazugekommen bin, ihm seine Gage auszuzahlen. Er wollte das Geld bar auf die Hand und ohne Beleg haben, wegen der Steuer, deshalb weiß ich auch keine Kontonummer von ihm. Was mache ich jetzt bloß? Soll ich es ihm vorbeibringen? Oder der Wondratschek? Irgendwie ist mir die Sache peinlich.«

Leopold strahlte über das ganze Gesicht. »Wenn Sie mir die Adresse sagen, nehme ich Ihnen den Weg gern ab. Kein Wunder, dass sich der im Nu aus dem Staub gemacht hat, bei all den Anschuldigungen. Glauben Sie, dass er ein Grapscher ist?«

»Wie heißt es so schön? Ohne Beweise gilt die Unschuldsvermutung. Seien Sie also bitte diskret, Leopold. Seine Flucht hatte übrigens, glaube ich, einen ganz anderen Grund.«

»Ach so? Welchen?«

Frau Heller neigte ihr Haupt jetzt ein wenig zu Leopold und raunte ihm kaum hörbar zu: »Es war wegen dem Kerschbaumer!«

Leopold war nun die Aufmerksamkeit in Person. Er enthielt sich jedes weiteren Kommentars und deutete Frau Heller nur, sie solle fortfahren, was sie auch tat: »Irgendwie hatte Herr Nitsch mitgekriegt, dass Kerschbaumer auch auf dem Gschnas war. Wie mir Herr Wondratschek glaubhaft versichert hat, sind die beiden so etwas wie Todfeinde. Kerschbaumer hat Nitsch vor Jahren wegen Diebstahls angezeigt. Nitsch ist dadurch in ziemliche Schwierigkeiten geraten, ich glaube, er musste sogar kurzfristig ins Gefängnis. Kein Wunder, dass er nach dem Wirbel das Weite suchte. ›Alles von dem Kerschbaumer angezündelt‘, soll er noch zu Wondratschek gesagt haben.«

Also doch ein Grapscher, dachte Leopold. »Warum haben Sie den Zauberer eigentlich engagiert, wenn er vorbelastet war?«, wollte er wissen.

Frau Heller zuckte die Achseln: »Er war halt billig.«

»Billig, weil er sich den Rest der Gage dezent aus den Tascherln und Börserln der Ballgäste organisieren konnte. Aber das ist unter Umständen noch nicht alles«, warf Leopold seiner Chefin vor. »Wissen Sie eigentlich, wo Sie mich da hinschicken?«

»Nein«, antwortete Frau Heller.

»Zu jemandem, der allen Grund hatte, Rainer Kerschbaumer umzubringen!«

*

Es war nicht die erwartete Margarete Kerschbaumer, sondern der ramponierte Andreas Jungwirth, der durch die Kaffeehaustür hereinkam, sich vorsichtig umsah, zu diesem Zweck sogar seine Sonnenbrille anhob, die diesmal noch eine Spur dunkler als sonst wirkte, und schließlich an einem Tisch im hintersten Eck Platz nahm. Sein Gesicht sah immer noch deformiert aus. Über dem rechten Auge klebte ein großes dickes Pflaster, dem Jungwirth einige seiner gelockten Haare hatte opfern müssen. Unterhalb der Augen und auf den Wangen zeigten sich violette Farbtöne in den verschiedensten Nuancen. Die gesamte Mundpartie war geschwollen, die Unterlippe von einigen Fäden durchzogen.

»Guten Morgen, Herr Jungwirth«, begrüßte Leopold ihn. »Sie schauen zwar wieder ein bisserl anders aus, aber diesmal habe ich Sie gleich erkannt. So erinnern Sie mich an früher.«

»Ich würde ja gern lachen, aber mir tut noch alles weh«, konstatierte Jungwirth, der sich schwer tat, deutlich zu sprechen. »Bring mir meine Melange wie immer und ein Butterkipferl.« Leopold wollte sich entfernen, da winkte er ihn noch einmal herbei. »Sie kommt«, versicherte er ihm.

»Das Pupperl?«, erkundigte Leopold sich neugierig.

»Meine Flora«, rief Jungwirth ihm in Erinnerung.

»Was wird denn da die werte Frau Gemahlin dazu sagen?«, wunderte Leopold sich.

»Gar nichts«, teilte Jungwirth ihm mit, so gut er es mit seinem geschwollenen Mund zustandebrachte. »Wir reden nämlich derzeit nichts miteinander. Das hat aber nicht viel zu bedeuten. Es heißt nur, dass keiner von uns bisher eine geeignete Ausrede für die Ballnacht gefunden hat. Meine Frau war schließlich auch nicht allein dort. Sobald jedem von uns etwas Plausibles eingefallen ist, herrscht wieder eitel Wonne.«

»Aber sollten Sie in dieser angespannten, heiklen Situation nicht doch ein bisschen vorsichtiger sein?«, gab Leopold zu bedenken.

»Irgendwann kommt die Zeit, wo man erkennt, dass man im Leben viel zu lang vorsichtig war«, erläuterte Jungwirth. »Flora ist vernarrt in mich, das gute Kind. Ich habe ihr sozusagen als Test ein Foto von mir geschickt, ein Selfie mit all meinen Blessuren. Es hält sie nicht davon ab, heute zu erscheinen. Ihre Liebe zu mir ist unverändert groß.«

Liebe wozu?, fragte Leopold sich. Doch Jungwirth setzte nach einer kurzen Pause erklärend fort: »Sie ist ein kluges Kind und weiß, dass diese Verunstaltungen nur vorübergehend sind. Ich komme gerade von einer Untersuchung beim Zahnarzt. Leider kann er erst etwas unternehmen, wenn die Geschwulst zurückgeht. Aber dann bringen wir gleich einmal das gesamte Gebiss auf Hochglanz, mit Kronen und Implantaten, koste es, was es wolle. Im Gesicht sind unter Umständen ein, zwei chirurgische Eingriffe notwendig. Na wenn schon, dafür ist dann alles wieder glatt und straff. Ferner werde ich mich beraten lassen, welche Präparate sich unterstützend zu meinen Fitnessübungen eignen. Du siehst, Leopold, es ist mühsam, aber doch möglich, nach diesem kleinen Unfall wieder den Pfad der Jugend zu beschreiten. Es ist heutzutage praktisch immer möglich, jung zu sein!«

»Und wie weit hinunter geht das?«, wollte Leopold wissen.

»Was meinst du?«, gab Jungwirth irritiert zurück.

»Mit Verlaub, ich meine die Möglichkeiten in jenem Bereich, in dem Sie sich dem Pupperl nach Operationen und Fitnessprogramm vermutlich annähern wollen. Den Bereich, wo sich der Mann von der Frau unterscheidet, um es genauer auszudrücken.«

»Du spottest schon wieder«, warf Jungwirth Leopold vor. »Das solltest du nicht tun. Die Jugend ist etwas Kostbares, sie ist wie ein zartes Pflanzerl!«

»Das sich kurz aufrichtet und dann wieder in sich zusammenfällt?«, meinte Leopold eher belustigt.

»Sag einmal, was tust du eigentlich noch hier?«, wies ihn Jungwirth nun brüsk zurecht. »Ich habe eine Melange bestellt. Du solltest schon längst wieder mit meinem Kaffee zurück sein!«

»Bitte sehr, bitte gleich!« Leopold wandte sich ab und ließ Jungwirth allein über seine immerwährende Jugend nachdenken. Während er an der Kaffeemaschine hantierte, betrat Margarete Kerschbaumer das *Heller*. Oje oje, ging es Leopold sofort durch den Kopf. Der Eindruck des Telefongesprächs bestätigte sich. Sie hatte getankt. An der Alkoholtankstelle. Super voll.

Ihr Blick suchte Leopold und fand ihn nicht gleich. Als sie ihn endlich erspähte, zeigte sich kurz so etwa wie ein Lächeln auf ihren Lippen. Sie stolperte zu ihm. »Heute ist leider keine Musik, deshalb können wir nicht tanzen«, begrüßte sie ihn ohne jegliche Einleitung.

Leopold deutete Margarete Kerschbaumer schnell, sie möge zwei Tische neben Jungwirth Platz nehmen. Sie bestellte einen weißen Spritzer. »Es hätte sich wohl auch überhaupt nicht geschickt, wenn wir heute getanzt hätten, nur zwei Tage, nachdem der Herr Gemahl das Zeitliche gesegnet hat«, rief er ihr in Erinnerung, als er ihren Wein brachte.

»Wissen Sie, wie egal mir das ist, nach allem, was ich durchgemacht habe?« Margarete brüllte es förmlich ins Kaffeehaus hinein, sie hatte über die Lautstärke ihrer Stimme offensichtlich keine Kontrolle. Jungwirth schreckte aus seinen Gedanken auf. Er stierte für einen Augenblick in die vom Trinken in Margaretes Gesicht eingegrabenen Kerben, dann widmete er sich wieder seinem Kaffee. »Nicht so laut«, ersuchte Leopold Margarete. »Wir sind ja kein Vorstadtlokal!«

Was er schon einige Male beobachtet hatte, traf erneut ein. Sofort wich alle Energie aus ihrem Körper. »Es ist nur, weil jetzt alles herauskommt«, erklärte sie deutlich leiser. »Nein, nein, nicht die Trauer, Gott behüte! Eher die abschließende Gewissheit, was für ein Schwein Rainer war. Alles war ihm wichtiger als ich: die Firma, andere Frauen – einfach alles.«

»Tun Sie Ihrem seligen Gatten da nicht ein wenig Unrecht?«, versuchte Leopold es auf die einschmeichelnde Tour.

»So setzen Sie sich doch ein bisschen her zu mir«, drängte Margarete. »Wie kann ich mit Ihnen plaudern, wenn Sie dauernd durch die Gegend schwirren?« Leopold schaute sich um. Die Gäste schienen versorgt. Seine Chefin hatte sich wieder in ihre Wohnung zurückgezogen. Also nahm er neben Margarete Kerschbaumer Platz.

»Das ist schon viel besser! Ich habe Ihnen ja gesagt, Sie müssen ein bisschen lieb zu mir sein. Ich brauche das«, kam es beinahe zärtlich aus ihrem Mund. »Das war etwas, was Rainer nicht konnte: lieb zu jemandem sein. Am Anfang unserer Beziehung hat er so getan als ob, aber es war alles nur Maske. Später hieß es immer: die Firma, die Firma, die Firma! Dazu kamen seine ganzen Weibergeschichten, ich weiß nicht, wie viele. Aber geliebt hat er von seinen Dirnen keine, darauf verwette ich, was mir an Anstand geblieben ist.«

»Mir ist aufgefallen, dass Sie und Ihr Gatte nicht gemeinsam auf unser Gschnas gekommen sind«, erwähnte Leopold. »Hatten Sie Streit?«

»Nein. Es brauchte keinen Streit, um uns getrennte Wege gehen zu lassen. Er hatte angeblich noch einen wichtigen Termin. Also war er bei einer Frau. Ich bin zusammen mit meiner Tochter Gabriele und ihrem Freund Roland auf das Gschnas gegangen.«

»Hier hatte Ihr Mann aber Streit, und zwar mit Roland. Erinnern Sie sich?«

»Das habe ich nicht so genau verfolgt. Ich war noch ganz fasziniert von unserem wunderbaren Tanz«, schwärmte Margarete. »Haben Sie denn keine Musicbox? Ich würde so gern wieder das Tanzbein mit Ihnen schwingen. Atemlos durch die Nacht ...« Sie stand auf und versuchte, sich rhythmisch zu bewegen, plumpste aber gleich wieder auf ihren Sessel zurück. Leopold wusste, dass er das Tempo des Gesprächs erhöhen musste, wollte er aus Margarete Kerschbaumer noch etwas halbwegs Vernünftiges herausbringen.

»Ihr Mann war gegen die Beziehung Rolands mit Ihrer Tochter, und Roland hat ihn deswegen zur Rede gestellt«, erinnerte er sie.

»Natürlich, das musste er ja. Ich konnte es nicht auf Dauer für Gabriele und ihn ausfechten.« Margarete trank hastig. »Wenn du deinen jungen Ritter willst, dann fordere ihn auf, um dich zu kämpfen, habe ich ihr gesagt.«

Leopolds Augen funkelten. »Könnte es sein, dass der Ritter das Wort ›kämpfen‹ zu wörtlich genommen hat?«, fragte er.

»Darüber habe ich nicht nachgedacht«, kam die knappe Antwort. Margaretes Blick verlor sich in unbestimmter Ferne. Sie brauchte Nachschub.

»Er könnte der Mörder Ihres Gatten sein.«

»Das könnten viele andere auch.«

Leopold lagen so viele Fragen auf der Zunge. Er hätte etwa gern gewusst, was geschehen war, nachdem Margarete, Gabriele und Roland das *Heller* unfreiwillig verlassen hatten. Aber in ihrem derzeitigen Zustand war Margarete Kerschbaumer kaum in der Lage, eine nur halbwegs zufriedenstellende Antwort darauf zu geben. Vielleicht später. »Wen haben denn Sie in Verdacht?«, war das Beste, was ihm in dieser Situation einfiel.

»Das ist nicht schwer, das liegt doch auf der Hand. Eine

seiner so genannten Geliebten war's. Glauben Sie, er hat nur mich gedemütigt? Da irren Sie sich aber gewaltig. Wer zu viel Gift versprüht, dem würgt man eben das Wort ab, unter Umständen auch den Atem, den man zum Leben braucht … Jetzt sitzen Sie nicht so untätig da, sondern bringen Sie mir einen weißen Spritzer!«

*

»Da ist sie ja, die Sonne meines Herzens!« Andreas Jungwirth sprang, so gut es sein körperlicher Zustand erlaubte, auf, als er Flora Maurer hereinkommen sah. Im Gegensatz zum Samstagabend wirkte sie wieder völlig unscheinbar. Weg waren das glitzernde Kostüm, der neckische Hut. Das brünette Haar hastig zusammengesteckt, das Gesicht bleich und leblos, in Sweatshirt, Jacke, Jeans und billigen Stiefeln näherte sie sich ihrem Verehrer.

Jungwirth breitete seine Arme aus, um sie gebührend in Empfang zu nehmen. Er wollte sie umarmen, abbusseln, abschmusen und was sonst noch zu seinem Programm gehörte. Flora blieb abrupt stehen. Ein leichtes Zittern durchlief ihren Körper. »Bitte lass mich«, ersuchte sie ihn mit gedämpfter Stimme, während sie ihn mit großen Augen anstarrte. »Du siehst ja wirklich furchtbar aus!«

Jungwirths Hände landeten wieder auf seinen Hosenbeinen und er wieder auf seinem Platz. »Ach so … nun ja …«, stotterte er herum. »Das wird alles wieder, es dauert gar nicht lang. Was jetzt vielleicht ein bisserl … ungewohnt wirkt, ist im Nu wie neu. Und meine wichtigsten Körperteile sind unversehrt und voll funktionsfähig.«

Sie ging gar nicht darauf ein. »Ich brauche noch einmal deine Hilfe«, gestand sie ihm. Dabei setzte sie sich neben ihm auf die Bank, ließ aber einen möglichst großen Abstand.

»Selbstverständlich! Kein Problem! Worum geht es?«

»Kannst du es dir nicht denken?«

»Nein!« Jungwirth war die Enttäuschung über vertagte Zärtlichkeiten anzumerken. Er sehnte sich nach der Berührung ihrer Hände, einem Kuss von ihr.

»Der Mann, zu dem du mich gebracht hast, Rainer Kerschbaumer … du erinnerst dich?«, fragte Flora.

»Natürlich!«

»Der ist doch jetzt tot!«

»Ich weiß, Flora. Mein Unglück war ja direkt mit seinem Ableben verbunden, wenn man so will.«

»Du hast ihn gefunden. Dann hat dich die Polizei verhört. Du hast ihnen doch nichts davon gesagt, dass wir …«, erkundigte sich Flora vorsichtig.

»Aber nein, wo denkst du denn hin? Du weißt, du kannst mir vertrauen«, versicherte Jungwirth ihr.

In der Zwischenzeit hatte sich Leopold herangepirscht. »Nimmt das junge Fräulein wieder eine heiße Schokolade?«, fragte er.

Flora Maurer nickte. Dabei drehte sie den Kopf und bemerkte Margarete Kerschbaumer. »Oh du lieber Schwan, die alte Schreckschraube ist auch da«, entfuhr es ihr.

»Ach so, ja! Sie hat schon reichlich intus«, bestätigte Jungwirth. »Aber diesmal muss man ihr verzeihen. Rainers Tod hat sie wohl sehr mitgenommen.«

»Wir müssen leise reden«, bat Flora ihn. »Sie darf nichts von dem hören, was wir zu besprechen haben.«

Jungwirth warf noch einmal einen prüfenden Blick auf Margarete. »Sie kriegt wohl ohnehin nicht mehr viel mit«, meinte er dann.

»Trotzdem! Sicher ist sicher!«

Margarete Kerschbaumer nuckelte an ihrem Spritzer. Leopold brachte Flora die heiße Schokolade, dann widmete er ihr wieder seine ganze Aufmerksamkeit. »Um wie viel Geld geht es eigentlich?«, fragte er sie spontan.

»Keine Ahnung«, murmelte Margarete.

»Ihr Mann hat seine Firma verkauft. Er muss ja in Geld geschwommen sein.«

»Wir haben über so etwas nie gesprochen. Es war einzig und allein Rainers Angelegenheit. Ich hatte mein Auskommen. Bis auf seine Weibergeschichten hat Rainer, denke ich, auch bescheiden gelebt. Wir brauchten keinen Luxus. Ein Gartenhaus, das wir aber nur in der schönen Jahreszeit bewohnen, das ist alles.«

Auch die Mengen Alkohol, die diese Frau braucht, kosten nicht wenig, dachte Leopold. Er sagte: »Es ist also sicher ein hübsches Sümmchen übriggeblieben. Als Mordmotiv überzeugt mich das weit mehr als Ihre Geschichte von den gedemütigten Geliebten. Wenn der reiche Mann stirbt, dem offensichtlich in der ganzen Verwandtschaft kein Mensch eine Träne nachweint, kommen Mutter und Tochter an das große Geld.«

»Money, money, money, must be funny, in a rich man's world«, begann Margarete zu trällern. Es war alles in allem eher ein Krächzen, das in einen Hustenanfall überging. »Warum gibt es hier keine Musik? Ich möchte tanzen! Sie sind heute so furchtbar anstrengend«, beschwerte sie sich, während sie sich die Nase schnäuzte.

»Was? Du bist Rainer Kerschbaumers Tochter? Und ich hatte ihn schon für einen Konkurrenten gehalten«, hörten sie plötzlich den überrascht herausplärrenden Andreas Jungwirth zwei Tische weiter. »Nun verstehe ich, dass du ihm so schön getan hast.«

Margarete Kerschbaumer wurde neugierig. Sie spitzte die Ohren. Auch Leopold wurde aufmerksam. »Leise! Es darf doch vorläufig niemand wissen außer uns«, versuchte Flora, ihren Verehrer wieder einzubremsen.

»Natürlich, natürlich! Mir ist alles klar! Donnerwetter, ist das aber eine Überraschung«, beruhigte Jungwirth sich wieder.

»Er war damals verärgert und böse, als er es erfahren hat. Also wollte ich lieb zu ihm sein. Er war ja mein Vater, auch wenn ich ihn vorher nie gesehen hatte«, erklärte Flora. »Jetzt ist er aber tot. Und mir steht doch etwas von dem Erbe zu, oder?«

»Ja selbstverständlich«, bestätigte Jungwirth kopfnickend.

»Nichts da! Gar nichts steht ihr zu! Niemandem steht etwas zu«, fauchte Margarete Kerschbaumer, während sie sich mit Mühe von ihrem Sitz erhob. »Was erzählen Sie da für Unfug? Was sind Sie denn für ein dahergelaufenes Flittchen?«

»Bitte beruhigen Sie sich und mischen Sie sich nicht in unser Gespräch ein«, bemühte sich Jungwirth um Wahrung des Friedens.

»Sie sagen uns jetzt sofort, mit welchem Recht Sie uns etwas von unserem Erbe wegnehmen wollen«, forderte Margarete von Flora Maurer.

Flora stand auf, stellte sich vor Margarete hin und deutete so etwas wie einen Knicks an: »Gestatten, meine Name ist Flora Maurer, Tochter von Katharina Maurer und, wie ich vor kurzer Zeit erfahren durfte, einem reichen Unternehmer namens Rainer Kerschbaumer. Meine Mutter arbeitete als Kellnerin und Serviererin in verschiedenen Lokalen und dürfte meinen Vater auf diese Art und Weise kennengelernt haben. Ihr Verhältnis war nicht von langer Dauer, gerade lang genug, dass ich daraus entstehen konnte. Ich wuchs bei meiner Mutter und meinen inzwischen verstorbenen Großeltern auf. Meine Mutter bekam ihren Aufzeichnungen nach immer Geld von meinem Vater für mich, aber sie musste seine Vaterschaft stets als Geheimnis vor mir hüten. Nach ihrem Tod suchte ich meinen Vater und fand ihn mit Hilfe dieses lieben Herrn da.« Sie deutete auf Jungwirth. »Mein Vater war zuerst sehr böse, dass ich so unangemeldet kam, und ich musste ihm ein bisschen um den Bart gehen, um ihn günstiger zu stimmen. Jetzt ist mein Papa auch unter der Erde. Ich bin Vollwaise. Ich muss auf meine materielle Absicherung schauen. Mein Vater war reich. Ich möchte nicht, dass der Eindruck entsteht, dass ich jemandem etwas wegnehmen will, aber ich brauche das Geld. Außerdem steht es mir zu. Also werde ich es mir holen.«

Flora Maurer schaute unsicher in die Runde. Hatte ihr jemand zugehört? Offenbar schon. Es ging ja auch alle etwas an. Einzig und allein der erhoffte Applaus blieb aus.

»Frechheit!«, tobte Margarete Kerschbaumer.

»Ich bitte Sie nochmals, sich zu beruhigen«, ersuchte Jungwirth sie. »Es gibt Juristen, die das alles klären werden, und, wie ich annehme, auch ein Testament. Ich werde jedenfalls dazuschauen, dass Frau Maurer zu ihrem Recht kommt!«

Testament! Margarete Kerschbaumer versetzte es einen Stich. Da stand es wieder im Raum, dieses unglückselige Wort. »Ich werde alles anfechten, wenn nicht einzig und allein Gabriele und ich als Erben aufscheinen«, schnaubte sie. »Sonst wäre ja alles umsonst gewesen.«

Leopold sah ihr ganz fest in die Augen. »Was wäre umsonst gewesen? Der Mord an Ihrem Gatten?«, stellte er sie zur Rede.

Margarete ließ sich in seine Arme fallen. »Seien Sie doch nicht so hart zu mir«, bat sie. »Ich habe in letzter Zeit genug mitgemacht. Beschützen Sie mich vor diesen Raubtieren. Sie wollen mir alles wegnehmen. Alles!«

Flora Maurer war sich immer noch nicht sicher, welchen Effekt ihre kleine Rede gehabt hatte. Jungwirth sah die Gelegenheit gekommen. Er stand nun ebenfalls auf, legte seinen Arm um ihre Schulter und versuchte, sie fest an sich zu drücken. Sofort löste sich Flora wieder aus seinem Griff. »Du hilfst mir jetzt, an das Geld ranzukommen, und dann holst du dir deine medizinischen Ersatzteile, damit du wieder was gleich schaust. Bis dahin ist Sendepause«, flüsterte sie ihm ins Ohr. Jungwirth nickte bedeutungsvoll. Er hatte verstanden.

Leopold hielt Margarete Kerschbaumer fest und fragte sich, ob ein derart fragiles Wesen in der Lage war, einen Mord zu begehen. Aber er hatte schon erlebt, wie schnell Margarete ihren schlaffen Körper auf Hochtouren bringen konnte, und er kannte auch den kalten Blick ihrer Augen zur Genüge. Beides war vorhanden: Motiv und Möglichkeit. Wahrscheinlich auch noch ein Drittes: ein Komplize.

»Sie mögen mich nicht, stimmt's?«, warf sie ihm vor, als er sie wieder losließ.

»Ich muss arbeiten«, entschuldigte Leopold sich achselzuckend.

Zur Bestätigung seiner Worte hörte er wie aus weiter Ferne, aber laut und bestimmt die ungeduldige Aufforderung eines Gastes: »Ober, zahlen!«

*

»Sie haben mir letztens nicht die ganze Wahrheit erzählt. Genauer gesagt, Sie haben mich ganz schön angeschwindelt.« Christa Wohlfahrt sagte es dem überraschten Thomas Korber ins Gesicht, während sie das Erdäpfelgulasch aus einem Tupperware-Behälter in einen Topf leerte, den sie anschließend auf Korbers Herd stellte, um das Gulasch aufzuwärmen. »Wenn das noch einmal vorkommt, bin ich eine Wolke und breche jegliche Verbindung zu Ihnen ab. Sie erreichen mich dann weder übers Handy noch übers Internet noch sonst wie.«

»Was meinen Sie?«, tat Korber unschuldig.

»Die Show, die Sie im Kaffeehaus abgezogen haben. Den Streit mit Ihrem Freund, dem Oberkellner. Ich habe mich zu Hause gefragt, weshalb Sie so weit gegangen sind. Aber offenbar mussten Sie es aus Ihrer Persönlichkeitsstruktur heraus tun. Sie können vor sich gar nicht zugeben, einen Fehler gemacht zu haben. Da müssen dann immer wieder andere herhalten, denen Sie einen zumindest ebenso großen Teil der Schuld geben.«

»Ich verstehe Sie nicht! Sie haben mich doch vor Leopold unterstützt.«

»Anfangs ja! Ich habe Ihnen vertraut, weil ich hoffte, dass Sie mit offenen Karten spielen würden. Aber schon während eures Streitgesprächs habe ich gemerkt, dass da etwas nicht stimmt. Ich habe mich dann auch daran erinnert, wie ich früher hie und da im *Heller* einen Kaffee getrunken habe. Dieser Leopold ist nicht der Typ, der einen zum übermäßigen Trinken animiert.«

»Also so harmlos, wie er aussieht, ist er gewiss nicht.«

»Das hat damit nichts zu tun!«

Korber war krampfhaft bemüht, nur ja kein negatives Bild bei Christa Wohlfahrt entstehen zu lassen. »Als ich am Samstag ein Bier trinken wollte, haben Sie mich davon abgehalten. So etwas hat Leopold nie versucht, im Gegenteil: Er hat mich oft mit einem Getränk geködert, wenn ich ihm bei der Aufklärung eines Falles helfen sollte. Das ist nämlich sein liebster Zeitvertreib. Bestimmt schnüffelt er schon herum, wer den Mord auf dem Parkplatz begangen hat«, wehrte er sich.

»Was glauben Sie, warum ich Sie daran gehindert habe, ein Bier zu sich zu nehmen?«, fragte Christa provokant.

»Weil Sie wussten, dass es in dieser Situation besser für mich war«, antwortete Korber.

»Das ist nur die halbe Wahrheit. Es gibt noch einen triftigeren Grund, einen, den Sie vermutlich gar nicht gern hören: weil Sie in solchen Situationen wie ein großes Kind sind, dem man etwas erlauben oder verbieten muss. Ein Oberkellner geht wohl davon aus, dass er es mit einem mündigen Menschen zu tun hat, und Sie haben Ihrem Leopold sicherlich dieses Bild von sich vermitteln wollen. Ein starker, selbstverantwortlicher Mensch weiß von selbst, was er trinken kann und wann er genug hat. Aber Sie sind schwach, Thomas! Leopolds einziger Fehler besteht offenbar darin, dass er das in manchen Situationen nicht erkennen will – Ihnen zuliebe!«

»Und die Geschichte mit meiner Ex-Freundin? Da hat er ganz deutlich seine Finger im Spiel gehabt. Er wollte mir eine Frau nach seinem Geschmack verpassen. Das kann er nicht abstreiten«, behauptete Korber.

»Und? Weshalb sind Sie darauf eingegangen? Sie hätten ja nicht müssen.«

»Ich war ausgehungert«, gestand Korber. »Ich hatte damals sogar eine Affäre mit einer Schülerin. Es war eine dumme Zeit. Ich muss gestehen, ich wusste nicht, was ich wollte.«

»Genau das ist der Punkt. Sie haben sich mehr oder minder in eine Beziehung hineintreiben lassen, weil Sie zu dem Zeitpunkt meinten, dass das jetzt notwendig sei«, analysierte Christa. »Was auch immer Ihr Freund versucht oder getan hat – es hätte ohne Ihre Zustimmung nicht geschehen können. Wahrscheinlich war es Ihnen damals sogar recht, dass Sie eine Frau quasi serviert bekamen. Es war doch außerordentlich bequem. Und Sie mussten keinerlei Zugeständnisse machen. Jeder hatte seine eigene Wohnung, man traf sich wann und wozu man wollte. Sie brauchten sich nie wirklich festzulegen, und wenn etwas schief ging, hatten Sie immer jemand anderen, dem Sie die Schuld daran geben konnten.«

»Das kann man so nicht sagen!«

Die Debatte war heftiger geworden. Beide standen in Korbers Küche und hatten längst vergessen, dass neben ihnen das Erdäpfelgulasch brodelte. Christa Wohlfahrt erinnerte sich gerade rechtzeitig daran. Aber Korber, der noch dazu mit den Händen fuchtelte, war ihr im Weg. Sie versuchte, ihn mehr oder minder sanft beiseite zu schieben. »So lass mich doch durch«, drängte sie ihn. »Das Gulasch brennt an.«

Christa nahm den Topf von der Flamme. »Haben Sie jetzt du gesagt?«, war Korber freudig verwirrt.

Christa rührte im Gulasch um. »Schon möglich.«

»Bleiben wir dabei?«

»Es wird vielleicht die einfachste Lösung sein.«

»Es ist schon witzig«, überlegte Korber. »Den ganzen Kostümball über haben wir uns gesiezt, und jetzt …«

»Deck bitte den Tisch«, ordnete Christa an. »Und glaub ja nicht, du hättest mit dem Du in irgendeiner Weise gewonnen. Du musst noch viel an dir arbeiten!«

»Kümmerst du dich eigentlich um alle deine Sorgenkinder so intensiv?«

Christa Wohlfahrt seufzte einmal tief auf. »So lange Hoffnung besteht. Ich gebe ungern auf, aber manchmal kommt man einfach auf keinen grünen Zweig. Dann ist es besser, man löst sich innerlich und beendet die Sache, obwohl es mit einigen Nachwehen verbunden ist. Ich habe am Samstag einen meiner früheren Spezialfälle gesehen, Thomas. Schrecklich, was aus ihm geworden ist. Und doppelt schlimm, wenn einem so deutlich vor Augen geführt wird, dass man nichts hat ausrichten können.« Sie berührte Korbers Hand für einen winzigen Augenblick. »Versprich mir, dass du dich bemühst«, bat sie ihn. »Ich möchte nicht, dass du vor die Hunde gehst.«

*

Leopold saß nach seinem Dienstschluss am frühen Nachmittag im Café *Heller*. Er hatte einen Notizblock vor sich liegen, auf dem er seine Eindrücke über die Personen aufschrieb, die seinen bisherigen Erkenntnissen nach für den Mord an Rainer Kerschbaumer infrage kamen. Er begann mit seinem eindeutigen Favoriten:

Verdächtiger Nummer 1: Herbert Salomon

Für die Täterschaft spricht: Mehrfaches Versichern der

Familie Kainz gegenüber, dass er ein Verbrechen in nächster Zeit (womöglich auf dem Gschnas) plane; Auftritt auf dem Kostümball als Amor mit Pfeil und Bogen.

Gegen die Täterschaft spricht: Fragwürdigkeit der Relevanz von Pfeil und Bogen (Hinweis von Erika).

Mögliche Motive: Geltungssucht, Durchführung des perfekten Verbrechens.

Frage: War Salomon ernsthaft zu so einem Mord fähig? Führte er etwa gar nur alle an der Nase herum? Oder gab es eine bisher unbekannte Verbindung zwischen ihm und Kerschbaumer?

Zusätzliche Bemerkung: Nochmals Otto Kainz kontaktieren (dringend!).

Verdächtige Nummer 2: Margarete Kerschbaumer

Für die Täterschaft spricht: keinerlei Trauer über Tod des Gatten; Unberechenbarkeit der Alkoholikerin; plötzliche Energieanfälle, die – etwa bei großer Wut – ohne Weiteres ausreichen, einen überraschten Menschen zu erdrosseln.

Gegen die Täterschaft spricht: allgemeine Fragilität, schlechter körperlicher Gesamtzustand.

Mögliche Motive: Ständige Demütigungen durch ihren Mann; Erbschaft für sie und ihre Tochter.

Frage: Machte sie mit Gabriele und Roland gemeinsame Sache? Oder hatte sie sonst einen Komplizen?

Zusätzliche Bemerkung: Befragung nächstes Mal konsequenter durchführen.

Verdächtige Nummer 3: Gabriele Kerschbaumer und ihr Freund Roland

Für die Täterschaft spricht: Rainer Kerschbaumer hatte mit Konsequenzen gedroht, sollten sie ihre Beziehung fortführen; Attacke Rolands während des Kostümballs.

Gegen die Täterschaft spricht: vorläufig nichts.

Mögliche Motive: ›Feindbild‹ Roland beim Mordopfer; Erbschaft.

Frage: Wie realistisch war es, dass Menschen bei derart unfreundlichen äußeren Bedingungen länger als eine Stunde auf Kerschbaumer warteten, um ihn umzubringen, wobei die Wartezeit noch länger hätte sein können? Oder hatten sie ihn nach ihrem Hinauswurf mittels Anruf bzw. SMS aus dem *Heller* gelockt (jedenfalls nicht bei der Mitternachtseinlage!)?

Zusätzliche Bemerkung: Persönliches Gespräch mit den beiden suchen.

Weitere Verdächtige: Flora Maurer, Siegfried Streitenberger, Gisela Roithner

Für die Täterschaft spricht: Verschiedene Motive wie mögliche Erbschaft Floras oder die Rivalität Streitenbergers mit Kerschbaumer um Gisela Roithner.

Gegen die Täterschaft spricht: alle haben für die Tatzeit ein Alibi.

Frage: Gab es etwa einen Auftragskiller?

Leopold wehrte sich aber gegen einen solchen Gedanken und legte seinen Notizblock beiseite. Er sah auf die Uhr. Es war Zeit, der Familie Nitsch einen Besuch abzustatten und ihr Frau Hellers Honorar zu übergeben.

*

Als Alfred Nitsch öffnete, studierte Leopold kurz dessen kleine, untersetzte Gestalt. Er wirkte auf den ersten Blick kraftlos und schwach, aber als Zauberer wusste er sicher brillant mit Materialien wie Schnüren oder Tüchern umzugehen. In den erweiterten Kreis der Verdächtigen konnte man ihn ohne Weiteres einbeziehen.

»Was wollen Sie?«, fragte Nitsch irritiert.

»Darf ich kurz hereinkommen? Ich bin der Oberkellner aus dem Café *Heller*, wo Sie vorgestern einen Auftritt hatten.«

»Ich erkenne Sie! Und?«

»Ich bringe Ihnen Ihre Gage.«

Jetzt zeigte sich ein zufriedenes Lächeln auf des Zauberers Lippen. »Ja natürlich! Kommen Sie nur weiter«, empfing er Leopold nun um einiges freundlicher. »Frau Heller hatte ja eigentlich versprochen, es mir noch am selben Abend zu geben.«

»Dafür haben Sie sich zu schnell aus unserem Lokal entfernt«, erinnerte Leopold Nitsch.

»Früher haben wir unsere Gage immer vor den Auftritten erhalten, sag das dem Herrn, Bambino«, meldete sich nun Inga Nitsch mit ihrem unverkennbaren Akzent zu Wort. »Sonst hätte es gar keine Vorstellung gegeben. Überall war das so Sitte, in Budapest, Bratislava, Wien und sogar in der österreichischen Provinz. Damals waren die Veranstalter eben noch wahre Gentlemen. Heutzutage wird man behandelt wie der letzte Dreck!«

»Es ist wahr«, nickte Alfred Nitsch wehmütig. »Wo ist sie hin, die gute alte Zeit?«

»Könnte es vielleicht daran liegen, dass Sie bereits zum alten Eisen gehören?«, wurde Leopold deutlicher. »Die Zahl Ihrer Engagements in letzter Zeit ist überschaubar. Der große Renner sind Sie nun wirklich nicht mehr.«

»Wie können Sie es wagen, meinen Mann, den großen Alfredo Fantastico, so zu beleidigen?«, entgegnete Inga entrüstet. »Er ist beliebt wie eh und je. Sie haben es selbst erlebt. Am Ende unseres Auftritts hat das Kaffeehaus getobt!«

»Aber nicht nur aus Begeisterung«, relativierte Leopold. »Da war auch einiges an Empörung dabei. Einigen Leuten hat plötzlich etwas gefehlt: Geld, Schmuck …!«

»Was haben denn wir damit zu tun?« Wiederum war es Inga, die sich wehrte.

»Gegenfrage: Weshalb haben Sie das Heller so fluchtartig verlassen?«

»Wir waren müde«, erklärte Alfred Nitsch. »Schließlich hatten wir unser Bestes gegeben. Frau Heller war gerade mit den Schauspielern beschäftigt, da wollten wir sie nicht stören.«

»Das nehme ich Ihnen nicht ab«, stellte Leopold klar. »Wenn man ein bisschen Rückschau hält, dann war das nicht das erste Mal, dass Leuten aus dem Publikum bei Ihrem Gastspiel etwas abhanden kam. Genau genommen musste Ihr Mann deswegen schon einmal ins Gefängnis, und der große Alfredo wurde zum kleinen Alfredo degradiert.«

»Eine Verleumdung«, zischte Inga.

»Und dann sieht man den Verleumder, einen gewissen Rainer Kerschbaumer, plötzlich vor sich«, fuhr Leopold unbeirrt fort. »Muss ein ganz dummes Gefühl gewesen sein. ›Jetzt ist der Kerl schon wieder da! Jetzt hat er uns schon wieder ertappt! Jetzt wird er uns schon wieder verpfeifen!‹ Dann ist es aber endgültig aus mit der Zauberei. Was tut man also? Man verschwindet schleunigst, bevor der Aufruhr größer wird, und überlegt, was man gegen diesen lästigen und gefährlichen Kerl unternehmen kann. Vielleicht erdrosseln? Mit einer Ihrer Schnüre oder einem Ihrer Tücher?«

»Sie haben wohl komplett den Verstand verloren«, bemerkte Inga kopfschüttelnd.

»Ihre Vorwürfe sind lächerlich«, wehrte sich Alfred Nitsch. »Wir haben diesen Kerschbaumer nicht umgebracht.«

Leopold probierte es nun wieder mit einer Frage: »Haben Sie das Gschnas wegen ihm so rasch verlassen?«

Inga Nitsch warnte ihren Mann: »Dieser Herr ist sehr vorlaut und unhöflich. Am besten, du sagst jetzt gar nichts.«

»Lass nur, Inga. Es werden immer mehr Leute kommen und Fragen stellen«, stöhnte Nitsch. »Seit dieser unglückselige Mensch sich so protzig aufgespielt hat mit Zeugen und angeblich markierten Geldscheinen wird der große Alfredo verfolgt, gejagt und zur Rede gestellt. Natürlich war es ein Schock zu hören, dass er sich als Scheich verkleidet unter den Ballgästen befand. Es hat mich nervös gemacht, meine Konzentration war beim Teufel. Die ganze Zeit stand er während unseres Auftritts vor uns herum. Dann kamen diese Anschuldigungen aus dem Publikum, die mich an früher erinnerten. Es war zu viel. Wir mussten weg. An unsere Gage dachte ich in diesem Augenblick gar nicht.«

»Sie hatten also nicht etwa eine Unterredung mit Kerschbaumer? Er hat Ihnen keine Vorwürfe gemacht?«

Alfred Nitsch schüttelte den Kopf. »Nein. Es hat mir schon gereicht, dass er anwesend war.«

»Jetzt ist er tot und kann niemanden mehr verpfeifen«, meinte Inga gleichgültig. »Aber wir brauchen uns keine Vorwürfe zu machen. Wir haben ein reines Gewissen.«

»In jeder Hinsicht?«, wollte Leopold wissen.

»Natürlich in jeder Hinsicht! Weshalb fragen Sie?«

»Weil uns die Polizei gebeten hat, ihnen die Bänder unserer Sicherheitskameras zu übermitteln, damit sie sie studieren können. Vielleicht fällt ihnen bezüglich des Mordes etwas Verdächtiges auf.« Es war ein Schuss ins Blaue, den Leopold da abfeuerte. Gespannt wartete er auf die Reaktion.

»Sicherheitskameras? Sie haben Sicherheitskameras im Kaffeehaus?« Inga zeigte sofort reges Interesse.

»Natürlich! Das ist wegen der neuen EU-Förderungen«, log Leopold weiter frech. »Wer überwacht, wird gefördert. Für einen Mord sind die Kameras natürlich nicht unbedingt gedacht. Aber bei einem Diebstahl sind sie schon sehr hilfreich, besonders die eine, die in die Garderobe hineinblinzelt.«

Jetzt wurde Inga ein wenig bleich im Gesicht. »Und die Filme … müssen Sie der Polizei übergeben?«, stammelte sie.

»Die Filme vom Samstagabend, ja. Es könnte, wie gesagt, etwas drauf sein, das hilft, den Mord an Rainer Kerschbaumer aufzuklären. Nichts ist unmöglich!«

Inga griff sich auf den Kopf. »Oh Gott! Alfredo, verzeih mir!«

»Du hast es also doch wieder getan! Ich habe es gleich befürchtet«, stöhnte Alfred Nitsch auf, rückte aber gleichzeitig näher auf der Couch zu seiner Frau und nahm ihre Hand, um sie zu beruhigen. »Warum nur, warum?«

»Ich habe doch nur genommen, was man uns bei der Gage vorenthalten hat«, jammerte Inga. »Seit deinem kleinen Missgeschick werden wir von den Veranstaltern nur mehr erpresst und wie Anfänger behandelt. Das ist ungerecht! Ich kann so etwas nicht hinnehmen. Darum habe ich schnell in ein paar Taschen gegriffen und unsere Gage ein wenig aufgebessert.« Zu Leopold gewandt fragte sie: »Werden Sie die Filme jetzt wirklich der Polizei zeigen und uns vernichten?«

Leopold warf einen Blick durch das kleine Wohnzimmer: Möbel, die wahrscheinlich schon alt gewesen waren, als sie hier hereinkamen; ein paar Pflanzen, denen es in dem überheizten Raum gar nicht gut zu gehen schien; ein Wäscheständer vorn beim Fenster, auf dem die Unterwäsche trocknete. Er fragte sich, wovon die Nitschs ihren Lebensunterhalt bestritten. Von den paar Auftritten, für die sie noch engagiert wurden? Von einer kleinen Pension? Von den Ersparnissen früherer Tage? Alles deutete darauf hin, dass sie nicht gerade im Überfluss lebten. »Was war mit dem Schmuck?«, wollte er wissen.

»Damit haben wir nichts zu tun, zumindest das wird der Film beweisen. Aber es nützt nichts! Für uns ist es der Todesstoß«, schluchzte Inga Nitsch, die von irgendwoher ein Taschentuch im wahrsten Sinn des Wortes hergezaubert hatte.

Leopold zuckte die Achseln. »Wir werden sehen. Die Polizei interessiert sich ja in erster Linie für den Mord. Das Wichtigste ist, dass die betroffenen Personen ihr Geld zurückerhalten. Wie viel exakt haben Sie mitgehen lassen?«

»Noch einmal so viel wie der lächerliche Betrag, mit dem man uns abgespeist hat – 400 Euro«, kam es kleinlaut von Inga.

»Das heißt, ich kann das Geld, das ich Ihnen übergeben sollte, gleich wieder mitnehmen«, folgerte Leopold. »Man könnte vielleicht sagen, die Putzfrau hat's beim Aufräumen gefunden und gleichzeitig bei meinem Freund, dem Oberinspektor, ein gutes Wort für Sie einlegen.«

»Das wäre wunderbar«, frohlockte Alfred Nitsch.

»Fantastico«, stimmte seine Frau zu, während sie ein paar Tränen trocknete.

»Ich spreche immer noch in der Möglichkeitsform«, dämpfte Leopold ihre Hoffnungen. »Ich weiß nach wie vor nicht, was ich von Ihnen halten soll. Selbst wenn ich ein Einsehen hinsichtlich des Diebstahls mit Ihnen haben sollte, bleibt der Mord an einem Menschen, der Ihnen immens geschadet hat, und dem Sie auf dem Ball begegneten. Sie hatten Motiv und Möglichkeit.«

Jetzt machte Alfred Nitsch ganz große Augen. »Sie denken doch nicht, dass …«

»Ich denke, Sie haben da noch einigen Erklärungsbedarf. Freuen Sie sich nicht zu früh«, warnte Leopold. »Dass Ihnen Kerschbaumer außerhalb des Kaffeehauses noch einmal über den Weg lief, ist vorstellbar. Und dass Sie dann die Nerven verloren, traue ich Ihnen ohne Weiteres zu!«

KAPITEL 14

Dienstag, 12. Jänner

Otto Kainz hüstelte. »Ich weiß nicht! Also, ob das gut geht …«

»Was soll passieren? Sie haben mir selbst versichert, dass Ihr Freund Herbert Salomon um diese Zeit beim Mittagessen ist und für gewöhnlich zwei Stunden ausbleibt«, versuchte Leopold, seine Sorgen zu zerstreuen.

»Wenn er aber nun doch nicht …«

»Sollten wir ihn in seiner Wohnung antreffen, sagen Sie einfach, Sie hätten sich Sorgen gemacht, weil er am Sonntag so schlecht beieinander war und sich nicht mehr bei Ihnen gemeldet hat. Mich haben Sie zur Sicherheit mitgenommen. Er mag mich zwar nicht, aber das nimmt er Ihnen schon ab. Die Hauptsache, Sie haben den Schlüssel.«

»Wie Sie meinen!«

»Es geht um einen Mord und wie tief Ihr Freund darin verwickelt ist. Da muss uns jedes Mittel recht sein. Wenn wir einen Beweis für seine Unschuld finden, wird er es uns danken.« Leopold war fest entschlossen, jetzt, um die Mittagszeit, mit Hilfe von Otto Kainz in Herbert Salomons Wohnung in der Leopoldauer Straße einzudringen und sich dort ein wenig umzusehen. Immerhin war dort vor zwei Tagen ein Pfeil auf dem Fußboden gelegen. Vielleicht kam die gesamte Ausrüstung samt Kostüm zum Vorschein – oder etwas ganz anderes, das einen Hinweis geben konnte.

»Ich denke, Sie suchen nach einem Beweis für seine Schuld«, kam es zögernd von Kainz, als er widerwillig die Tür aufsperrte. Die Wohnung lag tatsächlich einsam und verlassen vor ihnen.

»Ich kann nur finden, was da ist«, antwortete Leopold irritiert. »Verhalten Sie sich bitte ruhig, und fassen Sie möglichst keine Gegenstände an. Ich habe für meine Zwecke wieder Nachschub von der Verkäuferin an der Wursttheke meiner Supermarktfiliale bekommen.« Er nahm ein Paar Einweghandschuhe aus der Manteltasche und streifte sie über seine Hände.

»Mir ist bei der ganzen Sache überhaupt nicht wohl zumute. Ich komme mir vor wie ein Verbrecher.« Otto Kainz' Finger zitterten. Sie würden in der nächsten Viertelstunde ohne Zweifel noch mehr zittern. Solange sie hier waren, herrschte für ihn nämlich absolutes Rauchverbot, sonst würde Salomon ihnen schnell auf die Schliche kommen.

»Gesetzt den Fall, jemand dringt heimlich in meine Wohnung ein, wissen Sie, was ich mir dann wünsche?«, fragte Leopold.

»Nein!«

»Dass ich alles wieder so vorfinde, wie es gewesen ist, ehe ich weggegangen bin. Dass nichts fehlt. Das ist im Moment das Allerwichtigste. Wir werden also ganz sachte vorgehen, damit niemand etwas merkt. Dann hat auch keiner Grund, böse auf uns zu sein.«

Otto Kainz verstand die Logik dieses Arguments nicht vollständig, nickte aber nervös. Leopold schnupperte. »Gelüftet hat er nicht«, stellte er sofort sachkundig fest. Seine ersten Schritte führten ihn in die Küche. Er öffnete die Tür des Kühlschranks und schaute hinein.

»Was ist denn am Eiskasten so wichtig?«, wollte Kainz wissen.

»Er verrät uns einiges über seinen Benützer«, klärte Leopold ihn auf. »Bis auf zwei Flaschen Bier, eine offene Flasche Weißwein, eineinhalb Liter Mineralwasser und eine abgelaufene Packung Milch ist so gut wie nichts drinnen außer ein wenig Butter und nicht sehr frischer Hartkäse. Was sagt uns das? Ihr Freund ist es gewohnt, auswärts zu essen. Da er auch gern etwas trinkt, sollte er lang genug ausbleiben, um uns nicht zu stören.«

Nun begab sich Leopold ins Schlafzimmer. Als sich Kainz auf Salomons ungemachtes Bett setzen wollte, stamperte er ihn sofort wieder auf. »Sind Sie wahnsinnig?«, wies er ihn zurecht. »Das Bett ist ein ganz intimes Möbel. Ein sensibler Schläfer erkennt da jede kleine Mulde, die nicht von ihm stammt, und jede auch noch so winzige Verschiebung des Leintuchs. Entweder Sie bleiben stehen oder setzen sich auf den Boden!«

Dann öffnete er die obere Lade des Nachtkästchens. Sofort stach ihm ein kleines schwarzes Büchlein ins Auge – eine Art Notizbuch. Leopold begann, neugierig darin zu blättern. Auf den ersten Seiten herrschte ein ziemliches Durcheinander von Eintragungen mit und ohne Datum. Dann aber kam plötzlich ein längerer zusammenhängender Abschnitt. Die Schrift war jetzt wie gestochen und gut leserlich. Leopold vertiefte sich in die Aufzeichnungen:

1. Jänner, Neujahr
Überlegungen zur bösen Tat

Was ist besser? Die Tat oder das Nichtstun? Die eindeutige Antwort lautet: die Tat. Denn wenn man etwas tut, dann hat man sich immerhin zu etwas aufgerafft. Wer keine Tat zustandebringt, bleibt ein Nichtstuer.

Tut man nun etwas, stellt sich die Frage, ob es eine gute oder eine böse Tat sein soll. Dabei bleibt leider eine Tatsache unwiderlegbar: Die gute Tat bleibt in der Regel unbeachtet, die böse Tat hingegen erregt dort, wo sie begangen wurde, und oft noch weit darüber hinaus große Aufmerksamkeit. Wer jemandem Geld gibt, wird nie in dem Maß erwähnt wie der, der einem anderen Geld wegnimmt. Und ein Lebensretter schafft es weit seltener in die Schlagzeilen als ein Mörder.

Aus diesem Grund ist die böse Tat der guten vorzuziehen. In vielen Dingen sind beide gleich: in der Vorbereitung, im Aufwand, in der Überwindung, die sie kosten. Doch in einem unterscheiden sie sich wesentlich: Während die gute Tat vielfach gar nicht bemerkt wird, ist die böse Tat rasch in aller Munde.

Natürlich kann derjenige, der eine gute Tat begangen hat, damit prahlen, sie jedermann erzählen und sich mit ihr in den Mittelpunkt stellen. Er kann die Bedeutung seiner Tat sogar in materielle Werte wie Geld umsetzen lassen. Aber verliert die gute Tat damit nicht schon viel von ihrer ursprünglichen Reinheit? Nähert sie sich nicht dem Bösen an, sobald sie nicht um ihrer selbst willen getan wird? Die böse Tat muss nicht beworben werden. Wer sie begeht, kann dies in aller Bescheidenheit tun. Sie spricht für sich selbst und wird die gute Tat stets an Popularität übertreffen.

Es sage mir nun niemand, die böse Tat sei von Haus aus verwerflich. Darum geht es nicht, sondern einzig und allein um deren Wirkung. Und selbst wenn man sich bemüßigt fühlt, ethische Maßstäbe anzulegen: Ist es nicht gerade die böse Tat, welche den Weg für positive Entwicklungen in der Zukunft ebnet? Denn das Bestreben aller muss, ist sie einmal geschehen, doch danach gerichtet sein, eine solche Tat in Hinkunft zu verhindern.

Dafür bieten sich zwei Wege an:

den Täter zu finden und dingfest zu machen

durch Bildung und Erziehung einen gesellschaftlichen Zustand zu erreichen, der eine Wiederholung der bösen Tat in Zukunft unmöglich macht.

Jeder halbwegs kluge Mensch wird erkennen, dass Ansatz b) den weit effektiveren und nachhaltigeren Weg darstellt, da er nicht wie Ansatz a) auf eine Einzelperson, sondern auf die Gesamtheit aller Personen ausgerichtet ist. Er ist der Weg, von dem sich eine Gesellschaft den größten Erfolg versprechen kann, während Ansatz a) bei einem intelligenten Täter immer wieder zum Scheitern verurteilt ist (woraus der Täter Hoffnung schöpfen kann).

Fassen wir zusammen:

Das Tun ist besser als das Nichtstun.

Die böse Tat ist besser (weil wirkungsvoller) als die gute.

Die Gesellschaft in ihrer Gesamtheit zu bessern ist wesentlicher als die Suche nach dem Einzeltäter.

Daraus lassen sich die folgenden Überlegungen ableiten:

Welche böse Tat erzielt eine möglichst große Wirkung?

Wie kann man sich als Täter möglichst wirkungsvoll vor der Ergreifung schützen?

Ich habe dazu ein möglichst einfaches und effizientes Konzept ausgearbeitet.

Hier brachen die Aufzeichnungen ab. Die nächsten Seiten waren aus dem Notizbuch herausgerissen. Leopold frohlockte innerlich. Der Kerl hatte sich ausführlich mit der Möglichkeit, aber auch der Rechtfertigung des perfekten Verbrechens beschäftigt. Was lag näher, als anzunehmen, dass er dieses dann auch ausgeführt hatte? Dass er den praktischen Teil seiner Überlegungen vorsorglich entfernt hatte, war ein weiterer Beweis dafür. Nur zu gern hätte Leopold auch diese Seiten studiert. Aber er war sicher, dass Salomon sie in einem guten Versteck untergebracht hatte, das er so schnell nicht finden würde. Und Otto Kainz saß vor ihm auf dem Fußboden und verfiel von Minute zu Minute mehr. »Wann gehen wir endlich?«, krächzte er schwitzend und in Auflösung begriffen. Es war der Entzug. Er würde es nicht mehr lange ohne Zigarette aushalten.

»Gleich«, vertröstete Leopold ihn. »Haben Sie ein Handy bei sich, mit dem man Fotos machen kann?«

»Ja«, antwortete der verblüffte Kainz.

»Dann fotografieren Sie in der Zwischenzeit die Seiten hier in dem Notizbuch. Ich schaue mich noch ein bisschen um!«

Während Kainz sich wunderte, dann aber doch sein Handy herausnahm, ging Leopold weiter ins Wohnzimmer. Sofort stach ihm der Kleiderschrank ins Auge. Konnte es sein, dass wirklich alles so einfach war? Dass Salomon seine Kostümierung hier abgelegt hatte? Dass ein Griff genügte, um Amor zu entlarven?

Er öffnete die Schranktür. Hemden und Pullover waren hübsch zusammengelegt, Jacken und Hosen hingen auf ihren Bügeln. Es war wie verhext! Kein Amorkostüm! Aber dann, als Leopold genauer hinsah, leuchtete ihm vom Boden etwas Buntes entgegen: Federn. Ein Kopfschmuck. Ein Pfeil.

Wenn Leopold nicht alles täuschte, handelte es sich um ein Indianerkostüm, das Salomon lieblos – vermutlich weil nicht mehr ganz nüchtern – nach dem Gschnas einfach in den Schrank geworfen hatte.

*

Es gibt Leute, die sieht man während eines längeren Zeitraums wenn überhaupt, dann nur sporadisch im Kaffeehaus, dann aber wiederum in kurzer Folge beinahe täglich. So war es derzeit bei Andreas Jungwirth der Fall. Als Leopold, immer noch in Gedanken über Herbert Salomons Überlegungen zur bösen Tat und das Indianerkostüm in seinem Kleiderkasten, von der Wohnungsinspektion zurückkam und das *Heller* betrat, um seinen Dienst anzutreten, schien Jungwirth bereits auf ihn zu warten. Nervös rutschte er auf seinen Hinterbacken hin und her. Zur äußeren Verunstaltung hatte sich offenbar eine beträchtliche innere Unruhe gesellt.

»Meine Verehrung, Herr Jungwirth! So ganz allein? Wann kommt denn das Pupperl?«, begrüßte Leopold ihn.

»Lass bitte Flora aus dem Spiel und komm her auf ein vertrauliches Wort«, ersuchte ihn Jungwirth. Dabei klopfte er mit der Hand auf die Polsterung eines Sessels zum Zeichen, dass Leopold dort Platz nehmen sollte. Waldi Waldbauer hatte ihn zwar bereits bemerkt und harrte seiner Ablöse, doch Leopold setzte sich vorerst neugierig zu Jungwirth. Der wischte sich mit einem Taschentuch den Schweiß von der Stirn. »Die Polizei war heute bei mir«, berichtete er.

»Daran werden Sie sich in den nächsten Tagen gewöhnen müssen«, eröffnete ihm Leopold gleichgültig.

»Mir ist jetzt nicht nach Scherzen zumute«, reagierte Jungwirth unwirsch. »Sie haben mich zunächst noch einmal zu Details betreffend die Auffindung der Leiche befragt. Aber dann wollten sie auch allerlei andere Sachen von mir wissen. Es war wie ein richtiges Verhör. Ich habe Blut geschwitzt! Leopold, ich habe Angst. Ich glaube, ich gehöre zu den Tatverdächtigen.«

Leopold zog seine Augenbrauen in die Höhe. Jungwirth als Mörder? Das war ja etwas ganz Neues! »Wieso das?«, erkundigte er sich.

»Es ist mir völlig unerklärlich. Aber ich wurde genau nach den Abläufen beim Gschnas befragt, wann ich mich etwa in den Mönch verwandelte, wann ich im *Heller* eintraf, ob mit jemandem zusammen oder allein, wie gut ich Kerschbaumer kannte, welche Art Beziehung zwischen Flora und mir besteht, und so weiter und so weiter.«

Bis jetzt hatte Leopold Jungwirth als Täter ausgeschlossen. Hatte Flora es wirklich dazu gebracht, ihn zu so etwas zu überreden? Aber selbst wenn, wann hätte er den Mord begehen sollen? Als er sich die Mönchskutte holte, um von seiner Frau unerkannt zu bleiben, war Kerschbaumer noch im *Heller*, und als er vor seiner Frau flüchtete, war sie wahrscheinlich der einzige Mensch, den er eventuell umgebracht hätte. Außerdem traute Leopold Jungwirth schlicht und einfach die Kaltblütigkeit eines solchen Verbrechens nicht zu. Weshalb verdächtigte ihn dann die Polizei? Gab es da etwas, das Leopold nicht wusste?

»Ich habe nur eine Bitte an dich«, redete Jungwirth händeringend auf Leopold ein. »Kein Sterbenswörtchen zu irgendjemandem von meiner gestrigen Unterhaltung mit Flora. Ich habe natürlich abgestritten, dass ich Genaueres über sie weiß. Ich habe gesagt, sie sei eine Zufallsbekanntschaft, mit der ich auf dem Ball war. Bis zu einem gewissen Grad stimmt das ja auch. Jedenfalls darf niemand erfahren, dass ich über ihre mögliche Erbschaft unterrichtet wurde, auch wenn es erst gestern war. Du musst schweigen wie ein Grab! Es soll dein Schaden nicht sein.«

Die letzten Worte hatte er so leise gesprochen, dass Leopold sich anstrengen musste, sie zu verstehen. »Mit Gschichtldrucken werden Sie nicht weit kommen, höchstens hinter Gitter«, warnte Leopold ihn. »Also bleiben Sie am besten bei der Wahrheit. Wie haben Sie das Pupperl überhaupt wirklich kennengelernt?«

Man sah Jungwirth an, dass er mit sich kämpfte. »Nun ja, im Nachhinein betrachtet, war die Sache vielleicht ein wenig ungewöhnlich«, gab er zu. »Ich bekam einen Anruf. Sie wollte mich treffen. Einfach so. Weil sie gehört hatte, was für ein lieber und netter Mann ich doch sei. Nach und nach wurde sie dann konkreter. Es ging ihr um Rainer, dem sie etwas Wichtiges mitzuteilen hatte, aber nicht kannte. Deshalb bat sie mich um ein bisschen Unterstützung.«

»Sie haben sich gar nicht gefragt, woher sie Ihre Telefonnummer hatte?«

»Ich denke, sie ist irgendwo im Zusammenhang mit Rainer über meine Nummer gestolpert. Ich kenne ihn ja von Jugend auf. Bis zum Schluss haben wir uns immer wieder getroffen – die Partie beim *Wildner* und so weiter. Wie du weißt, bin ich ein hilfsbereiter Mensch und habe die beiden einander zugeführt. Flora war mir gleich sympathisch. Du wirst das verstehen, du hast sie ja gesehen. Wir haben uns schnell angefreundet. Ich war dann sogar ein wenig eifersüchtig, als sie Rainer gar so schön tat.«

»Sie glaubten, er sei ihr Liebhaber?«

»Ich hatte diesen Eindruck, ehe ich erfuhr, dass er ihr Vater war. Aber was soll's. Auf einmal stecke ich mittendrin in einer Mordsache, verstehst du das denn nicht? Bei der Erbschaft geht es um ganz schön viel Geld. Du warst gestern dabei und hast selbst erlebt, wie Margarete durchgedreht hat. Wahrscheinlich hat sie uns die Polizei auf den Hals gehetzt.«

»Ich gebe Ihnen zwei gut gemeinte Ratschläge, Herr Jungwirth«, redete Leopold nun ernst auf sein Gegenüber ein. »Tipp 1: Ehrlich währt am längsten. Gehen Sie zur Polizei und erzählen Sie dort, wie es sich wirklich zugetragen hat. Wenn Sie unschuldig sind, haben Sie auch nichts zu befürchten. Tipp 2: Hände weg von dem Pupperl! Erstens sind Sie verheiratet, und zweitens ist das, so scheint's mir, eine gefährliche Braut!«

Jungwirth schien nicht verstehen zu wollen. »Ich habe Flora mein Wort gegeben und werde es auch halten«, beharrte er. »Sie kann keiner Fliege etwas zuleide tun, das sieht doch jeder Blinde. Da gibt es andere Leute, denen man auf die Finger klopfen sollte: Margarete, ihrer Tochter oder deren Freund. Und vor allem einem meiner weiteren Bekannten aus früheren Tagen: Siegfried Streitenberger.«

»Wegen des Streits um Gisela Roithner?«, fragte Leopold.

»Vielleicht! So sicher bin ich mir da nicht«, antwortete Jungwirth vorsichtig. »Siegfried hat bei ihr doch nie eine Chance, selbst jetzt, wo Rainer tot ist. Da bleibt Gisela eher allein, als dass sie sich jetzt noch mit ihm etwas anfängt.«

»Er wirkte auf dem Ball aber immer noch ganz schön verknallt in sie.«

Jungwirth lächelte schwach. »Sein Auftritt war in der Tat

reichlich theatralisch. Kein Wunder! Siegfried war einmal ein talentierter Schauspieler.«

»Was?« Leopolds Aufmerksamkeit steigerte sich rapide.

»Jaja! In den frühen Aufführungen von Markus König wirkte er mit. So wurde er ja auch mit Gisela bekannt. Aber bald war es mit ihm nur mehr schwer auszuhalten. Von Verlässlichkeit keine Spur, wie du dir vorstellen kannst. Und dreimal darfst du raten, wer schuld war: Rainer Kerschbaumer. Es ging dabei auch um Gisela, aber in erster Linie darum, dass ihn Rainer ziemlich ausnutzte. Siegfried hatte nämlich noch ein anderes Talent: die Chemie. Er war es, der eigentlich das Grundrezept für die Creme ›Le Printemps‹ entwickelt hat, mit der Rainer so erfolgreich wurde und seine Firma gründete.«

»Was Sie nicht sagen«, stieß Leopold hervor. Wie viel Jungwirth doch aus früheren Zeiten wusste, und wie bereitwillig er alles erzählte, wenn es darum ging, sich und sein Pupperl zu schützen.

»Rainer hat Siegfried nie wirklich als Partner akzeptiert, ihm nie einen finanziellen Anteil zukommen lassen. Er hat seine Ideen verarbeitet und für sich in Anspruch genommen – zumindest behauptete Siegfried das später immer und immer wieder. Das dürfte Siegfrieds ganze Persönlichkeit verändert und ihn zu dem wilden und unnahbaren Menschen gemacht haben, der er heute ist. Rainer verschaffte ihm verschiedene Posten, zuerst in seiner Firma, dann woanders. Schlechtes Gewissen nennt man das. Aber Siegfried hat es nirgendwo lang ausgehalten, sich zurückgezogen und ist zum totalen Sonderling geworden.«

»Wenn ich Sie richtig verstehe, glauben Sie also, dass Siegfried Streitenberger Rainer Kerschbaumer vorigen Samstag umgebracht hat, weil er ihn betreffend die Rezeptur einer äußerst erfolgreichen Anti-Aging-Creme übers Ohr gehauen hat«, rekapitulierte Leopold.

»Natürlich«, bejahte Jungwirth. »Der ganze über so lange Zeit aufgestaute Hass hat sich eben einmal entladen. Dazu braucht es oft nur Kleinigkeiten, einen bösen Blick oder eine fatale Bemerkung. Ich bin jedenfalls der festen Überzeugung, dass es sich so zugetragen hat. Mein Gott, dabei waren Siegfried und Rainer vorher die besten Freunde. Direkt gepickt aufeinander sind sie zeitweise.«

Zweifelsohne waren es interessante Neuigkeiten, die Leopold da von Jungwirth erhalten hatte. Und natürlich gab es jetzt auf einmal für Streitenberger ein schwerwiegendes Mordmotiv. Aber wann und wie hätte er die Tat begehen sollen? Kurz nachdem Kerschbaumer das Heller verlassen hatte, war Streitenberger ja schon als Hohes Alter eingetreten, es handelte sich hier um einige wenige Minuten Zeitunterschied.

»Wenn Sie das alles der Polizei erzählen, ist es sicher weit hilfreicher als Ihr ganzes Versteckspiel«, ermunterte Leopold Jungwirth noch einmal. »Haben Sie wenigstens den häuslichen Frieden wieder herstellen können?«

»Die polizeiliche Befragung heute Morgen war keineswegs hilfreich«, stöhnte Jungwirth. Dann schaute er Leopold plötzlich aus hilflosen Augen an. »Flora liebt mich doch, oder? Welchen Eindruck hast du?«, fragte er fast wie ein kleiner Schulbub.

»Ich habe Ihnen schon gesagt: Finger weg von dem Pupperl. Von mir werden Sie nichts anderes hören«, riet Leopold ihm ernst. »Denken Sie einmal ein bisserl nach. Der Jüngste sind Sie halt auch nicht mehr.«

Jungwirth atmete tief durch. »Da gibt es Möglichkeiten in der heutigen Zeit, Gott sei Dank! Alles andere ergibt sich von selbst. Ich werde ihr zunächst einmal helfen, zu ihrem Recht zu kommen. Dann haben wir mehr Zeit füreinander. Es wird sehr schön werden, du wirst schon sehen. So eine Gelegenheit kommt nicht wieder.«

Er stand geistesabwesend auf, legte wortlos das Geld für seine Melange auf den Tisch und schlüpfte in seine sportliche Winterjacke. Sein ganzes Gesicht hatte dabei einen verklärten Ausdruck angenommen. Er dachte wohl an Schönheitsoperationen, wundersame Verjüngungscremes, Fitnessstudios und anschließend als Belohnung eine Traumreise in Floras Körper.

Dem Manne ist wirklich nicht mehr zu helfen, dachte Leopold kopfschüttelnd.

*

Leopold ging sich umkleiden und betrat dann das Kaffeehaus erneut in seiner gewohnten Livree – Smokinghemd, schwarzes Mascherl, Smoking sowie blitzblank geputzte schwarze Schuhe. Sein Freund, Oberinspektor Juricek, hatte sich in der Zwischenzeit an die Theke gestellt und rührte nachdenklich in seinem großen Braunen um. Irgendetwas in seinem Gesichtsausdruck gefiel Leopold nicht. »Servus, Richard! Du hast deinen Kaffee ja schon bekommen, wie ich sehe«, grüßte er ihn deshalb eher vorsichtig.

»Gott sei Dank gibt es außer dir noch andere Ober im Kaffeehaus«, kam die knappe Replik.

»Ja, der Waldi ist auch da. Ist alles in Ordnung? Hat er dich eh zu deiner Zufriedenheit bedient?« Geschäftig scharwenzelte Leopold um Juricek herum.

»Alles bestens!« Juricek schlürfte genüsslich von dem heißen Gebräu. Das gehörte zu den kleinen Freuden seines oft langen Arbeitstages. »Was hattest du denn mit Jungwirth zu reden?«, wollte er dann von Leopold wissen.

»Du weißt …?«, entgegnete Leopold verdattert.

»Man soll seinen Kollegen bei der Ablöse nicht warten lassen, sonst wird er nervös und kommt auf die Idee, der Polizei gleich die neuesten Nachrichten, einen selbst betreffend, zu stecken.«

Waldi hatte also geplaudert. »Ist der Jungwirth denn jetzt verdächtig?«, stellte Leopold die Gegenfrage.

»Eine deiner unvorteilhaften Eigenschaften ist, dass du keinen Sinn für traditionelle Rollenbilder hast«, stellte Juricek fest. »Normalerweise ist es so: Ich frage, du antwortest. Das behalten wir jetzt bitte schön bei. Also: Was war mit Jungwirth?«

»Du warst doch heute schon bei ihm. Jetzt hat er Angst, dass er in den Mordfall hineingezogen wird. Da wollte er sich eben bei seinem langjährigen Oberkellner ein bisschen ausweinen. Ganz durcheinander war er«, begann Leopold, ohne dass er so recht wusste, was er als Nächstes sagen sollte.

»Was hat er dir denn so gebeichtet?«

»Also Richard, wirklich! Solche Dinge fallen unters Beichtgeheimnis.« Leopold versuchte ein unschuldiges Lächeln.

Juriceks Stimme wurde eine Spur ungeduldiger. »Bei einem Priester vielleicht, aber doch nicht bei einem Oberkellner. Also komm, spuck's aus«, forderte er.

»Er sagt, er sei unschuldig.«

»Das weiß ich mittlerweile auch schon. Was ist mit der jungen Dame, die mit ihm auf dem Ball war?«

»Mit Rücksicht darauf, dass Jungwirth verheiratet ist, muss ich …«, zögerte Leopold.

»Gar nichts musst du! Meine Fragen beantworten musst du! Sonst reißt mir wirklich bald der Geduldsfaden«, unterbrach Juricek Leopold unsanft. »Mir scheint, du verkennst die Situation immer noch. Das ist eine polizeiliche Befragung.«

»Na schön! Er ist halt ein Tschapperl und glaubt, die junge Frau ist verliebt in ihn«, erteilte Leopold widerwillig Auskunft.

»Was sie aber nicht ist, wie wir beide wissen. Denn was will sie wirklich von ihm?«

»Genügt es dir nicht, wenn Jungwirth morgen aufs Kommissariat kommt und dir das selbst erzählt?«, druckste Leopold herum. »Ich habe ihn inständig darum gebeten. Auch wenn du es nicht verstehen willst, gibt es Dinge zwischen Gast und Oberkellner, bei denen ich mir schwer tue, sie ans Licht der Öffentlichkeit zu bringen.«

»Und es gibt Dinge zwischen zwei Freunden, die selbstverständlich sein sollten, mein lieber Leopold, ohne dass es allzu großer Drohungen bedarf. Aber gut, versuchen wir es einmal andersherum. Ich möchte etwas von dir wissen, das mich interessiert, und du willst es mir nicht sagen. Was würdest du zum umgekehrten Fall sagen? Dass nämlich ich etwas weiß, was dich interessiert. Soll ich es dir dann sagen? Ich glaube nicht!«

»Du weißt etwas?«, kam es kleinlaut aus Leopolds Mund.

»Ich weiß immer etwas!«

»Etwas Wichtiges?«

»Schon möglich!«

Dieser kleine Wink genügte. Leopold gab jeglichen Widerstand auf. »Nun ja, wer weiß, vielleicht traut sich Jungwirth letzten Endes doch nicht zu euch«, legte er los. »Der Mutigste scheint er mir ja nicht zu sein. Diese junge Dame – Flora heißt sie – hat ihn sich offenbar angelacht, damit er ihr hilft, mit Rainer Kerschbaumer in Kontakt zu kommen, von dem sie behauptet, dass sie seine Tochter sei, und wo sie jetzt Erbansprüche stellt, wo er tot ist, was wiederum Rainers Frau Margarete nicht gefällt, weil die ja will, dass sie und ihre Tochter alles erben. Gestern am Vormittag hat's da einen heftigen Disput gegeben: Jungwirth und Flora waren da, Margarete auch.«

»Und du glaubst nicht, dass Jungwirths Hilfsbereitschaft bis zu einem Mord oder der Beihilfe dazu gegangen ist? Damit Flora möglichst schnell zu ihrem Erbe kommt?«

»Jungwirth hat bis gestern noch gar nicht gewusst, wie sich die Sache genau verhält. Flora hat ihm das mit der Erbschaft erst hier im Kaffeehaus erzählt. Und ob sich der Mord von der Zeit her ausgegangen wäre, ist äußerst zweifelhaft«, gab Leopold zu bedenken.

»Was sich ausgeht und was nicht, lass ruhig meine Sorge sein«, brummte Juricek.

»Aber Herbert Salomon hat sich tatsächlich Gedanken darüber gemacht, wie er mit einer bösen Tat möglichst große Wirkung erzielen kann. Er hat das alles fein säuberlich aufgeschrieben.«

»Ach so? Woher weißt du denn das?«, stutzte Juricek.

»Von einem Freund von ihm. Der kümmert sich ein bisschen um die Wohnung, hat auch einen Schlüssel … na ja, er hat zufällig ein Notizbuch entdeckt, wo alles drinsteht. Du kannst es dir anschauen. Er hat Fotos von den einzelnen Seiten gemacht.«

»Sieh mal einer an. Wie heißt denn dieser Freund?«

Jetzt sprudelte alles nur so aus Leopold heraus. »Otto Kainz. Aber bitte befrage ihn diskret. Um sein Nervenkostüm steht es nicht gerade gut, vor allem, wenn er längere Zeit nicht geraucht hat. Und denk dir, was Kainz noch bei Salomon gefunden hat: ein Indianerkostüm!«

»Der Mann muss ja die halbe Wohnung umgedreht haben«, wunderte sich Juricek. »Du hast ihm nicht zufällig dabei geholfen?«

»Wo denkst du hin?«, winkte Leopold sofort ab. »Na was sagst du? Schön langsam müssten dich die Beweise gegen Salomon überzeugen. Seit dem Neujahrstag plant er ein Verbrechen, so viel steht fest. Zwar habe ich mich mit meiner Idee, er sei als Amor verkleidet auf dem Gschnas gewesen, offenbar geirrt, aber dann war er eben als Indianer dort. Ich kann mich sogar gut an einen Indianer erinnern. Margarete Kerschbaumer wäre nach ihrem Tanz mit mir fast in ihn hineingerannt.«

»Stimmt, ich habe ihn auch bemerkt«, gab Juricek Leopold Recht. »Voll bemalt im Gesicht, sonst eher unauffällig.«

»Da siehst du es: Kriegsbemalung«, ließ Leopold nicht locker. »Das heißt: Keiner erkennt mich, also gehe ich volle Attacke. Da hätte ich schon weit früher draufkommen müssen. Und Pfeil und Bogen passen zu einem Indianer ja viel besser als zu einem Liebesgott.«

»Jetzt hör einmal zu«, redete Juricek seinem Freund ins Gewissen. »Deine Fixierung auf Pfeil und Bogen, Liebesgötter und Indianer ist ziemlich überflüssig. Kerschbaumer ist zunächst einmal mit einem gewöhnlichen Halstuch oder etwas Ähnlichem erdrosselt worden. Und jetzt kommt noch etwas, das dir nicht gefallen und dich total verwirren wird: Die zuerst angenommene Todeszeit stimmt offenbar nicht. Kerschbaumer wurde nicht um halb ein Uhr früh, sondern etwa drei bis vier Stunden früher ermordet.«

*

»Aber das kann doch nicht sein«, protestierte Leopold nach einer Schrecksekunde.

»Wieso nicht?«

»Kerschbaumer kann doch nicht auf dem Gschnas gewesen sein, nachdem er umgebracht wurde.«

»Natürlich nicht, das würde den Gesetzen jedweder Logik widersprechen. Was lässt sich daraus aber schließen?«

Jetzt ging Leopold schön langsam ein Licht auf. »Der Scheich war also gar nicht der Kerschbaumer«, schloss er messerscharf.

»So ist es! Irgendwie *hielten* alle nur den Scheich für Kerschbaumer, weil es sein traditionelles Faschingskostüm war.«

»Der Waldi hat ihn mir gleich am Anfang des Kostümballs so vorgestellt«, rechtfertigte sich Leopold. »Natürlich habe ich dann die gleiche Assoziation gehabt. Was weiß denn ich? Ich habe den Menschen vorher bewusst gar nicht gesehen. Aber seine Freunde und engen Verwandten hätten doch erkennen müssen, dass er es nicht war.«

»Nicht unbedingt. Zunächst einmal gibt es bei so etwas einen psychologischen Effekt: Alle sehen in erster Linie das, was sie sehen wollen«, erklärte Juricek. »Dann hat sich derjenige, der sich als Scheich verkleidet hatte, tunlichst von den Leuten ferngehalten, die Kerschbaumer kannten. Das war nichts Ungewöhnliches, da Kerschbaumer bei gesellschaftlichen Ereignissen als Mensch galt, der sich gern zurückzog und die anderen mied. Dazu kamen Brille, Plastiknase, Vollbart und ein Kopftuch, sodass von Gesicht und Haar nicht allzu viel zu sehen war. Der gefährlichste Zeitpunkt für den Scheich war, als ihn Roland, der Liebhaber von Kerschbaumers Tochter Gabriele, zur Rede stellen wollte. Aber Roland war ihm vorher noch nie begegnet! Margarete war so weit hinüber, dass sie die Ereignisse kaum mehr mitbekam, und Gabriele konnte er erfolgreich ausweichen. Dann wurden alle drei des Lokals verwiesen. Damit war für den Scheich eine große Hürde überstanden.«

»Aber es kam ja noch das *Brüderlein fein*«, erinnerte sich Leopold.

»Richtig«, bestätigte Juricek. »Wenn wir von Jungwirth absehen, der zu diesem Zeitpunkt eher darauf fokussiert war, seiner Frau auszuweichen, bleiben uns die drei Akteure: Markus König, Gisela Roithner und Flora Maurer. Gisela Roithner habe ich bis jetzt zu keiner Stellungnahme erreicht. Die anderen beiden streiten ab, dass ihnen irgendetwas aufgefallen wäre und behaupten, sie seien ganz auf ihren Auftritt konzentriert gewesen.«

»Wieso hat man eigentlich die Todeszeit zuerst falsch berechnet?«, wollte Leopold wissen.

Juricek schob seinen Sombrero tiefer ins Genick. »Solche Dinge passieren eben«, bekannte er achselzuckend. »Zunächst einmal haben alle – ich betone *alle* inklusive uns zwei – behauptet, Kerschbaumer – wohlgemerkt, *Kerschbaumer* und nicht irgendein als Scheich verkleideter Gast – habe das Heller etwas vor 0.30 Uhr verlassen. Das beeinflusst die Gedanken doch einigermaßen. Christian Morgenstern hat einmal in eines seiner Palmström-Gedichte die schöne Wendung einfließen lassen, ›dass nicht sein kann, was nicht sein darf‹. So ähnlich war es hier. Die Leiche war aufgrund der starken Kälte schön frisch und kühlte außerdem weit schneller aus als im Normalfall. Also war fürs Erste alles klar: Kerschbaumer wurde kurz nach 0.30 Uhr ermordet. Später kamen Zweifel auf, und genauere Untersuchungen erbrachten dann einen früheren Todeszeitpunkt als im ersten Moment angenommen.«

»Das heißt, es gibt jetzt wieder eine größere Anzahl an Verdächtigen«, stellte Leopold fest.

»Es ist jedenfalls nicht einfacher geworden«, brummte Juricek. »Jetzt heißt es, der Mord sei gegen 21.00 Uhr Uhr begangen worden, vielleicht etwas früher, vielleicht etwas später. Da war hier im Kaffeehaus der Kostümball und im Theater das Stück. Also haben alle irgendwie ein Alibi – oder auch irgendwie keines. Während der Pause, die obendrein nur 15 Minuten dauerte, hat keiner der Schauspieler das Theater verlassen, und wer von den Ballgästen in der fraglichen Zeit kurz einmal verschwunden ist, müssen wir erst herausfinden.«

»Natürlich auch, wer sich als Scheich verkleidet und damit quasi für Kerschbaumer ausgegeben hat«, merkte Leopold an.

Juricek lächelte. »Ich war der Meinung, es sei ein Kinderspiel für dich, das zu kombinieren.«

»Ist es auch«, triumphierte Leopold. »Das kann nur Streitenberger gewesen sein. Es ist zumindest das Einzige, was Sinn macht. Von der Statur her ist er Kerschbaumer sehr ähnlich. Außerdem hat er sich früher schauspielerisch betätigt, was ebenfalls für ihn spricht. Und dann hat er die Show abgezogen, die alle täuschen sollte: raus aus dem Lokal, weg mit dem Scheichkostüm, rein als hohes Alter. Wirklich alles sehr clever ausgedacht.« Er stutzte. »Aber das heißt ja, dass er wahrscheinlich auch der Täter ist!«

»So logisch das alles klingt, und so recht ich dir gebe: Wir müssen erst einmal beweisen, dass er der Scheich war«, gab Juricek zu bedenken. »Gott sei Dank werden bei solchen Anlässen immer genügend Fotos gemacht. Vielleicht ist auf einem davon der Mann im Scheichskostüm genauer zu erkennen. Aber selbst dann hat die Sache einen Haken. Wann ist der Scheich denn hier im Heller aufgetaucht?«

»Lass mich nachdenken! Um halb acht sind die ersten Gäste aufgetaucht, der Scheich ist dann etwas später gekommen.«

»Siehst du, da kann er vor dem Gschnas den Mord schon einmal nicht begangen haben, muss also – vorausgesetzt, er war es – zwischendurch einmal aus eurem Kaffeehaus verschwunden sein. Hast du ihn einmal weggehen gesehen?«

»Richard, das Kaffeehaus war bummvoll, schummrig beleuchtet, ich habe zwischendurch auch gearbeitet …«

»Und in Gedanken warst du ganz versessen auf deinen Amor, ich weiß«, kam von Seiten Juriceks eine kleine böse Zwischenbemerkung. »Das heißt, dir ist nichts aufgefallen. Schade, gerade da hättest du deine detektivischen Fähigkeiten beweisen können.«

So etwas konnte Leopold natürlich nicht auf sich sitzen lassen. Noch einmal strengte er seine Gehirnwindungen an, um auf etwas zu stoßen, mit dem er seinem Freund imponieren konnte. »Moment mal«, fiel es ihm da auch schon wie Schuppen von den Augen. »Wir übersehen ja geradezu das Naheliegendste! Das Abführmittel im Begrüßungsgetränk hat doch für einige Verwirrung gesorgt. Die Leute haben reihenweise Durchfall bekommen, sodass wir die werten Ballgäste sogar zur Benützung der Toiletten ins Hotel gegenüber schicken mussten. Zu der Zeit hat ein regelrechtes Chaos geherrscht. Da konnte der Scheich leicht unauffällig verschwinden, um sein blutiges Geschäft zu verrichten.«

KAPITEL 15

»Du denkst also, der Scheich – und damit in weiterer Folge Streitenberger – war das mit dem Abführmittel?«

Leopold hatte sich schnell eine Theorie zurechtgezimmert. »Das wäre doch geradezu logisch«, erklärte er. »Streitenberger weiß, dass Kerschbaumer vorhat, erst später beim Gschnas zu erscheinen. Er vereinbart eine kurze Aussprache mit ihm bei dessen Auto. Kerschbaumer sagt zu. Er hat natürlich keine Ahnung, dass sich Streitenberger schon in seiner üblichen Verkleidung auf dem Gschnas tummelt. Der tut rechtzeitig das Abführmittel in das Begrüßungsgetränk, wartet ab, und als sich alles im Zustand totaler Verwirrung befindet, macht er sich unerkannt auf den Weg – allerdings nicht in der Absicht, sich mit Kerschbaumer auszusprechen, sondern ihn zu töten. Er sagt ihm vielleicht, er möchte alles im Auto bereden, lenkt ihn kurz ein bisschen ab, nützt natürlich auch seine Überraschung, als ihm eine Art *Alter Ego* entgegenkommt, nimmt auf dem Rücksitz Platz – und stranguliert Kerschbaumer mit dem Halstuch.«

Juricek kratzte sich auf der Stirn. »Ist das nicht ein bisschen weit hergeholt?«, war alles, was ihm dazu einfiel.

»Es ist eine von vielen Möglichkeiten, wie es sich zugetragen haben könnte. Mir gefällt sie jedenfalls gut«, resümierte Leopold stolz.

»Man müsste Streitenberger einmal selbst dazu befragen, ihn mit allen diesen Szenarien konfrontieren. Aber er ist derzeit unauffindbar und hat auch sein Handy ausgeschaltet.«

»Na siehst du, das macht ihn nur noch verdächtiger!«

»Das hilft uns derzeit auch nicht weiter.«

Beide waren nun angestrengt ins Gespräch vertieft. So bemerkten sie Markus König nicht, der plötzlich vor ihnen stand. »Ah, der Herr Oberinspektor! Und der Herr Oberkellner ist auch da«, mischte er sich sofort ungefragt in die Unterhaltung ein. »Das trifft sich ja gut! Hat jemand von Ihnen vielleicht heute schon Gisela Roithner gesehen oder mit ihr gesprochen?«

Leopold und Juricek sahen einander an. »Nein, warum?«, reagierte Juricek schließlich zuerst.

»Weil ich sie seit gestern nirgendwo finden kann. Heute ist sie auch nicht an ihrer Arbeitsstelle erschienen. Ich mache mir mittlerweile große Sorgen.«

»Das Handy hat sie vermutlich auch abgedreht«, bemerkte Leopold beiläufig.

König stutzte. »Woher wissen Sie?«

»Wir wissen gar nichts. Wir dachten nur, Sie hätten es sicher auch am Telefon probiert«, erklärte Juricek mit einem Seitenblick auf Leopold.

»Natürlich, ja! Mein Gott, das ist eine Katastrophe«, klagte König. »Morgen haben wir unsere nächste Vorstellung. Eigentlich wollten wir heute noch ein paar Dinge proben, die am Wochenende nicht 100-prozentig geklappt haben, aber jetzt müssen wir uns einmal den Kopf darüber zerbrechen, wer im Notfall ihre Rolle übernimmt.«

»Gar nicht so leicht bei einem kleinen Ensemble«, räumte Leopold ein.

»Nun ja, wir haben unsere Möglichkeiten. Es hat sich sogar die junge Dame, die hier beim Gschnas die Jugend gesungen hat, bereit erklärt, einzuspringen. Sie ist talentiert, könnte den Text durchaus bis morgen lernen. Trotzdem würde das auf jeden Fall ein Risiko darstellen, genauso wie die andere Option, ein Rollentausch. Am besten wäre halt, Gisela würde wieder auftauchen.« König sah abgehetzt aus. In seinem Kopf spielten jetzt sicher eine Reihe von Erwägungen Ringelspiel.

Er überlegte kurz, dann bestellte er bei Leopold ein kleines Bier.

»Wann hatten Sie denn das letzte Mal Kontakt zu Frau Roithner?«, wandte sich Juricek erneut an König, als dieser sein Bier vor sich stehen hatte.

»Am Sonntag, bei unserer letzten Vorstellung«, antwortete König. »Seither herrscht Funkstille. Ich bin in der schwachen Hoffnung hierher gekommen, dass man vielleicht etwas im Kaffeehaus gehört hat. Es ist in diesem Fall ein richtiges Glück, dass Sie auch da sind, Herr Oberinspektor. Sie können mir jetzt am ehesten weiterhelfen!«

»Also herzaubern kann ich die Dame definitiv nicht«, bremste Juricek seine Erwartungen. »Wir werden sie auf jeden Fall suchen, das liegt auch in unserem Interesse.«

König ließ den Gerstensaft gierig in seine Kehle rinnen. »Na wenigstens geschieht etwas«, stellte er fest. »Mir fällt ein Stein vom Herzen.«

»Entschuldigen Sie, wenn ich routinemäßig noch ein paar Fragen stelle«, blieb Juricek am Ball. »Ist Ihnen am Sonntag etwas an Frau Roithner aufgefallen? Etwas, das anders war als sonst?«

König schüttelte den letzten Rest seines Bieres ein wenig, ehe er ihn vernichtete. »Nein, es war alles so wie immer«, antwortete er ohne langes Überlegen.

»Glauben Sie, dass ihr Verschwinden etwas mit dem Mord an Rainer Kerschbaumer zu tun hat?«

»Sie war natürlich betroffen. Sie haben ja gehört, dass sie früher eine Beziehung zu ihm hatte. Aber dass sie deswegen plötzlich so einfach verschwindet? Nein!«

»Und die Debatte mit Siegfried Streitenberger am Samstag? Könnte die sie in irgendeiner Weise beeinflusst haben?«

»Siegfried hat sie mit seinen flehentlichen Bitten nervös gemacht. Er setzte sie damit psychisch unter Druck. Aber am Sonntag war ihr nichts anzumerken«, versicherte König.

»Sie ist eine starke Frau, Herr Oberinspektor. Außerdem eine, die sich für das Theater einsetzt bis zum letzten Blutstropfen. Sie war es, die sich spontan bereit erklärt hatte, nach unserer anstrengenden Premiere mit mir hierher ins Café *Heller* zu kommen, um für eine nicht gerade tolle Gage die Mitternachtseinlage beim Gschnas zu machen. Dass es dann mit der Stimme ein wenig haperte und das junge Talent Flora Maurer einsprang, soll diesen Eindruck nicht schmälern. Nein, nein, sie würde uns wegen eines solchen Chaoten nicht im Stich lassen.«

»Die Stimme ist wieder okay?«

»Am Sonntag war es schon viel besser.«

»Sie haben Streitenberger am Samstag nach Hause begleitet«, wechselte Juricek das Thema. »Ist Ihnen dabei etwas aufgefallen? Hat er sich noch einmal bezüglich Frau Roithner geäußert?«

König versuchte sich zu erinnern. »Es war das übliche wirre Gequatsche, teils Selbstmitleid, teils flehentliche Bitten an mich, auf Gisela einzuwirken, sie möge ihn anhören, teils wilde Vorwürfe. Vor ein paar Tagen hat er mich, nachdem ich hier im Kaffeehaus auf ihn gewartet hatte, auf der Straße richtiggehend überfallen und mit ähnlichen Tiraden drangsaliert. Er ist leider unberechenbar, verbal immens aggressiv, aber ich schätze ihn trotzdem nicht unbedingt als gefährlich ein.«

Juricek wiegte den Kopf hin und her. »Nicht unbedingt. Soso!«

»Sie glauben doch nicht, er hat etwas mit dem Mord zu tun? Oder mit Giselas Verschwinden?«, zeigte sich König überrascht.

Juricek ging auf seine Andeutungen nicht ein. »In welchem Verhältnis stehen *Sie* eigentlich zu Frau Roithner?«, wollte er von König wissen.

»In einem sehr, sehr guten kollegialen Verhältnis, Herr

Oberinspektor! Wir unterstützen uns, wo wir nur können. Wir arbeiten schon so lange zusammen, dass wir auch privat einiges voneinander wissen. Was das jetzt allerdings mit Giselas momentaner Unauffindbarkeit zu tun haben soll, ist mir schleierhaft. Wollen Sie mich etwa ins Verhör nehmen? Bitte strapazieren Sie mein angeschlagenes Nervenkostüm nicht mit Fragen, sondern tun Sie endlich etwas!«

»Wir tun auf jeden Fall etwas, darauf können Sie sich verlassen«, versicherte Juricek. »Die Theatervorstellung morgen findet statt? Auch ohne Frau Roithner?«

König wischte sich den Schweiß von der Stirn. »Wenn nicht noch jemand ausfällt, ja. Die Leute haben schließlich bezahlt. Aber es wird eine Zitterpartie. Ich bete jedenfalls, dass Gisela wieder auftaucht. Und zum Beten werde ich genügend Zeit haben, denn mir steht eine schlaflose Nacht bevor«, seufzte er. Noch einmal warf er einen Blick auf sein Bierglas, wunderte sich, dass es schon leer war, zahlte, verabschiedete sich und ging.

»Na so was, jetzt ist die auch weg. Das wird ja immer mysteriöser«, befand Leopold, kaum dass König weg war. »Da bin ich schon gespannt, wie sie das Stück gegebenenfalls ohne Gisela Roithner hinkriegen. Und ich werde es ja selbst erleben.«

»Ach so?«, äußerte Juricek gedankenverloren.

»Ja! Denk dir, Richard, ich habe von Frau Heller zwei Karten für morgen geschenkt bekommen. Also bin ich dort!«

»So ganz ohne Hintergedanken?«

»Ich möchte mir mit meiner Erika einen schönen Abend machen«, antwortete Leopold. »Sie hat sich das verdient, weißt du? Ich komme ja kaum dazu, mit ihr auszugehen, und dann wird sie mir auf alle Mordverdächtigen eifersüchtig, weil sie behauptet, dass ich mich mit ihnen mehr beschäftige als mit ihr. Außerdem habe ich selber einmal bei uns in der

Schule im *Bauer als Millionär* den Neid gespielt. Vielleicht kannst du dich erinnern.«

Juricek wurde ungeduldig. »Komm, lass diese Sentimentalitäten«, ersuchte er seinen Freund. »Sag mir lieber, was du von dem auffallend gleichzeitigen Verschwinden von Streitenberger und Gisela Roithner hältst, bevor ich gehe.«

»Ich habe in dieser ganzen Geschichte immer noch ein großes Problem«, gab Leopold zu. »Egal wohin man die Mordzeit verschiebt, es haben praktisch alle Verdächtigen ein Alibi: Sie waren auf dem Gschnas oder im Theater. Bei sämtlichen kleinen Eventualmöglichkeiten sind die Intervalle so gering, dass sich der Mord praktisch nicht ausgehen konnte, außer bei der Verwirrung, als den Leuten schlecht war ...«

»Vergiss einmal kurz den Mord. Dieses Problem werden wir heute nicht lösen. Du bist in letzter Zeit so schrecklich fixiert. Es geht mir im Augenblick nur um unsere beiden abhanden Gekommenen. Was fällt dir zu ihrem Abgang ein?«

»Wenn sie ihre Koffer gepackt und ihre Konten und Sparbücher leergemacht haben, sind sie schon irgendwo unterwegs in ein neues Leben«, folgerte Leopold.

»Das finden wir schnell heraus! Was aber, wenn nicht?«, setzte Juricek seine Überlegungen fort.

»Dann sieht es so aus, als würde Streitenberger nach Kerschbaumers Tod seine vermeintlichen Ansprüche auf Gisela Roithner geltend machen wollen, wenn nötig mit Gewalt. Er hat sie also entführt und hält sie irgendwo fest.«

»Siehst du? Das ist die wahrscheinlichere Variante und auf jeden Fall die für uns unangenehmere. Dabei wird es nicht so leicht sein, die beiden zu finden. Streitenberger geistert des Nachts oft stundenlang durch den Bezirk. Da wird er, fürchte ich, so manches Versteck kennen.«

Juricek und Leopold sahen einander ernst an. Keiner

sprach es aus, aber beide waren sich im Klaren darüber, was eventuell auf dem Spiel stand: Gisela Roithners Leben.

*

Thomas Korber blickte zufrieden auf die letzten Tage zurück. Er war, das spürte er deutlich, ein anderer Mensch geworden. Er verbrachte jetzt viel Zeit zu Hause. Er verbrachte sie, bis auf das eine oder andere Bier zum Essen, ohne Alkohol. Und an ein Abenteuer mit einer Frau dachte er im Augenblick auch nicht. Wenn Geli spontan bei der Tür hereinkäme und ihn so da sitzen sehen würde, vertieft in ein Buch oder entspannt vor dem Fernsehgerät, sie wäre wohl richtig stolz auf ihn.

Sein Leben hatte wieder eine Ordnung bekommen, und er fragte sich, warum es diese Ordnung nicht schon längst gehabt hatte. Gleichzeitig hatte er Angst, dass er sich nur in einer Art Zwischenstufe befand, einem kurzen Aufflackern seines guten Kerns. Alles konnte sehr schnell wieder vorbei sein. Denn was gab ihm derzeit den nötigen Halt? Noch viel zu wenig die Stimme seines Inneren, viel mehr eine Stimme von außen: Christa Wohlfahrts Stimme.

Diese Frau hatte bereits größeren Einfluss auf ihn, als ihm eigentlich lieb war. Der überwiegende Teil seines Handelns war durch sie bestimmt. Er hatte Gewissensbisse, wenn er etwas falsch machte, und spürte eine große Vorfreude auf ihren nächsten Besuch, wenn er sich an ihre Anleitungen gehalten hatte. Weshalb das so war, konnte er sich nicht erklären. Warum hatte es bei Geli nicht funktioniert? Auch das war ihm schleierhaft. Vielleicht war es der Unterschied zwischen bekannt und unbekannt, war es die Rätselhaftigkeit von Christas Erscheinung, die Tatsache, dass er so gut wie nichts von ihr wusste. Und natürlich bis zu einem gewissen Grad ihre Unnahbarkeit.

Es war schon eigenartig, wie Korber jetzt wieder beinahe sehnsüchtig darauf wartete, dass sie auf einen Sprung bei ihm vorbeischaute und nach dem Rechten sah. Man konnte sich nie sicher sein, ob sie kommen würde oder nicht. Es solle zu keiner Gewohnheit werden, sagte sie immer. Korber reizte das natürlich. So baute sich in ihm eine Abhängigkeit auf, die ihn immer fester im Griff hielt.

Als sein Handy läutete und er sah, dass es Christa war, nahm er das Gespräch gespannt entgegen. »Na, wie schaut es aus? Ich könnte uns beiden einen Toast zum Abendessen machen«, schlug er ihr vor.

»Du musst deinen Toast leider allein essen«, dämpfte Christa seine Erwartungen. »Ich kann nicht jeden Tag zu dir kommen, das wäre gegen meine Prinzipien. Es gibt einen anderen Grund, weshalb ich anrufe. Ich habe zwei Karten für den *Bauer als Millionär* morgen. Da du Deutschlehrer bist und so wie ich einen Teil der Akteure beim Gschnas kennengelernt hast, dachte ich, es könnte dich interessieren. Möchtest du mit mir gehen?«

»Liebend gern«, stieß Korber hervor.

Was auch immer er sonst noch sagen wollte, er kam nicht dazu. »Hol mich ab! Um sieben«, sagte sie noch. Damit war das Gespräch auch schon wieder beendet.

*

Ich weiß nicht, wie ich meine heutigen Eintragungen beginnen soll. Im Moment geht alles durcheinander, und das ist für so ein schwaches, zurückhaltendes Wesen wie mich eine große Herausforderung.

Fangen wir mit etwas an, das schon ein wenig zurückliegt, nämlich, wie ich meinen Vater gefunden und kennengelernt habe. Natürlich war das eine gewisse Hürde, aber Gott sei Dank hat mir meine Mutter eine Kontaktadresse aufgeschrie-

ben. Andreas war dann auch sehr nett und hilfsbereit. Sympathisch war mir mein Erzeuger bei der ersten Begegnung ja nicht gerade: kurz angebunden, direkt ein wenig schroff, abweisend. Er wollte nichts mit mir zu tun haben. Nichts, nachdem er schon meine Mutter im Stich gelassen hatte, und seine einzige Zuwendung aus dem Geld bestand, das er ihr schuldig war. Gut, vielleicht war er überrascht, als ich so plötzlich vor ihm stand. Aber er hätte sich ja denken können, dass ich irgendwann einmal auftauchen würde.

Dabei war das Einzige, was ich zunächst erhofft hatte, ein paar nette und aufbauende Worte: »Flora, ich hab dich lieb, schön, dass du da bist«, oder so ähnlich. Und in seine Arme hätte er mich auch ruhig nehmen können. So habe halt ich ihn in meine Arme genommen, als ich gesehen habe, dass er nichts dergleichen tat und nur ein wenig blöd herumstand. Vielleicht hat er ein Problem, das ihn beschäftigt, dachte ich mir. Aber ich habe auch ein Problem: Ich brauche Geld. Und er hat welches – oder sagen wir besser: hatte.

Ich war also nett zu ihm, sehr nett, netter, als er es sich verdient hat. Bei unserem zweiten Treffen habe ich ihn so auch rumgekriegt. Er hat mir einen Zettel unterschrieben, auf dem er mich als seine Tochter anerkennt, und mir versprochen, mich umgehend in sein Testament aufzunehmen. So richtig abgeschleckt haben wir uns beide dann, so wie man es gar nicht tun sollte zwischen Vater und Tochter. Vielleicht hätte er sogar einmal etwas Unanständiges von mir gewollt, wenn er nicht gestorben wäre. Ein bisschen peinlich war es mir schon, weil uns auch Leute zugeschaut haben. Aber es hat gewirkt. Augen zu und durch, denke ich mir immer. Schlimmer als das Monster bei Frankenstein geht nicht, und Andreas sieht momentan ohnehin so aus.

Ich dachte also, dass ich schon alle schwierigen Hürden gemeistert hätte. Ich hatte noch die Gnade, meinen Vater vor seinem Tod zu sehen. Sein Bild wird mir immer in Erinnerung bleiben. Ich habe mich nicht umsonst auf den Weg gemacht. Ich habe ein Schriftstück, auf dem er zugibt, dass er mein Vater ist. Eigentlich müsste das reichen, damit ich jetzt das Stück von seinem Erbe kriege, das ich mir so erhoffe. Aber da ist jetzt diese komische Alkoholikerin, die alles für sich und ihre Tochter allein haben will. Natürlich ist es traurig, plötzlich den lebenden Beweis dafür vor Augen zu haben, dass sich der Ehemann auch in anderen Betten gewälzt hat als im eigenen. Dann sein plötzlicher Tod, ein Schock, auch wenn man ihn nicht mehr geliebt hat. Das verstehe ich ja noch irgendwie. Aber schön langsam muss Schluss sein! Es ist sicher genug Geld für alle da, und was meins ist, ist meins, und das will ich haben! Sie soll sich bloß nicht mit mir anlegen. Sonst lasse ich mir etwas einfallen, und Andreas wird mir schon dabei helfen.

Jetzt aber endlich zum Positiven: Unter Umständen stehe ich schon bald wieder auf einer Bühne, und zwar auf einer richtigen. Frau Roithner tut mir ja leid, weil sie momentan so krank ist, dass sie nicht spielen kann. Aber für mich ist das jetzt meine große Chance. Ich muss heute noch meine Rolle lernen, gleich wenn ich dieses Büchlein zur Seite gelegt habe. Wenn ich nur nicht so aufgeregt wäre! Ich muss mich konzentrieren, aufpassen, dass mir die Buchstaben nicht vor den Augen verschwimmen, einen klaren Kopf behalten. Dann werde ich es ganz sicher schaffen!

Denn bis jetzt habe ich geschafft, was ich mir vorgenommen habe. Alles wird gut, und das Glück kommt zu mir! Was ich mir allerdings beizeiten überlegen muss, ist, wie ich Andreas wieder loswerde, wenn alles vorüber ist.

KAPITEL 16

Mittwoch, 13. Jänner

Flora Maurer schlief schlecht in der darauffolgenden Nacht. Sie memorierte ihren Text bis lange nach Mitternacht, legte sich dann nieder, ging ihre Rolle im Einschlafen noch einmal durch, knipste das Licht an, verglich einzelne Stellen im Textbuch noch einmal mit dem, was sie sich gemerkt hatte, und legte sich wieder hin. So ging das eine ganze Weile. Sie schwitzte, obwohl es kalt im Zimmer war. Und kaum hatten sich ihre Gedanken so weit vom Theater gelöst, dass es aussah, als könne sie endlich ins Traumland versinken, packte sie eine neue Unruhe. Jetzt spukte ihr die Erbschaft im Kopf herum, musste sie an diese unbeherrschte alkoholkranke Frau denken, die lauthals verkündet hatte, sie werde alles in ihrer Macht Stehende unternehmen, um Flora um ihren Anteil zu bringen.

Das raubte Flora Maurer auch den letzten Schlummer. Sie hatte Andreas Jungwirth zwar auf Rainer Kerschbaumers Testament angesetzt. Er sollte schauen, ob er bei einem Notar fündig wurde. Aber was dabei herauskommen würde, war mehr als fraglich. Sie brauchte Gewissheit. Ob das Testament etwa in Kerschbaumers Wohnung herumlag? Dann konnte Margarete es ja nach Belieben vernichten, sobald sie es entdeckte. Und hatte Rainer es noch geschafft, ihren Namen auf so einem Papier einzusetzen? Oder würde sie um ihren Anspruch noch härter kämpfen müssen, als sie es sich ursprünglich vorgestellt hatte?

All das beschäftigte ihr Gehirn, und sie sah nur einen Ausweg: in Kerschbaumers Wohnung zu gehen, sich dort umzusehen und gleichzeitig, sofern sie es zusammenbrachte – oh, wie viel Kraft sie das kosten würde – Margarete einmal gehörig ihre Meinung zu sagen. Der Entschluss war schnell gefasst, umso mehr, als sie tatsächlich kein Auge mehr zubekam. Immerhin hatte sie das Schreiben Rainer Kerschbaumers bei sich, in dem er bestätigte, dass er ihr Vater war. Also machte sich Flora Maurer früh am Morgen auf den Weg. Dadurch traf sie Margarete Kerschbaumer, die den Vormittag in diversen Gastwirtschaften zu verbringen pflegte, noch zu Hause an. Gabriele hingegen war außer Haus.

»Was wollen Sie?«, empfing Margarete Flora nicht gerade freundlich.

Flora rang wieder einmal nach Worten. Das Reden war nicht so einfach, wenn man jemandem persönlich gegenüberstand. »Es ist wegen gestern«, war alles, was sie hervorbrachte.

»Heute ist bereits heute, und es hat sich nichts geändert.« Mit diesem Satz wollte Margarete Flora schon die Tür vor der Nase zuschlagen, doch diese drückte sie gegen den schwachen Widerstand einfach auf, ging über den Vorraum ins Wohnzimmer und setzte sich dort zum Tisch.

»Es war nicht schön, wie Sie mich gestern einfach abgefertigt haben«, beschwerte Flora sich, nun etwas mutiger. Sie guckte dabei geradeaus und nahm von der ihr schwerfällig nachkommenden Gastgeberin keine Notiz.

»Es war auch nicht schön, wie Sie mich dumm sterben lassen wollten«, konterte Margarete, die einen etwas klareren Kopf als am Vortag zu haben schien. »Daraufhin habe ich Ihnen meine Meinung gesagt. Dem habe ich nichts hinzuzufügen.« Sie nahm ein Glas aus dem Schrank, ging damit zum Tisch, wo bereits die Weinflasche sowie ein weiteres Glas standen, und fragte kaum hörbar: »Trinken Sie auch?«

»Nein«, antwortete Flora entschieden. Sie beutelte es bei dem Gedanken an Alkohol am Morgen richtiggehend.

»Aber ich!« Margarete schenkte sich ein, und das nicht zu knapp. »Ich brauche es den ganzen Tag. Wahrscheinlich bin ich krank, sehr krank sogar. Das interessiert Sie natürlich nicht. Sie schauen weg, zum Fenster hinaus und verabscheuen mich. Sie kommen einfach dahergelaufen, behaupten, dass Sie Rainers Tochter sind, und wollen mir mein Geld wegnehmen.«

Flora Maurer fühlte sich überhaupt nicht wohl. Sie war nicht gern allein mit dieser wunderlichen Frau. Außerdem musste sie sich schon wieder einen großen Anlauf nehmen, um etwas zu sagen. Es verschlug ihr beinahe die Sprache. »Das Geld steht mir zu. Ich bin die Tochter Ihres Mannes. Ich habe auch ein Blatt Papier dabei, das alles beweist«, äußerte sie schließlich.

Margarete Kerschbaumer hatte ihre Stimme inzwischen mit Wein geölt. »Was sagt denn das schon aus, Kindchen?«, bemerkte sie lapidar. »Wissen Sie, wie man zum Alkohol kommt? Wie man Schritt für Schritt eine richtiggehende Liebe zu ihm entwickelt? Wenn woanders keine Liebe mehr ist, dann tut man es. Wenn man weiß, dass man nach Strich und Faden betrogen wird und sich auch noch die Details dazu anhören muss, sobald der Gatte zu Hause ist. Wenn einem das Trinken die Ohren verschließt, sodass man die vielen kleinen Gemeinheiten, mit denen man täglich von ihm bombardiert wird, nicht mehr mitbekommt. Sie haben vielleicht die richtigen Gene und den passenden Zettel, aber Sie haben das alles nicht mitgemacht. Sie haben auch nicht durchstehen müssen, was Gabriele durchgestanden hat. Die letzten Jahre habe ich nur mehr darauf gewartet, dass es passiert, dass ich ihn los bin, dass sich dieses Leben noch einmal lohnt. Und dann kommen Sie und behaupten, Ihnen steht etwas zu? Dass ich nicht lache!«

»Ich werde alles beweisen! Da können Sie gar nichts machen«, kam es überhastet über Flora Maurers Lippen. Sie fürchtete sich auf einmal. Margarete Kerschbaumers Augen blitzten, und mein Gott, was waren das für grausige, ungepflegte lange Fingernägel auf der plötzlich nach vor schießenden Hand.

»Ich kratz dir die Augen aus«, hechelte Margarete.

Gerade noch rechtzeitig wich Flora mit ihrem Gesicht zurück. Dennoch konnte sie nicht verhindern, dass ihr Margaretes Fingernagel die linke Wange aufschlitzte. Die restliche Attacke wehrte sie mit ihren Händen ab. Margarete schlug auf sie ein, einmal, zweimal. Dann erlahmte sie wie immer. Die Kraft wich aus ihrem Körper. Flora stieß sie von sich wie ein lästiges Insekt. Sie sollte weg von ihr, möglichst weit weg. Noch einmal schubste sie Margarete. Die fiel mit dem Hinterkopf genau auf die Kante des Türrahmens, stürzte und blieb reglos liegen.

Jetzt ist sie tot, dachte Flora. Sie schaute auf den Körper am Boden, und es fiel ihr absolut nichts Sinnvolles ein, was sie tun konnte. Da läutete irgendwo ein Handy. Margarete Kerschbaumers Handy. Es lag auf dem Wohnzimmertisch. Ohne zu zögern nahm Flora Maurer es an sich und hob ab.

»Hallo«, piepste sie hinein. »Wer spricht?«

»Wer schon? Günter«, kam es lieblos zurück.

»Welcher Günter?«

Mein Gott, muss die schon in aller Früh besoffen sein, dass sie nicht mehr weiß, wer ich bin, dachte Günter. »Mensch, Günter Sauer. Dein Günter! Der Vater deiner Tochter Gabriele«, sprach er, so deutlich es ging, ins Telefon.

»Ach so! Dann auf Wiedersehen.«

Flora legte triumphierend auf. Das Schicksal war ihr also hold! Diese Gabriele war gar nicht Rainer Kerschbaumers Tochter, sie hatte einen anderen Vater! Und so etwas wollte ihr ihren Anteil am Erbe streitig machen? Da zog sich ja ihr gesamtes Zwerchfell zu einem inneren Lachkrampf zusammen.

Sie brauchte sich bloß den Namen zu merken: Günter Sauer. Mit einer Genugtuung sondergleichen stieg Flora über Margarete Kerschbaumer, die wieder erste Lebenszeichen von sich gab, hinweg und verließ die Wohnung. Die Tür lasse ich offen, damit man sie gleich findet, wenn sie um Hilfe ruft, dachte sie noch.

*

Das Gasthaus *Wildner* lag in einem der ebenerdigen Häuser, von denen es vor allem im östlichen Floridsdorf, auf die Donaustadt zu, noch einige gibt. Sie kennzeichneten früher jene Straßendörfer, die nach der Eingemeindung zu Beginn des 20. Jahrhunderts rasch zu den heutigen Bezirksteilen Leopoldau und Donaufeld zusammenwuchsen und ihren ländlichen Charakter nach und nach gegen das Flair einer Arbeitergegend tauschten. Manchmal stehen sie heute zwischen Gemeindebauten und neuen mehrstöckigen Wohnhäusern schon recht verloren da.

Rund um das *Wildner* war gerade so viel Platz, dass er mit seinem großen alten Wirtshausschild immer noch Aufmerksamkeit erregte. Trat der Neugierige ein, so staunte er für gewöhnlich über die Größe der Räumlichkeiten: zwei Gastzimmer und ein Saal, allesamt schon ein wenig vom Zahn der Zeit angenagt, aber immer noch beeindruckend. Irgendwann in der nahen Zukunft, wenn den alten Wildner die Müdigkeit packte, würde sich die Frage ergeben, ob einer der beiden Söhne den elterlichen Betrieb weiterführen wollte. War dies nicht der Fall, würde das Haus unter Umständen abgerissen und durch ein neues mehrstöckiges ersetzt werden, in dem dann ein Italiener, ein Grieche, ein Inder oder ein Chinese für die Leopoldauer aufkochte.

Noch aber stand das *Wildner* trutzig da. Obwohl es erst Viertel drei Uhr am Nachmittag war, hatte man in den Gasträumen bereits die künstliche Beleuchtung aufgedreht. Leopold rieb sich die Hände. In erster Linie war er zwar gekommen, um ein paar Worte mit dem Lokalbesitzer zu wechseln, aber er hatte auch mächtigen Hunger. Die schwarzen mit Kreide beschriebenen Tafeln draußen verhießen Gutes: Schweinsbraten mit Sauerkraut und Erdäpfelknödel, Cordon Bleu, Zwiebelrostbraten.

Er rief den Kellner zur Bestellung herbei: »Einen Schweinsbraten hätt ich gern und ein Krügel Bier«, schaffte er an.

Der rundliche Kellner schlurfte auf ihn zu, schaute prüfend über den Rand seiner Brille und meinte: »Ein Krügel Bier, der Herr? Gerne! Aber die Schweinderln und Rindviecher haben jetzt bei uns Schonzeit. Es ist zwei Uhr vorbei. Das heißt, unsere Küche hat geschlossen.«

Leopold registrierte nun, dass er sich beinahe allein in der Gaststube befand. Außer ihm saß nur ein älterer Herr mit Falten wie ein Dackel im Gesicht stumm in seiner Ecke und betrachtete den Wein in seinem Glas mit verschränkten Händen so liebevoll, als wolle er ihn mit den Augen trinken. Die Mittagszeit, während der sich die Arbeiter und Leute aus der Nachbarschaft hier den Bauch vollschlugen, war offensichtlich vorüber.

»Warum habt's ihr dann die Tafeln draußen nicht weggeräumt?«, kritisierte Leopold.

»Ich trag lieber Speisen und Getränke durch die Gegend als Tafeln. Am Abend gibt's dann ja wieder was«, gab der Kellner achselzuckend Auskunft und wischte den Nebentisch ab.

»Habt's ihr wenigstens eine Kleinigkeit zu essen? Sie hören ja, wie mein Magen knurrt. Ich hab bis jetzt schwer gearbeitet«, drängte Leopold.

»Unser Koch hat seine Zimmerstunden, und ich bin im Augenblick allein«, entschuldigte sich der Kellner. Dann machte er nach einem Kontrollblick durchs Lokal Leopold dennoch ein Angebot: »Momentan ist nicht viel los. Ein kleines Gulasch könnte ich Ihnen wärmen, wenn es Sie nicht stört, dass ich das sozusagen als ungelernte Kraft mache. Von schonender Erhitzung verstehe ich leider nicht viel, ich schaue nur, dass es mir nicht anbrennt.«

»Dann machen Sie sich an Ihre große Aufgabe, und bringen Sie mir das Gulasch mit zwei Gebäck«, ordnete Leopold ungeduldig an. »Und vergessen Sie mein Krügel nicht!«

Der Kellner verneigte sich kurz und schlurfte dann in Richtung Küche. Auf dem Weg dorthin rief er in einen Gang, den Leopold nicht einsehen konnte: »Herbert, pass mir ein bisserl aufs Lokal auf. Ich geh mir schnell eine Haube verdienen.«

Aus dem Durchgang kam ein Mann um die 60 mit hoher Stirn und einem Bäuchlein, das zeigte, dass er kein Kostverächter war. In seiner rechten Hand hielt er ein halb volles Bierglas. Leopold erkannte ihn sofort. Es war sein spezieller Liebling, der Mann, der immer noch ganz oben auf seiner Liste der Verdächtigen stand: Herbert Salomon. »Ja da schau her! Was machen *Sie* denn hier?«, redete er ihn an.

Salomon lächelte. Er wirkte lockerer als zuletzt daheim in seinem Bett, geradezu heiter. »Dasselbe könnte ich jetzt Sie fragen«, gab er zurück.

»Ich habe heute noch nichts zu Mittag gegessen. Ich habe Hunger«, rechtfertigte Leopold sich.

»Und ich habe Durst, wie Sie sehen!« Salomon prostete Leopold zu und machte mit der Routine des Gewohnheitstrinkers einen großen Schluck.

»Es scheint sich ja um so etwas wie Ihr Stammlokal zu handeln«, vermutete Leopold. »Zumindest sind Sie mit dem Kellner gut bekannt.« Dabei fiel ihm ein, dass Salomon weiter vorne in derselben Straße wohnte. Wahrscheinlich war er auch am Vortag hier zum Mittagessen gewesen, als Leopold seine Wohnung ein wenig durchstöbert hatte.

»Mit dem Heinz Hollmann? Seit einer halben Ewigkeit. In der Tat verbringe ich hier gern einen Teil meiner Freizeit«, schilderte Salomon. »Ich bin ja gleich in der Nähe zu Hause. Und am Nachmittag ist es schön ruhig hier. Heute brauche ich diese Ruhe besonders. Denken Sie sich, was passiert ist: Die Polizei war heute Morgen bei mir, mit einem Durchsuchungsbefehl. Das war äußerst unangenehm. Ich hasse es, wenn man zusehen muss, wie einem die halbe Wohnung umgedreht wird. Letztendlich fragt man sich: Wozu das Ganze? Gefunden haben die guten Leute nämlich nichts.« Wieder lächelte er spitzbübisch. Mit einem weiteren großen Schluck leerte er sein Glas.

Leopold dachte an das Notizbuch und das Indianerkostüm. »Wirklich nichts?«, fragte er.

»Das Kostüm, mit dem ich auf dem Ball war, war das Einzige, was sie entdeckt haben«, räumte Salomon ein. »Vielleicht haben Sie bemerkt, dass ich mich als Indianer unter das Volk gemischt hatte. Daraufhin wollten sie alle möglichen Dinge wissen, ob ich auch Pfeile mitgehabt hätte und ähnlichen Schwachsinn. Und was glauben Sie, was ich denen geantwortet habe? ›Das müssen *Sie* wissen oder herausfinden‘, habe ich gesagt, ›*ich* kann mich nämlich an nichts mehr erinnern. Und wenn Sie mich auch noch so peinlich befragen, es wird Ihnen nichts nützen.‘ Dann sind sie endlich ihrer Wege gegangen. Auf den Schock hin musste ich gleich hierher. Heinz, noch ein Bier bitte!«

Innerlich stieg in Leopold die Wut auf. Der Kerl wollte doch ihn und alle für dumm verkaufen. »Passen Sie nur ja auf«, zischte er in Salomons Richtung. »Wenn Sie einen Fehler machen, haben wir Sie!« Doch der lachte nur in sich hinein.

Wenigstens kam jetzt Heinz mit dem kleinen Gulasch und dem Bier. »Gesegnete Mahlzeit«, wünschte er. »Ein Thermometer habe ich nicht hineingehalten, aber es müsste so passen.«

Nun vergaß Leopold einige Augenblicke alles um sich herum. Das Gulasch duftete herrlich, der Saft war schön sämig, das Fleisch so weich, dass es ein Zahnloser mit der Zunge am Gaumen zerdrücken konnte, und der Geschmack von Paprika, Zwiebeln und Wadschunken hatte sich über die Tage bereits zu einer idealen Kombination vermischt. Selig zerbrach er sein Salzstangerl in mehrere Stücke und tunkte diese in die braune Soße ein. Aufgewärmt schmeckte ein Gulasch eben doch am besten. Schade nur, dass der Teller, kaum hatte man zu essen begonnen, gleich wieder leer war. Leopold trank von seinem Bier, das gerade in Verbindung mit einem Gulasch eine spezielle zartbittere Note entwickelte, wischte sich zufrieden den Mund vom Schaum ab und wurde dann schön langsam wieder Teil dieser Welt.

Heinz und Salomon unterhielten sich derweil an der Schank. Heinz hatte einen großen schwarzen Kalender aufgeschlagen. Offensichtlich ging die Debatte um irgendwelche Termine, die in nächster Zeit auf das Gasthaus *Wildner* zukamen. Leopold hörte etwas von Steakwochen, Schnitzelwochen und einem volkstümlichen Abend. Schließlich klappte Heinz den Kalender wieder zu, ging um die Schank herum und legte ihn in die oberste Lade eines kleinen Sekretärs, der dort stand.

War das die Möglichkeit? Konnte es sein, dass auch ein Kellner in einem ganz gewöhnlichen Gasthaus eine persönliche Lade wie er eine im Café Heller hatte, besaß, in der er einige seiner Habseligkeiten verstauen konnte? Die Antwort kam prompt von Herbert Salomon. »Was schauen Sie denn so?«, wandte er sich an Leopold. »Das hat der Heinz gar nicht gern. Seine Lade ist sein geheimnisumwobenes Reich, zu dem niemand außer ihm Zutritt hat. Wenn Sie Ihre Schnüffeleien dorthin verlagern, hackt er Ihnen die Finger ab.«

Also doch, dachte Leopold. Heinz war ihm zwar nicht unbedingt sympathisch, aber irgendwie schuf dieselbe

Gewohnheit doch ein unsichtbares Band zwischen zwei Menschen. »Der Herbert hat sich wohl ein bisserl brutal ausgedrückt«, entschuldigte sich Heinz indes beim Abservieren. »Die Lade ist halt so etwas wie mein Heiligtum! Ich hoffe, es hat gemundet.«

»Ausgezeichnet«, antwortete Leopold. »Nichts für ungut. Ich habe in dem Kaffeehaus, wo ich arbeite, auch so eine Lade. Ich weiß, wie heikel man auf seine persönlichen Sachen ist. Und jetzt hätte ich noch gern ein paar Worte mit Herrn Wildner gesprochen, wenn das möglich ist.«

Herbert Salomon zog seine Augenbrauen in die Höhe. »Das darf doch wohl nicht wahr sein«, empörte er sich. »Sie kennen wohl überhaupt keine Zurückhaltung. Überall stecken Sie Ihre Nase hinein.«

»Bedenken Sie, dass es nur zu Ihrem Besten ist, wenn ich Licht in eine dunkle Angelegenheit zu bringen versuche«, entgegnete Leopold. »Sie sind nach wie vor ein Hauptverdächtiger im Mordfall Rainer Kerschbaumer. Die Polizei war nicht umsonst bei Ihnen.«

»Niemand kann mir etwas beweisen«, grunzte Salomon.

»Also der Chef ist nicht da«, unterbrach Heinz, der kurz nach Horst Wildner Ausschau gehalten hatte, das kleine Streitgespräch. »Wenn Sie etwas von ihm wollen, müssen Sie später wiederkommen. Oder Sie fragen mich. Vielleicht weiß ich ja was.«

»Und wann kommt Ihr Chef wieder?«

»Wann er will«, grinste Salomon schäbig. »Da haben wir leider keine Ahnung.«

»Er ist ein bisserl unzuverlässig«, ergänzte Heinz.

»Na schön, dann frage ich eben Sie«, beharrte Leopold. »Waren Sie auch auf dem Gschnas im Café *Heller* vorigen Samstag?«

»Haben Sie ihn nicht erkannt? Dann war er ja gut verkleidet«, ätzte Salomon wieder.

Leopold sah sich die Figur des Kellners und seine Gesichtspartie genauer an. Erst schwach, dann immer konkretere Formen annehmend, kehrte seine Erinnerung wieder. Dieser Heinz war auf dem Kostümball gewesen, davon war er mehr und mehr überzeugt. Er stellte sich ihn einmal mit Cowboyhut, Vollbart, langer Nase und ohne Brille vor. Ja, das kam hin! Dazu der unverkennbare schlurfende Gang.

»Sie waren also dort«, sagte er ihm auf den Kopf zu. »Was fällt Ihnen zu dem Scheich ein? Haben Sie bemerkt, dass er das Lokal einmal für einige Zeit verlassen hat?«

»Eines möchte ich klarstellen: Ich war dort, um mich zu unterhalten, nicht, um Leute zu beobachten«, versicherte Heinz. »Und wenn Sie mich in Zusammenhang mit dem Mord an einem unserer Stammgäste bringen wollen, kann ich Ihnen nur sagen, dass das total aus der Luft gegriffen ist. Das gilt übrigens für unsere ganze Partie, ich war ja nicht allein da. Der Einzige, dem Sie so eine schändliche Tat zutrauen dürfen, ist unser Herbert. Aber der wird natürlich alles abstreiten.«

»Ich gebe mich erst geschlagen, wenn Sie mich überführen«, behauptete Herbert Salomon mit erhobenem Zeigefinger.

Leopold gingen die beiden schön langsam auf die Nerven. Noch einmal rief er, so gut es ging, alle Einzelheiten in seinem Gedächtnis ab, die ihm zu dem Cowboy einfielen. Es war nicht viel. Kennzeichnend war am ehesten sein unruhiges einsames Herumschlurfen um die Theke gewesen. Er hatte kaum Kontakte geknüpft und wenn, dann nur zaghaft und kurz, nicht einmal mit dem Indianer. Das erschien Leopold im Nachhinein ziemlich seltsam. Er musste die Sache überdenken. Aber vor allem musste er nach Hause. Am Abend war ja noch die Theatervorstellung. Etwas unzufrieden, weil sich Horst Wildner nicht hatte blicken lassen, aber halbwegs gesättigt zahlte er und trat anschließend den Heimweg an.

Plötzlich hatte er eine Idee: Er musste Richard Juricek dazu bewegen, Näheres über diesen Heinz Hollmann in Erfahrung zu bringen. Etwa, wie sein Vorstrafenregister aussah.

KAPITEL 17

Mittwoch, 13. Jänner abends

Juricek war am Telefon ausnehmend schlecht gelaunt und hielt das Gespräch mit Leopold sehr kurz. Weder Streitenberger noch Gisela Roithner waren bis jetzt wieder aufgetaucht. Die beiden schienen wie vom Erdboden verschluckt. Es gab keine Anrufe, keine Mitteilungen oder Botschaften, einfach nichts. Giselas Wagen stand vor dem Haus, in dem sie wohnte, und bewegte sich nicht von dort weg. Die Polizei suchte fieberhaft, aber ohne Erfolg. Es gab keine Anzeichen, dass sie Wien verlassen hätten. Dennoch waren sie unauffindbar.

Die Aufführung am Mittwochabend musste so aller Voraussicht nach ohne Gisela Roithner stattfinden. Flora Maurer würde sie als Lakrimosa vertreten. Leopold war schon sehr gespannt, wie sich diese junge Frau, die offenbar zwei Gesichter hatte, schlagen würde. Er beneidete weder sie noch Markus König um ihre Aufgabe. Wenn alles gut ging, konnten sich die beiden als Helden feiern lassen. Man durfte aber gar nicht nachdenken, was in diesem Fall alles schief laufen konnte.

Leopold und Erika merkte man an, dass sie schon einige Zeit keine Theatervorstellung mehr besucht hatten. Erika war sich so lange unschlüssig, was sie an diesem Abend anziehen sollte, dass sie mit ihrer Toilette und Garderobe erst in letzter Minute fertig wurde. Leopold wiederum war so in Gedanken über den Mordfall vertieft, dass er nicht nur seine Freundin nicht antrieb, sondern selbst beinahe noch mehr in Verzug kam. Zu guter Letzt gab es ein gehöriges Durcheinander, denn beide standen sich andauernd im Weg. So erreichten sie das Haus der Begegnung so spät, dass sich gerade der Vorhang zum ersten Akt hob, als sie den Saal betraten. Sie huschten zu ihren Sitzplätzen. Leopold stolperte über das Knie einer voluminösen Dame, als sie sich durch die Reihe zwängten. Sie bedachte ihn dafür mit einem unfreundlichen »Na, hamma verschlafen?«

Endlich saßen sie. Auf der Bühne waren zahlreiche Feen und Magier versammelt. Schließlich erschien Flora Maurer in einem glänzenden damastgrünen Kleid mit betrübter Miene als Lakrimosa zu ihrem ersten Auftritt.

»Gut haben sie sie hergerichtet. Man erkennt das Pupperl ja gar nicht wieder«, spendete Leopold der Maske Lob.

»Pssst«, zischte die Dame mit dem Knie.

Das Stück nahm seinen Lauf. Lakrimosa erzählte ihrer Gefolgschaft von ihrem Unglück, dem Fluch der Feenkönigin und der bösen Aktion des Neides, Fortunatus Wurzel mit Reichtum zu überschütten. Flora Maurer trug ihren Text präzise vor. Ein wenig steif wirkte sie schon, aber das passte zu ihrer Rolle, und nur die unruhig flackernden Augen verrieten ihre Nervosität. Den ersten Teil ihrer Darbietung brachte sie jedenfalls gut hinter sich. Nun wechselte die Szene vom Feenreich hinunter auf die Erde. Es folgten die Auftritte von Lottchen, der Tochter Lakrimosas und nunmehrigen Ziehtochter Wurzels, dem armen Fischer Karl, den sie ja ehelichen musste, um den Fluch zu brechen, Fortunatus Wurzel und seinem Diener Lorenz. Die Angelegenheit entwickelte sich dank der straffen Regie von Markus König, der auch eine bewundernswerte körperliche Fitness und Bühnenpräsenz bot, recht flott. Rasch steuerte das Stück auf seinen Höhepunkt, das Duett Wurzels mit der ihn verlassenden Jugend, zu. Im Unterschied zur Einlage im Café *Heller* verkörperte diesmal allerdings Traudl Mader die Jugend.

»Das hat die Flora Maurer im Kaffeehaus besser gemacht«, raunte Erika Haller Leopold extra leise zu, damit sich die

Dame mit dem Knie nicht wieder aufregte. Leopold schenkte jetzt aber weder ihr noch dem Stück die gebührende Aufmerksamkeit. Er saß einfach da und schaute auf seine Uhr. »Was hast du denn?«, wurde Erika daraufhin lauter. »Gefällt es dir etwa nicht? Wartest du schon auf die Pause?«

»Im Gegenteil, es gefällt mir sogar sehr gut. Der erste Teil ist halt ein bisserl lang, da weiß ich schon nicht mehr, wie ich sitzen soll«, entschuldigte Leopold sich. »Allerdings geht es produktionstechnisch kaum anders, weil die Geschichte mit Jugend und Alter noch in den ersten Teil hinein muss. Und die dauert eben. Dann kommt auch noch der Neid. Ich glaube, ich habe dir schon gesagt, dass ich den einmal gespielt habe.«

»Ja, das hast du schon oft gesagt«, entgegnete Erika sarkastisch.

»Jetzt seien Sie doch endlich still«, regte sich die Dame mit dem Knie wieder auf.

Leopold aber schaute noch einmal auf die Uhr und konzentrierte sich dann wieder auf das Stück. Erinnerungen stiegen in ihm hoch, als der Neid nun tatsächlich die Bühne betrat, und ein seliges Lächeln bemächtigte sich seiner. Kurz danach fiel der Vorhang. Sowohl die Schauspieler als auch die Zuschauer gingen in die wohlverdiente Pause.

*

Ein unterdrückter Ausruf hier und dort: »Das gibt's doch nicht!«

Als Leopold gerade ein Glas Sekt für sich und Erika Haller holen wollte, sah er Thomas Korber, der offenbar dieselbe Absicht für sich und Christa Wohlfahrt hatte. Und Thomas Korber sah ihn. Die beiden Männer hielten wie vom Blitz getroffen in ihrer Bewegung inne. Ihre Begleiterinnen hingegen bewahrten den Überblick über die Situation.

»Du gehst jetzt hin und entschuldigst dich«, schärfte Christa Korber ein. »Du hast ihn ungerecht behandelt, um mir zu imponieren. Er hat sich das nicht verdient.«

»Du kennst ihn nicht so, wie ich ihn kenne«, stemmte sich Korber dagegen. »Er hat's faustdick hinter den Ohren.«

»Haben wir das nicht schon einmal besprochen?«, erinnerte Christa ihn. Dieser sanfte Hinweis genügte offenbar, um Korber zu überzeugen.

»Du wirst ihn begrüßen, als ob nichts gewesen wäre«, redete Erika Haller derweil auf Leopold ein.

»Sicher nicht«, sträubte Leopold sich. »Nach allem, was er mir angetan hat, nach diesen völlig aus der Luft gegriffenen Anschuldigungen. Da glaubt man jahrelang, man hat einen Freund, und dann muss man sich solche Gemeinheiten anhören.«

»Du wirst ihn begrüßen«, wiederholte Erika nur.

Beide Männer nahmen daraufhin ihren Gang zum Buffet wieder auf, schritten vorsichtig aufeinander zu, und als sie sich schließlich gegenüber standen, sagte Korber leise: »Servus!«

»Servus«, grüßte Leopold ebenso zaghaft zurück. »Ein schönes Stück, nicht wahr?«

»Eines meiner Lieblingsstücke. Und ausgesprochen professionell gespielt.«

»Jaja, sehr schön!«

»Man muss froh sein, dass man so etwas auch in Floridsdorf zu sehen bekommt!«

Höflichkeit schön und gut, aber jetzt riss Leopold der Geduldsfaden. »Sag einmal, warum kommst du denn überhaupt nicht mehr ins Kaffeehaus?«, ging er Korber jetzt frontal an.

»Gib mir noch ein bisschen Zeit, dann erzähle ich dir alles«, bat Korber. »Und bei dir ist alles in Ordnung?«

»Ich kann nicht klagen. Ist das jetzt deine neue Freundin?« Dabei deutete Leopold auf Christa.

»Eine gute Freundin, aber nicht mehr. Sie hilft mir, ein wenig zurechtzukommen, nachdem Geli …«

Korber wurde durch Erika Haller und Christa Wohlfahrt unterbrochen, die herbeigekommen waren, um sich ihren Sekt abzuholen. Korber stellte seine Begleiterin vor, anschließend plauderte man noch ein bisschen über das Stück.

»Ein Pech, dass die eine Schauspielerin krank ist«, bemerkte Christa Wohlfahrt. »Dann hat sie sich beim Gschnas also doch nicht geziert. Schade! Ich hätte sie heute gern gesehen.«

Leopold überlegte, ob er etwas sagen sollte, dann rückte er doch mit der Wahrheit heraus. »Sie ist wahrscheinlich gar nicht krank«, schilderte er. »Sie ist verschwunden. Und außer Gisela Roithner ist auch noch ihr heimlicher Verehrer Siegfried Streitenberger untergetaucht, den ihr am Samstag als Hohes Alter erlebt habt. Die beiden sind nirgends zu finden. Die Polizei vermutet sogar, dass Streitenberger sie entführt hat.«

»Sag lieber, *du* vermutest es«, korrigierte Korber seinen Freund. »Wahrscheinlich bist du auch deswegen hier. Du dachtest, du würdest etwas Neues erfahren. Und jetzt sitzt du wie auf Nadeln, weil du schon wieder gern wüsstest, was es draußen Neues gibt.«

»Das ist nur teilweise richtig«, stellte Leopold mit einem Seitenblick auf Erika klar. »In erster Linie möchten wir uns natürlich das Stück anschauen. Aber man weiß halt nicht, in welcher Lage sich Gisela Roithner befindet. Unter Umständen kann es gefährlich für sie sein.«

»Wirklich?«, fragte Christa Wohlfahrt zögernd. Da läutete die Glocke bereits zum dritten Mal, und so hieß es, sich wieder auf die Plätze zu begeben. Vorher vereinbarte man noch, sich nach Ende des Stückes bei der Garderobe zu treffen.

*

Der Bauer als Millionär zählt zu jenen für Regisseure undankbaren Stücken, die sich nach einem vielleicht zu frühen Höhepunkt im ständigen Sinkflug befinden. Es ist nicht leicht, die Spannung nach der Pause aufrecht zu erhalten, obwohl sich noch einiges tut: Der Fischer Karl kegelt mit den Geistern um einen Ring für sein Lottchen und ums eigene Leben, der nunmehr arm gewordene Wurzel singt das *Aschenlied* und muss bekehrt werden, und schließlich sorgt die Zufriedenheit für einen glücklichen Ausgang.

Leopold schien das alles kaum mehr zu interessieren. Gelangweilt und durch das lange Sitzen schon ein wenig verbogen wartete er auf das Ende. Nur einmal, als der Liebesgott Amor über die Bühne hopste, erwachte er wieder aus seiner Lethargie. »Wie im Kaffeehaus und doch ganz anders«, registrierte er kopfschüttelnd. Es war ein kleiner Amor in einem sehr sparsamen Kostüm, das nur aus einem Fellschurz und Sandalen bestand. Er verteilte die Liebespfeile an Karl und Lotte und verschwand dann wieder.

Schließlich kam die Schlussszene, wo sich alles zum Guten fügt: Flora Maurer erschien noch einmal als Lakrimosa auf der Bühne und erteilte Wurzel den Segen. Sie hatte ihre Feuerprobe bestanden. Markus König setzte in seiner Inszenierung noch einiges an Turbulenz und Action ein, um einen nicht allzu kitschigen Eindruck entstehen zu lassen. Er und seine Truppe wurden mit viel Applaus und zahlreichen Bravorufen für Einsatz und Dynamik belohnt.

Leopold und Erika stießen draußen bei der Garderobe wieder auf Thomas Korber und Christa Wohlfahrt. »Wir könnten noch auf ein kleines Getränk gehen«, schlug Korber vor. »Wirklich nur ganz kurz, denn morgen muss ja jeder von uns wieder in die Arbeit.«

Christa Wohlfahrt zögerte. »Ich weiß nicht … Ich möchte Herrn Leopold zuerst eine Mitteilung machen«, druckste sie herum.

Sofort war Leopold die Aufmerksamkeit in Person. Diese Frau war ihm auf Anhieb sympathisch. »Welche Mitteilung, Gnädigste?«, säuselte er erwartungsvoll.

»Ich kenne Siegfried Streitenberger von früher«, seufzte Christa. »Er war … nun, sagen wir einmal, ich bin ihm beruflich begegnet. Ein schwieriger Zeitgenosse, wie Sie sicherlich auch schon bemerkt haben. Egoistisch und unberechenbar. Fühlt sich von der Welt betrogen und nimmt sich deshalb, was er kriegen kann, ohne Rücksicht auf Verluste. Deshalb könnte Gisela Roithner tatsächlich in Gefahr sein, wenn er glaubt, er hat ein Recht auf sie. Und darum wollte ich Ihnen sagen: Sollte er wirklich mit ihr untergetaucht sein, und die Polizei hat ihn noch nicht gefunden, weiß ich vielleicht, wo sein Versteck ist.«

»Was?« Leopold konnte einen Ausruf des Staunens nicht unterdrücken.

»Ich kenne nicht alle seine Rituale und Wege, aber wenn er sich nicht sehr geändert hat, schaut er immer noch ab und zu bei ›seinem‹ kleinen Gartenhaus vorbei.«

»Wenn es ihm gehört, hat die Polizei dort sicher schon gesucht«, schüttelte Leopold enttäuscht den Kopf.

»Es gehört ihm ja nicht wirklich«, klärte Christa ihn auf. »Sondern dem Ermordeten, Rainer Kerschbaumer. Die beiden waren einmal Freunde. Sie haben dort an Rezepten für diverse Schönheitscremes getüftelt, als sie noch um einiges jünger waren. Später haben sie sich zerstritten. Aber das Haus gibt es noch, und Streitenberger müsste auch noch einen Schlüssel dazu haben. Kerschbaumer hat es vor allem im Sommer genutzt, wenn er seine Ruhe haben wollte. Im Winter steht es leer. Kerschbaumer dürfte es Streitenberger für diese Zeit stillschweigend überlassen haben. Siegfried betrachtet es nunmehr als ›sein‹ Haus, und in vielen ruhelosen Nächten zieht es ihn immer wieder dorthin. Es ist zwar kalt und ungemütlich dort, aber das stört ihn nicht. Er mag das sogar. Sobald es wieder schöner wird, streift er wieder woanders herum, und wenn es ihm gefällt, schläft er unter freiem Himmel.«

Leopold wollte gar nicht wissen, weshalb Christa Wohlfahrt so gut über Streitenberger Bescheid wusste. »Wo ist das Haus?«, bedrängte er sie nur.

»In der Kleingartenanlage gegenüber dem Wasserpark«, antwortete Christa. »Garantieren kann ich natürlich für nichts.«

»Sie würden das Haus finden?«

»Mein Gott, ja! Ich denke, ich war sogar selbst einmal mit ihm dort und habe versucht, ihn zu bekehren. Aber ich bin kläglich gescheitert.«

»Dann, liebe Erika, vertraue ich dich meinem lieben Freund Thomas Korber an«, wandte sich Leopold an seine Lebensgefährtin, deren Gesichtsausdruck sich schon längst in düsterer Vorahnung verfinstert hatte. »Ihr beide könnt ja noch bei einem Getränk über das Stück plaudern. Ich muss mich jetzt aber schleunigst um die Causa Streitenberger kümmern. Unter Umständen geht es um ein Menschenleben.«

Erika Haller wollte etwas sagen, ließ es aber dann doch bleiben. Thomas Korber warf einen Hilfe suchenden Blick in Richtung Christa Wohlfahrt. »Ich muss da jetzt mit«, erklärte sie ihm achselzuckend. »Und du solltest die Dame nicht allein lassen, das gehört sich nicht. Schön langsam sollte ich mich ja auf dich verlassen können.« Dabei zwinkerte sie ihm aufmunternd zu.

»Wir haben keine Zeit zu verlieren«, drängte Leopold. Dann nahm er sein Mobiltelefon heraus und wählte die Nummer von Oberinspektor Juricek.

KAPITEL 18

Juricek, Bollek, Frau Inspektor Dichtl und ein weiterer Polizeibeamter sowie Leopold und Christa Wohlfahrt bewegten sich auf das von Christa angezeigte Gartenhaus zu – eine kleine Bleibe unter unzähligen. Es war älter und ein wenig bescheidener als die anderen rundum, noch eher ein Häuschen denn ein Haus, so wie das früher einmal gedacht gewesen war, ehe sich immer mehr Menschen mit dem Maßband und gefinkelten Architekten der gerade noch erlaubten Größe angenähert und ihr Kleingartenhaus als Zweitwohnsitz eingerichtet hatten. Ursprünglich sollte es ja ein Ort sein, den man aufsuchte, um in der schönen Jahreszeit an der frischen Luft zu sein, kleine Arbeiten in der Natur zu verrichten und den Tag bei einer anständigen Jause und einem guten Glas Wein abends im Freien ausklingen zu lassen – ein Zufluchtsort aus der Hektik des Alltags. Nun war halt alles ein bisschen anders.

Bollek blickte auf das Häuschen mitsamt dem frostigen Grundstück herum. »Sieht nicht so aus, als ob da wer drin ist«, bemerkte er. »Alles dicht! Die Läden sind zu.«

»Wenn sich jemand hier versteckt, wird er keine Festbeleuchtung aufdrehen«, grummelte Leopold.

»Sie …« Kurz schien es, als würde Bollek in einen jener Wutausbrüche verfallen, für die er früher bekannt war. Er beherrschte sich aber in letzter Minute.

»Seid einmal alle ganz ruhig«, ordnete Juricek an. Für einige Augenblicke nahm man nur den eiskalten Wind und das beständige Motorengeräusch der Autos von der Donauuferautobahn her wahr. »Hört ihr das auch?«, fragte er flüsternd.

Schwach, ganz schwach, drang etwas an ihre Ohren. Es war das Geräusch von Stimmen, dazwischen Töne, die nach Musik klangen. Offenbar ein Fernsehgerät, gerade noch an der Grenze zur Wahrnehmbarkeit eingeschaltet. »Da ist *doch* wer«, registrierte Bollek.

Juricek läutete an der Gartentür. Keine Antwort. Er läutete noch einmal. »Ich weiß, es ist spät«, rief er. »Wir müssen Sie trotzdem bitten, uns zu öffnen. Hier ist die Polizei.«

Wenn man sich anstrengte, konnte man jetzt ein ersticktes Geräusch aus dem Inneren des Hauses vernehmen. »Los«, befahl Juricek, gleichzeitig die schon altersschwache Gartentür aufdrückend. Vor dem Haus angekommen, warnte er abermals: »Bitte öffnen Sie, sonst kommen wir mit Gewalt hinein!«

Nun kamen von innen dumpfe Geräusche, so als ob jemand gegen die Tür trat.

»Streitenberger, sind Sie da drin?«, fragte Juricek zögernd.

Als Antwort nahmen die Tritte einen Rhythmus an: dreimal kurz, dreimal lang, dann wieder dreimal kurz. Das SOS-Zeichen.

»Wir müssen rein«, konstatierte Juricek. »Aber Vorsicht, wer weiß, was uns erwartet. Cseh, schauen Sie, dass Sie die Tür aufbekommen. Wir geben Ihnen Rückendeckung!«

Der kräftige Beamte nahm einen Anlauf. Die Tür gab gleich beim ersten Mal nach. Dann standen sie in einem kleinen Raum, der gespenstisch vom Flimmern eines Fernsehers beleuchtet wurde. Daneben surrte leise ein elektrisches Heizgerät. Neben der Tür stand schluchzend Gisela Roithner. Außer ihr schien niemand da zu sein. Ihr Mund war mit einem dicken Klebeband verschlossen, die Hände waren am Rücken gefesselt. Sonst war sie vollkommen nackt.

*

Man hatte Gisela Roithner ihre Fesseln abgenommen, das Klebeband entfernt und sie notdürftig in eine Decke gehüllt, die man aus dem Polizeiwagen geholt hatte. »Siegfried ist unterwegs. Ich weiß nicht, wann er zurückkommt«, erklärte sie. »Er streift nachts stundenlang durch die Kälte. Das ist sein unruhiger Geist. Mich hat er in der Zwischenzeit hier eingesperrt. Mein Gewand hat er mir weggenommen, damit ich mich nicht hinauswage, selbst wenn ich mich befreien sollte. Nicht einmal eine Decke hat er mir herinnen gelassen. Nur meine Füße hat er nicht gefesselt, damit ich wenigstens aufs Klo gehen konnte. Er ist wie ein Vieh!« Sie begann wieder zu weinen.

»Entschuldigen Sie die Frage, Sie können sie auch später beantworten: Hat er Sie vergewaltigt?«, tastete Juricek sich weiter vor.

Gisela nickte. »Einmal, wenn Sie so wollen. Ich habe mich ihm mehr oder minder hingegeben. Dadurch wurde unser Zusammensein zumindest ein bisschen erträglicher. Ich bekam ihn ein wenig unter Kontrolle.«

»Und wie kam es überhaupt zu Ihrer Entführung?«

»Er hat vorgetäuscht, dass er sich mit mir aussprechen wollte«, antwortete Gisela. »Er meinte, jetzt, nach Rainers Tod, müsse er doch wieder eine Chance bei mir haben. Ich willigte in der Hoffnung ein, dass ich Siegfried nach diesem Gespräch wieder los sein würde. Am Montag führte er mich hierher. Ich dachte mir dabei nicht viel, es war ja noch nicht spät, und wir gingen nicht ans Ende der Welt. Sobald wir hier waren, betäubte mich Siegfried mit einem Tuch, das er mir auf Mund und Nase presste. Als ich wieder aufwachte, war ich nackt. Wenn ich schreien würde, würde mich erstens keiner hören, und zweitens müsse er mir dann die ganze Zeit den Mund zukleben, schärfte er mir ein. Ich fragte ihn, was das Ganze denn solle. Daraufhin teilte er mir mit, er würde mich so lange hier behalten, bis ich ihm meine Liebe gestehen und für immer an seiner Seite bleiben würde.«

»Er hätte Sie nur schwerlich wieder freilassen können«, gab Juricek zu bedenken. »Das wäre für ihn viel zu gefährlich gewesen. Waren Sie sich dessen bewusst?«

Gisela schluchzte leise in sich hinein. »Natürlich hatte ich Angst. Er war allerdings davon überzeugt, dass ich mich früher oder später für ihn entscheiden würde. Das war mein Hoffnungsschimmer: dass die Grenzen zwischen Realität und Fantasie bei ihm verschwimmen. Dass er mir vertraut und seinen Argwohn ablegt. Ich war sicher bereits auf einem guten Weg, ihn dorthin zu bringen. Und das Wunder einer Befreiung habe ich selbstverständlich auch herbeigesehnt.«

»Sie hatten genug zu essen und zu trinken?«

Gisela Roithner nickte. »Er muss alles im Vorhinein geplant haben. Der Kühlschrank war voll, und in dem kleinen Abstellraum stehen genügend Getränke. Der kleine Ofen hielt das Zimmer leidlich warm. Ich hatte auch eine Decke, nur wenn er fortging, nahm er sie mir weg. Und abends ist er immer lang fort. Die Fensterbalken sind alle verriegelt, damit man das Licht von draußen nicht sieht, und die starken Leuchtbirnen hat er herausgeschraubt. Ich frage mich, wozu. Im Winter ist ohnehin kein Mensch hier.«

»Hat er irgendetwas bezüglich des Mordes an Rainer Kerschbaumer erwähnt?«, wollte Juricek wissen.

»Nur, dass ich jetzt, wo Rainer tot sei, keine Ausrede mehr hätte. Ich gehöre nun ihm und niemand anders.«

Juriceks Mobiltelefon läutete. Er hob ab, lauschte kurz, dann gab er knappe Anweisungen: »Licht aus, er kommt. Den Ursprungszustand so gut es geht wieder herstellen. Leopold und Frau Wohlfahrt aus dem Weg, verschwindet nach hinten in Richtung Dusche und WC. Frau Roithner, Sie setzen sich bitte wieder ohne Decke vor den Fernseher und tun so, als ob Sie gefesselt wären. Bollek, Cseh auf die andere Seite der Tür, Dichtl, Sie bleiben bei mir. Sobald er herinnen ist, Zugriff. Ist er bewaffnet?«

»Ich weiß nicht«, flüsterte Gisela. »Gesehen habe ich nichts. Er hat immer nur gedroht. Und wahrscheinlich hätte er keine Waffe gebraucht, er ist ja viel stärker als ich.«

»Wir müssen auf jeden Fall schnell sein«, ordnete Juricek an.

Einige Augenblicke vergingen, die sich jetzt, wo alle ihre Positionen eingenommen hatten und bereit waren, wie eine Ewigkeit anfühlten. Dann hörte man das Knirschen von Schuhen auf dem frostigen Boden. Die Tür öffnete sich langsam, vorsichtig, knarrend. Streitenberger merkte offenbar sofort, was los war. Er drehte sich um und wollte gleich wieder hinaus, doch da stand schon Bollek und zischte: »Hände hoch und keine Bewegung!«

Juricek richtete seine Waffe ebenfalls auf Streitenberger. »Sie werden uns das hier alles erklären müssen«, teilte er ihm mit. »Und versuchen Sie bitte nicht zu fliehen. Das Gelände ist umstellt.«

Gisela Roithner hockte zusammengekauert im Lehnstuhl und schaute weg, als ob sie das alles nichts anginge. »Gisi«, rief Streitenberger ihr zu. »Dreh dich nicht weg von mir! Sag mir, dass du mich liebst!«

Gisela zeigte keine Reaktion. Daraufhin hatte Streitenberger Mühe, sich unter Kontrolle zu halten. »Herrgott, ist denn das so schwer?«, brüllte er. »Sag mir, dass du mich liebst, sonst schlage ich alles kurz und klein!«

Bollek drückte ihm seine Waffe unsanft in den Rücken. »Lassen Sie ihn«, sagte Gisela tonlos, den Blick nun auf ihren Peiniger gerichtet. »Ich liebe dich, Siegfried.«

Sofort beruhigte sich Streitenberger wieder. »Das wollte ich hören«, stellte er zufrieden fest. »Sie können jetzt mit mir machen, was Sie wollen, meine Herren. Sie brauchen Ihre Schießeisen nicht mehr, ich gehe freiwillig mit. Jedenfalls bin ich gespannt, was Sie mit mir tun. Denn viel Grund, mich festzunehmen, haben Sie eigentlich nicht!«

*

»Siegfried Streitenberger war sicher mein hoffnungslosester Fall«, schilderte Christa Wohlfahrt Leopold, während er sie auf dem kurzen Weg von der Kleingartenanlage zu ihrer Wohnung begleitete. Sie hatte ihn mittlerweile über ihren Beruf und die darüber hinaus gehende Tätigkeit als »gütige Fee« informiert.

»Und wie hoffnungslos ist mein Freund Thomas?«, wollte Leopold wissen.

»Er schlägt sich ganz wacker«, zeigte Christa sich zufrieden. »Aber er ist noch nicht ganz über den Berg. Ein Rückfall könnte sich schlimm für ihn auswirken. Er hat etwas provoziert, das er offensichtlich nicht mehr rückgängig machen kann, dadurch bekommt er immer wieder Schuldgefühle. Und die würde er am liebsten im Alkohol ertränken. Das darf man nicht zulassen.«

»Meine Worte«, pflichtete Leopold ihr bei. »Was glauben Sie, was ich in dieser Hinsicht schon alles versucht habe. Und dann kommt er und behauptet, ich hätte ihn zum Trinken animiert. Und Sie geben ihm noch recht!«

»Ich hielt es damals aufgrund seines labilen Zustands für besser. Ich konnte ja nicht ahnen, dass es so ausarten würde. Sie sind doch hoffentlich nicht mehr böse aufeinander?«

»Nein«, winkte Leopold ab. »Sagen Sie mir lieber schnell noch eines: Halten Sie Streitenberger für einen Mörder?«

»Was soll diese Frage?«, reagierte Christa Wohlfahrt ein wenig irritiert. »Sie erwarten hoffentlich nicht von mir, dass ich hier eine Ferndiagnose über einen Menschen abgebe. Das wäre doch äußerst bedenklich, so einfach zu behaupten: Ja, der könnte jemanden umgebracht haben. Ich habe keine

Beweise, also bleibe ich schön ruhig. Ich habe Siegfried eine Zeit lang betreut, aber es hat nichts geholfen. Mehr werden Sie von mir nicht erfahren. Ihnen erscheint es wohl ganz normal, Leute zu taxieren und in Gruppen einzuteilen, so wie etwa: möglicher Täter, wahrscheinlicher Täter, sicherer Täter.«

Leopold bereute sofort, die Frage gestellt zu haben. Bei dieser Frau musste man auf der Hut sein. Sie konnte einen schon bei ganz einfachen Gesprächssituationen in Verlegenheit bringen. »Ich überlege nur hin und her«, schränkte er entschuldigend ein. »Für die Polizei ist Streitenberger nun sicher der Hauptverdächtige. Meine eigene Haltung dazu ist mir allerdings höchst unklar. Deshalb bin ich für jeden Hinweis dankbar. Dieser Fall ist nämlich einigermaßen verwirrend. Jedes Mal, wenn ich glaube, eine Spur führt mich eindeutig zum Täter hin, kommt sofort wieder eine Entwicklung, die alles infrage stellt.«

»Müssen Sie sich eigentlich immer in Kriminalfälle einmischen?«, wollte Christa wissen. »Ist das chronisch?«

»Müssen *Sie* eigentlich mit Ihren Bekehrungsversuchen im Leben anderer Menschen auftauchen?«, ging Leopold nun zu einem kleinen Gegenangriff über.

»Natürlich nicht. Eigentlich haben Sie recht! Wir haben beide unsere kleinen Passionen und sollten nicht darüber streiten. Noch dazu, wo wir, wie ich glaube, ganz gut in unserer Performance sind. Gehen wir also friedlich auseinander. Hier bin ich zu Hause. Danke, dass Sie mich begleitet haben, es war nett, mit Ihnen zu plaudern.«

Sie verabschiedeten sich voneinander. Anschließend stapfte Leopold weiter zu seinem Auto und fuhr zu Erika Hallers Wohnung in die Taborstraße. Alles war finster. Erika schlief natürlich schon tief und fest.

Sein Magen knurrte. Ihm wurde bewusst, dass er an diesem Abend praktisch nichts gegessen hatte. Er musste noch etwas zu sich nehmen. So ging er zum Kühlschrank, um sich etwas zur nachmitternächtlichen Stärkung herauszunehmen. Da bemerkte er einen Zettel auf dem Küchentisch: »Schinken, Butter und zwei hartgekochte Eier sind im Kühlschrank, Brot ist auch noch da. Sei bitte leise, damit du mich nicht aufweckst. Übrigens glaube ich, es ist sinnvoller, mich dir erst wieder zu widmen, wenn dieser Mord aufgeklärt ist. Erika.«

Da hatte Leopold den Salat. Seine Freundin war offenbar doch um einiges verstimmter, als er angenommen hatte. Ihm war klar, dass er jetzt rasch handeln musste, um seine Beziehung nicht weiter zu gefährden.

KAPITEL 19

Donnerstag, 14. Jänner

Leopold verbrachte eine unruhige Nacht. Nicht nur, dass ihm Erikas Nachricht einiges Kopfzerbrechen bereitete, dachte er auch immer wieder über die vielen kleinen Einzelheiten im Mordfall Rainer Kerschbaumer nach. Es war zum Verrücktwerden. Wie er schon Christa Wohlfahrt gegenüber angedeutet hatte, gab es, sobald man glaubte, eine logische Kette von Indizien zu haben, etwas, das nicht dazu passte. Darüber hinaus war er über die neueste Entwicklung, sprich die Befragung Streitenbergers, noch gar nicht unterrichtet. Das machte ihn zusätzlich nervös.

Sicher war für ihn nur eines: Es war höchste Zeit, entsprechende Aktivitäten zu setzen, wenn er prüfen wollte, ob sich seine Vermutungen bewahrheiteten. Deshalb entwarf er einen Plan. Nach einem wortkargen Frühstück mit Erika führte er einige Telefongespräche. Dann begab er sich zu Richard Juricek aufs Kommissariat.

»Dachte ich es mir doch, dass Sie kommen«, empfing ihn Bollek mit seinem gewohnten Charme. »Ich bin es mittlerweile ja gewohnt, dass Sie uns ins Handwerk pfuschen, wo immer Sie können, Herr Hofer!«

»Ich hoffe, Sie haben nichts dagegen, dass ich eine kurze Unterredung mit Oberinspektor Juricek führe. Außerdem kommen gleich zwei Zeugen, die eine wichtige Aussage machen werden«, informierte Leopold den Inspektor, ohne ihm allzu viel Beachtung zu schenken.

»Sie werden es nicht glauben, aber ich habe in der Tat nichts dagegen. Immerhin habe ich von meinem Kollegen

Cseh zwei Flaschen Bier gewonnen. Ich habe mit ihm gewettet, dass Sie heute noch am Vormittag hier aufkreuzen werden.« Bollek deutete in die Richtung von Juriceks Zimmer. »Ich denke, Sie können rein.«

Juriceks Laune hatte sich kaum gebessert, obwohl man Streitenberger und Frau Roithner ja gefunden hatte. »Servus«, grüßte er den eintretenden Leopold. »Was gibt's? Ich habe nicht viel Zeit.«

»Du wirst dir ein bisschen Zeit nehmen müssen«, entgegnete Leopold. »Ich habe Neuigkeiten. Aber sag mir bitte zuerst, ob ihr Streitenberger schon überführt habt. Hat er gestanden?«

Juriceks Gesicht legte sich in Falten. Seine Augen waren leicht gerötet. Er sah müde aus. »Witzbold! Wenn wir ihn überführt hätten, bräuchte ich deine Neuigkeiten nicht mehr«, seufzte er und trank von einem Kaffee, der so aussah, als würde er schon geraume Zeit neben ihm stehen. »Gestanden hat er natürlich auch nichts. Das Einzige, was er zugibt, ist, Gisela Roithner in dem Gartenhaus festgehalten zu haben. Allerdings sei sie freiwillig mit ihm gegangen, und er habe gestern nur überreagiert, weil sie in die Vorstellung wollte, um ihre Rolle zu spielen. Da habe er Angst bekommen, dass sie ihn wieder verlassen würde. Und Frau Roithner hat in ihrer Aussage plötzlich betont, dass Streitenberger sie im Allgemeinen gut behandelt habe. Er habe aus ›verzweifelter Liebe‹ agiert. Wahrscheinlich fürchtet sie sich im Unterbewusstsein immer noch vor ihm. Jedenfalls hilft uns das alles überhaupt nicht weiter.«

»Immerhin hättest du ein überzeugendes Motiv: Streitenberger brachte Kerschbaumer um, um an Gisela Roithner heranzukommen.«

»Was den Mord an Kerschbaumer betrifft, streitet er alles ab. Er gesteht nur ein, als Scheich verkleidet auf das Gschnas gekommen zu sein, aber das ist zunächst ja kein Verbrechen.

Nach einem Anwalt hat er auch verlangt. Wenn uns die Roithner weiter umfällt und das Ganze herunterspielt, kann es sogar sein, dass wir ihn wieder auf freien Fuß setzen müssen.«

»Und warum kam Streitenberger als Scheich, also in der traditionellen Verkleidung Kerschbaumers, auf den Kostümball, wenn er nicht die Absicht hatte, ihn zu ermorden? Irgendwas muss er im Schilde geführt haben. Er hat ja sogar Gabrieles Freund Roland gegenüber so getan, als sei er sein Schwiegervater in spe.«

Juricek nahm noch einen Schluck Kaffee, wobei er seine Miene angeekelt verzog. An diesem Gebräu war offensichtlich nicht mehr viel Genießbares dran. »Da hat er sich immerhin etwas einfallen lassen«, teilte er Leopold dann mit. »Er gibt an, er habe gewusst, dass Kerschbaumer später erscheinen würde, und ihn provozieren wollen. Es sei wieder an der Zeit gewesen, diesen überheblichen Menschen auf den Boden der Wirklichkeit zurückzubringen. Er habe ständig das Bedürfnis gehabt, sich an ihm für das Unrecht zu rächen, das ihm widerfahren sei. Dann hat er die Geschichte mit der Anti-Aging-Creme erwähnt, bei der Kerschbaumer ihn übervorteilt hat. Und natürlich einmal mehr Gisela Roithner.«

Leopold wiegte den Kopf hin und her. »Siehst du, noch ein Motiv. Wie konnte er sich eigentlich so schnell als Hohes Alter umkleiden?«, erkundigte er sich.

»Er hatte den Mantel offenbar in einem Versteck bereit gelegt – das heißt, unter irgendwelchen Büschen vorn bei der Schule oder woanders, nicht weit vom Kaffeehaus entfernt.«

»Wann könnte er Kerschbaumer denn ermordet haben?«

»Frag nicht, das ist das Komplizierteste an der ganzen Sache«, stöhnte Juricek. »Laut unserer revidierten Todeszeit müsste es etwa zwischen 20.30 Uhr und 21.30 Uhr gewesen sein, wie du weißt. Die eheste Chance, das *Heller* unbemerkt zu verlassen, hatte Streitenberger während der allgemeinen Verwirrung durch das Abführmittel. Das war aber nach 22.00 Uhr. Er könnte es freilich selbst in die Gläser getan haben.«

»Und jetzt frage ich dich, wie das alles tatsächlich funktioniert haben soll«, äußerte Leopold seine Zweifel. »Hat Streitenberger ein Treffen mit Kerschbaumer vereinbart? Wenn es so ist, wie wir vermuten, konnte er ja gar nicht wissen, wann er die Möglichkeit haben würde, das *Heller* zu verlassen und zum Parkplatz zu gehen. Hat er ihn knapp vorher auf dem Handy angerufen, als sich das Chaos abzeichnete? Und Kerschbaumer fuhr schön brav mit dem Auto hin und wartete geduldig bei Kälte und Schneetreiben? Abgesehen davon, dass der Parkplatz um diese Zeit sicher schon voll war? War es eine Zufallsbegegnung, während er ein wenig Luft schnappte, die Streitenberger auf die Idee brachte? Noch weniger wahrscheinlich! Wie ich mir den Ablauf auch durchdenke, die Dinge passen nicht zusammen.«

»So weit waren wir schon einmal«, erwiderte Juricek leicht verzweifelt. »Aber nehmen wir einmal an, Streitenberger war nicht der Mörder, sondern etwa dein Favorit, dieser Salomon. Weshalb, verdammt noch einmal, hat er sich dann in seinem Scheichkostüm als Kerschbaumer ausgegeben? Nur aus Gründen der Provokation? Das glaubst du doch selbst nicht.«

»Und wenn irgendwelche Familienmitglieder involviert waren? Margarete, Gabriele oder Roland? Sie hätten Streitenberger für ihre Zwecke benützen können.«

»Dieser Gedanke erscheint mir im Augenblick auch reichlich gewagt.«

»Du hast dir also, mit einem Wort, noch kein richtiges Urteil gebildet«, stellte Leopold fest.

»Wenn ich ehrlich bin, nicht«, gab Juricek zu.

»Dann bin ich, glaube ich, gerade zur rechten Zeit gekommen. Draußen sollten mittlerweile zwei Zeugen sein, die dir hochinteressante Dinge berichten werden. Alles, was sie auszusagen haben, bestätigt meine Vermutung. Und damit sind wir schon sehr nahe an der Lösung des Falles.«

»Sehr nahe, aber doch nicht ganz dran, wie?«, bemerkte Juricek misstrauisch, bekundete aber doch Interesse. »Ich nehme an, es handelt sich um einen deiner üblichen abenteuerlichen Einfälle. Ob uns der in unserer jetzigen Situation helfen kann, bezweifle ich sehr.«

»Schau, Richard: Den endgültigen Beweis haben wir nicht und werden ihn auch nicht haben, nachdem wir uns die Zeugen angehört haben«, schränkte Leopold ein. »Dieses Problem würde uns vermutlich bei jedem unserer Verdächtigen verfolgen, wenn wir versuchen würden, ihn oder sie aufgrund von Indizien festzumachen. Die Justiz würde uns in kleine Stücke zerreißen. Streitenberger holt sich schon einen Anwalt, die anderen werden dasselbe tun, wenn es sie trifft. Wir müssen also schlau sein. Du und ich, wir haben doch immer großartige Ideen! Und vielleicht bringen wir den Mörder dazu, sich selbst zu verraten. Das ist unsere größte Chance. Wenn es dir nichts ausmacht, umreiße ich kurz meinen Plan.«

Juricek schaute Leopold nachdenklich an. »Dann lass einmal hören, und zeig mir, wen du mitgebracht hast«, forderte er ihn auf. Dabei stellte er mit Bedauern fest, dass die Kaffeeschale vor ihm nun endgültig leer war.

*

Flora Maurer war diesmal allein ins *Heller* gekommen, ohne ihren Anbeter und Beschützer Andreas Jungwirth. Schweigend saß sie vor ihrer heißen Schokolade und tauchte immer wieder die Spitze ihres Nusskipferls ein, ehe sie genüsslich davon abbiss. Das linke Bein hatte sie über ihr rechtes Knie geschlagen und wippte damit nervös auf und ab, immer wieder auf ihre Uhr blickend. Geduldiges Warten war ihre Sache offenbar nicht.

Schließlich huschte ein kurzes Lächeln über ihr Gesicht. Eine etwas abgehetzt wirkende Gisela Roithner, die immer noch von den Tagen ihrer Entführung gezeichnet war, kam zur Tür herein. »Hallo«, grüßte sie, Flora nur flüchtig anschauend. Dann ließ sie sich ihr gegenüber in den Sessel fallen, ohne ihre Jacke auszuziehen. »Ich habe nicht viel Zeit, Flora«, erklärte Gisela gleich zu Beginn. »Markus hat eine kurze Probe angesetzt, damit die Abendvorstellung wieder problemlos abläuft. Aber du hast mich um diese Unterredung gebeten, weil sie dir wichtig ist. Also bin ich hier.«

»Genau«, nickte Flora und vernichtete dabei den letzten Rest ihres Kipferls.

Gisela Roithner winkte Leopold herbei. Ohne ihn zu Wort kommen zu lassen, bestellte sie einen kleinen Braunen und ein großes Glas Leitungswasser. »Und was ist dir auf einmal so wichtig?«, wandte sie sich dann wieder Flora zu.

»Es geht ums Theaterspielen. Ich möchte ein Teil eures Ensembles werden«, stieß Flora hervor. So, jetzt war es heraußen.

Gisela lächelte kurz, aber es war nicht mehr als eine leere Geste. »Ich kann das nicht entscheiden. Da musst du schon mit Markus darüber reden«, erklärte sie. »Ich an deiner Stelle würde mir das aber noch einmal durch den Kopf gehen lassen. Oft ist so etwas eine fixe Idee, die kurz anhält, dann aber wieder verpufft. Viele verlieren schnell wieder die Freude am Spielen, wenn sie erst einmal merken, wie anstrengend die Sache auf Dauer ist, nämlich das Textlernen, die ständigen Proben und so weiter. Außerdem – bitte sei mir jetzt nicht böse – glaube ich nicht, dass du für diese Tätigkeit sonderlich geeignet bist. Das bisschen Singen im Kaffeehaus hast du zwar ganz gut hingekriegt, aber so etwas kann täuschen. Du bist zu zurückhaltend, zu steif, redest zu undeutlich. Da müsste sich noch einiges ändern. Mein Rat lautet: Fang damit gar nicht erst an!«

»Schade!« Enttäuscht kaute Flora Maurer an ihren Fingernägeln. Leopold brachte den Kaffee und das Wasser. Da nahm sie noch einmal ihren Mut zusammen und brachte ihr Debüt vom vorigen Abend ins Spiel: »Aber ich bin doch für dich als Lakrimosa eingesprungen. Es hat wunderbar funktioniert. Die Leute haben applaudiert!«

»Natürlich«, spielte Gisela diesen Erfolg herunter. »Merk dir eines: Die Leute applaudieren immer, schon aus Mitleid, wenn sie sehen, wie schwer sich jemand in einer ungewohnten Situation tut. Mich wundert es jedenfalls im Nachhinein, dass Markus sich überhaupt darauf eingelassen hat. Mein Einverständnis dazu hätte er nicht bekommen. Du hättest viel verpatzen können.«

»Gar nichts habe ich verpatzt«, wehrte Flora sich.

»Wie auch immer, ich verstehe das Ganze nicht«, beanstandete Gisela, heftiger werdend. »Wir hatten immer einen Plan B. Spielend hätte jemand aus dem Ensemble meinen Part übernehmen können. Nun ja, ich kann mir schon denken, wie du Markus herumgekriegt hast. Du wirst ihn abgeschleckt und abgeknutscht haben wie Rainer auch. Eigentlich wollte ich es nicht erwähnen, aber ich habe das Ganze damals reichlich unappetitlich gefunden. Deine einzige Entschuldigung ist, dass du vielleicht nicht gewusst hast, wie innig ich mit Rainer befreundet war.«

»Doch, das wusste ich! Rainer hat es mir gesagt«, kam es spitz von Flora.

Jetzt hielt sich Gisela nur noch mit Mühe zurück. »Und du dummes Geschöpf hast geglaubt, du kannst ihn mir wegnehmen?«, fauchte sie. »Weil du jünger bist? Was hast du dir eigentlich dabei gedacht? Ist dir bewusst, was du damit angerichtet hast? Ich war völlig fertig. Bei mir schlägt sich so etwas immer gleich auf die Stimme. Tags darauf, bei der Premiere, hatte ich Mühe zu spielen.«

»Ich glaube, du hast dich hauptsächlich darüber geärgert, dass für dich auch sein Geld futsch ist, wenn er weg ist!«

Die Stimmung heizte sich immer mehr auf. Leopold steuerte kurz auf den Tisch zu, wo die beiden Frauen ihren Kleinkrieg austrugen, und sondierte mit einem undeutlich genäselten »Noch einen Wunsch, die Damen?« das Terrain. Sie nahmen ihn nicht einmal wahr. Das Hickhack erforderte ihre volle Konzentration.

»Eine geschmacklosere Bemerkung habe ich wohl selten gehört«, ereiferte sich Gisela Roithner. »Nimm bitte zur Kenntnis, dass Rainer und ich uns geliebt haben. Wer auf sein Geld aus war, das warst du! Hast deine Verführungskünste angewendet, damit er dir auf die Schnelle etwas vererbt. Und dann hast du ihn mit derselben Unverfrorenheit umgebracht, nehme ich an.« Sie blickte sich um. Es war merkwürdig ruhig im *Heller* geworden. Es hatte den Anschein, als hätten sie eine schweigende anonyme Menge von Zuhörern, die sich hinter ihren Zeitungen und Kaffeetassen verschanzten. »Ich wollte ihn vor dir warnen, aber da war es schon zu spät«, fügte Gisela, nun deutlich leiser, hinzu.

Flora war wütend. »Das nimmst du jetzt ganz schnell zurück«, verlangte sie.

»Ich nehme überhaupt nichts zurück. Du hast dich überall eingeschlichen, bei Rainer und bei uns Schauspielern. Zuerst wolltest du mir Rainer wegnehmen, dann warst du auch schon auf meine Rolle aus. Und alle haben dir dabei geholfen. Markus dürfte ja recht schnell auf dich hereingefallen sein, und zu guter Letzt wirst du auch noch Siegfried Streitenberger bezirzt haben. Du scheinst mir eine ganz schön raffinierte Schlampe zu sein.«

Flora Maurer kratzte mit dem Löffel in ihrer Tasse herum. Leider war keine heiße Schokolade mehr drinnen, jetzt hätte sie nämlich dringend eine gebraucht. »Ich sage gar nichts mehr«, schaltete sie auf stur.

Für einige Augenblicke herrschte Schweigen zwischen den beiden. Gisela Roithner schien sich wieder ein bisschen zu beruhigen. »Entschuldige bitte«, versuchte sie, ihre Worte von vorhin vergessen zu machen. »Ich glaube, ich bin dich doch ein wenig zu hart angefahren. Mein Nervenkostüm ist eben noch sehr angeschlagen. Aber bei einem bleibe ich, und das möchte ich dir in aller Deutlichkeit sagen: Ich wünsche nicht, dass du dich in Zukunft auch nur irgendwie in mein Leben einmischst. Mir reicht das Bisschen, das ich von dir kennengelernt habe. Ich werde mich also mit Händen und Füßen dagegen wehren, dass du auch nur den geringsten Part in unserem Ensemble übernimmst. Es war schon frech genug, dass du meine kurzfristige Abwesenheit dazu benützt hast, dich an meiner statt breit zu machen. Sollte Markus anderer Meinung sein, werde ich dir das Leben bei uns zur Hölle machen!«

»Ich verstehe deinen Ärger, was Rainer betrifft«, lenkte nun auch Flora ein. »Obwohl ich das Ganze natürlich ein wenig anders sehe. Was allerdings meinen Auftritt als Lakrimosa betrifft, kannst du dich nicht über mich beschweren, es sei denn …«, tat sie plötzlich geheimnisvoll.

»Was meinst du?«

»Es sei denn, du hast Angst, dass ich dir auf etwas draufgekommen bin.«

Gisela kniff die Augen zusammen. Sie sah sich das junge Ding vor ihr genau an. Was wollte Flora denn jetzt wieder? »Worauf willst du mir draufgekommen sein?«, fragte sie misstrauisch.

»Wir mussten doch nach einem passenden Kleid für mich suchen. Markus hatte noch einige Ersatzkostüme aus dem Kostümverleih parat. Du weißt, er ist da sehr großzügig und rechnet immer mit allen möglichen Eventualitäten«, begann Flora.

Gisela wurde ungeduldig: »Jaja! Komm, erzähl weiter, ich habe nicht ewig Zeit!«

»Wir gingen also die einzelnen Stücke in eurem Depot durch. Wir haben dann wirklich noch ein schönes damastgrünes Kleid gefunden, das mir ausgezeichnet passte. Ich war richtig stolz auf mich!«

»Komm zur Sache«, drängte Gisela.

»Kurz und gut, ich habe dort noch etwas anderes gesehen«, wurde Flora Maurer sehr bestimmt. »Wir haben nämlich auch nach einem Outfit für Amor gesucht, der im zweiten Teil des Stückes seinen Auftritt hat. Er muss Karl und das Mädchen durch die Pfeile der Liebe auf ewig miteinander verbinden. Weil es so eine kleine Rolle ist, ...«

»Haben wir uns ausgemacht, dass jedes Mal ein anderer von uns, bei dem es sich zeitlich ausgeht, den Amor darstellt«, führte Gisela den Satz zu Ende. »Eine nette Idee! Gut für den Spaßfaktor innerhalb des Ensembles! Wer war denn diesmal dran?«

»Martin haben sie zu ihm gesagt, glaube ich. Er wurde jedenfalls nur spärlich bekleidet, denn er hat ganz schön viele Haare auf der Brust, und Markus hat gemeint, die solle man dem Publikum nicht vorenthalten. Am Samstag bist übrigens du in die Rolle des Amor geschlüpft. Markus hat mir das bestätigt!«

»Ach so? Ja, stimmt«, tat Gisela Roithner auf lässig. Dennoch wirkte sie innerlich äußerst angespannt.

»Ich dachte mir noch, woher kenne ich dieses T-Shirt? Weißt du, es ist oft etwas ganz anderes, ob man ein Kleidungsstück irgendwo herumliegen sieht, oder ob es jemand anhat. Darum ist mir auch zuerst nichts aufgefallen. Aber dann betrachtete ich es genauer, und je mehr ich hin und her überlegte, desto sicherer war ich mir.«

»Wovon sprichst du?« Giselas Gesicht neigte sich immer mehr zu dem von Flora hin. Sie hing förmlich an deren Lippen, die nichts gleich aussprachen, alles vorher drehten und wendeten und sie so zermürbten.

»Ich habe dieses Shirt am Samstag auf dem Kostümball gesehen«, bemerkte Flora beiläufig. »Jemand kam damit ins

Kaffeehaus und hatte auch einen Köcher mit Pfeilen mit. Allerdings ist diese Person nicht lang geblieben. Den meisten Leuten ist sie, glaube ich, gar nicht aufgefallen. Aber mir schon. Und als ich gestern bei der Suche nach einem passenden Kleid das T-Shirt gesehen habe, habe ich mich daran erinnert.«

»Du bist dir sicher? Keine Verwechslung möglich?«

»Ich bin mir *ganz* sicher«, bestätigte Flora. »Ich habe ja sogar auf dem Gschnas ein Foto davon gemacht. Dann wollte ich das Shirt im Theater mit dem Shirt auf dem Foto vergleichen. Darum habe ich es kurzerhand eingesteckt und mitgenommen.«

»Eingesteckt und mitgenommen?« In Gisela Roithners Kopf begannen die Gedanken hin und her zu schwirren. In welchen Film war sie da plötzlich geraten?

»Ja! Und jetzt habe ich ein schlechtes Gewissen. Ich weiß zwar, dass es sich zu 100 Prozent um dasselbe T-Shirt handelt, aber ich habe es nun bei mir zu Hause liegen, und dabei braucht ihr es doch sicher noch im Theater. Auf jeden Fall müsst ihr es dem Kostümverleih zurückgeben. Könntest du dir das Shirt nicht bei mir holen und zurück ins Theater bringen?«

»Und warum sollte ich das tun?«, kam es ganz leise, kaum hörbar, aus Giselas Mund.

Flora zuckte mit den Achseln. »Ich weiß nicht. So nebenbei dachte ich mir, diese Lösung wäre dir gar nicht so unrecht. Ich werde ja kaum mehr bei euch mitspielen, nach dem, was ich vorhin von dir über mich gehört habe. Also könnte ich das Ding genauso gut behalten und ein paar Leuten zeigen, die sich vielleicht sehr dafür interessieren.«

»Das wird wohl nicht nötig sein«, lenkte Gisela ein. »Ich komme zwischen Probe und Aufführung. Du wohnst ja nicht weit vom Haus der Begegnung weg.«

Flora nickte. »In der Angerer Straße. Ich habe Markus meine Adresse gegeben. Ich werde auf dich warten. Da ist noch etwas!«

»Was denn?«

Flora schob ihr einen Zettel hinüber. »Bring das bitte mit!«

*

Gisela Roithner kannte das Eckhaus, in dem Flora Maurer ihre kleine Wohnung hatte. Sie war schon oft daran vorbeigegangen, weil sie meist ihr Auto dort in der Nähe geparkt hatte. Nie hatte sie dabei daran gedacht, dass sie einmal unter solchen Umständen hierher kommen würde müssen.

Der Fehler lag eben immer dort, wo man ihn am wenigsten vermutete. Alles hatte sie berücksichtigt, jede noch so kleine Einzelheit. Dass ihre Probleme an diesem unseligen T-Shirt liegen würden, lag an einer Verkettung unglücklicher Umstände, die so nicht eingeplant hatten werden können. Das T-Shirt musste sich tatsächlich bei Flora Maurer befinden. In den Garderoberäumen im Theater hatte Gisela es nämlich nicht entdeckt.

Sie hatte am Samstag nur kurz im Kaffeehaus vorbeischauen wollen, um zu sehen, wie es Siegfried in seiner ungewohnten Rolle ging, und ihn wissen zu lassen, dass sie alles zu einem guten Ende gebracht hatte. Markus hatte jede Menge T-Shirts und anderes Zeug beschafft, damit möglichst viele Ensemblemitglieder einmal den Spaß haben konnten, in die kleine Rolle des Amor zu schlüpfen. Sie hatte zur Sicherheit eins der weniger populären übrig gebliebenen Leibchen über jenes gestreift, das sie dann auf der Bühne anhatte, und eine ihrer eigenen Perücken genommen.

Und dann musste ausgerechnet dieses nervtötende, piepsende, unreife Ding daherkommen, ihre Rolle als Lakrimosa übernehmen, überall herumschnüffeln und dabei zwangsläufig das T-Shirt entdecken. Sonst wäre vermutlich gar nichts passiert. Das Shirt wäre noch ein paar Tage in der Garderobe herumgelegen und schlussendlich wieder im Kostümverleih gelandet. Niemandem wäre etwas aufgefallen.

Offenbar wurde ihr Flora Maurer zum albtraumhaften Schicksal. Als sie sich das erste Mal begegneten, schmuste sie ungeniert mit Rainer Kerschbaumer herum. In den Tagen zuvor hatte sich dieser Mann wieder an Gisela herangemacht und in ihr ein neues Feuer entfacht. Sie war gerade dabei gewesen, ihm alles zu verzeihen, was er ihr einmal angetan hatte, alle Grobheiten und Provokationen, die ihr sensibles Gemüt einmal erschüttert hatten. Sie war bereit gewesen, ihm zu glauben, dass er es jetzt ernst mit ihr meine, es bei seiner alkoholkranken Frau nun wirklich nicht mehr aushalte und eine Trennung von ihr anstrebe. Nur darauf hatte Gisela jahrelang gewartet. Dann diese würdelose Abschleckerei vor ihren Augen und sein höhnischer Kommentar zu der Situation. »Meine Beziehung zu diesem Mädchen ist eben noch enger als die zu dir. Im Leben steht man ständig vor neuen Situationen«, hatte er ihr zynisch erklärt und ihr dabei ins Gesicht gelacht. Auch auf sein Geld bräuchte sie sich keine Hoffnungen mehr zu machen, hatte er hinzugefügt.

Das war Rainer Kerschbaumers Todesurteil gewesen. Dieses eine Mal war eben einmal zu viel. Sie konnte ihm nicht mehr in die Augen schauen, seine Nähe rief in ihr die hässlichsten Gefühle hervor. Sie ertrug ihn einfach nicht mehr. Es war ein Leichtes für sie gewesen, Siegfried Streitenberger zu bitten, ihr bei ihrem Plan zu helfen. Er hatte nicht lange überlegt und schnell ja gesagt. Er musste nur bis zur Mitternachtseinlage auf dem Kostümball als Rainer Kerschbaumer in dessen gewohntem Scheichskostüm auftreten, was für ihn aufgrund seiner schauspielerischen

Fähigkeiten kein Problem war. Er hatte sich sogar den Spaß gemacht, nachher noch als Hohes Alter aufzutreten. Damit hätte Gisela Roithner für die Tatzeit ein einwandfreies Alibi gehabt, wenn sich Flora Maurers dämlicher Anbeter nicht auf den Parkplatz verirrt und die Leiche schon so früh entdeckt hätte. Dadurch, so fürchtete sie, war die Polizei jetzt näher am tatsächlichen Todeszeitpunkt dran, als ihr lieb sein konnte. Sonst hätte man den Mord sicher erst nach Mitternacht vermutet, wo sie ja beim *Brüderlein fein* im Kaffeehaus mit von der Partie gewesen war.

Trotzdem standen ihre Chancen immer noch recht gut. Siegfried hatte seine Aufgabe wunderbar erledigt, während sie mit Rainer vom Theater zum Parkplatz gegangen und ihn dort mit ihrem Halstuch erdrosselt hatte. Jedermann hatte sie zu dieser Zeit im Theater vermutet. Dass Siegfried anschließend geglaubt hatte, er habe ein Recht auf sie, und sie in dieses Gartenhaus entführt hatte, war zwar ein wenig unangenehm gewesen, hatte aber auch seine Vorteile. Niemand würde sie mehr verdächtigen. Sie war ein Opfer. Und Siegfried würde sie nicht verraten, solange sie sich für ihn einsetzte. Dazu liebte er sie zu sehr.

Nun war da aber noch dieses lästige Problem mit dem T-Shirt. Flora Maurer war leider unberechenbar. Wenn sie sich mit den 5.000 Euro zufrieden geben würde, die sie ihr im Café *Heller* auf einen Zettel geschrieben hatte, dann konnte man das ja noch als überwindbare Schwierigkeit ansehen, als zusätzlich anfallende Spesen sozusagen. Aber Gisela bezweifelte das stark. Flora war nicht der Typ, der einen in Ruhe ließ. Sie würde auf jeden Fall weiter bei den *Alpengeistern* mitspielen wollen, um in ihrer Nähe zu bleiben, sie quälen und immer mehr Geld fordern. Ein Foto hatte sie ja angeblich auch noch. Was also tun?

Ruhig bleiben war zunächst einmal die oberste Devise. Gisela durfte sich nicht provozieren lassen, durfte nie daran denken, dass ihr Flora mindestens ebenso viel angetan hatte wie Rainer. Denn sonst bestand die Gefahr, dass sie im Affekt handeln und einen weiteren Mord begehen würde.

*

»Komm herein!« Flora Maurer bearbeitete gerade gleichgültig ihre Fingernägel mit einer Feile, als sie die Tür zu ihrer kleinen Wohnung öffnete. »Magst du etwas? Tee? Kaffee? Limonade? Oder ein Glas Wein?«

»Gar nichts«, entgegnete Gisela Roithner brüsk. »Ich bin wegen des T-Shirts gekommen, nicht, um die Zeit bis zur Vorstellung hier zu vertrödeln. Geredet haben wir beide ohnehin schon genug.«

Flora ging ins Wohnzimmer, setzte sich auf die Couch und fragte: »Hast du das Geld?«

»Ich will zuerst das T-Shirt sehen«, beharrte Gisela.

»Ich möchte bloß wissen, ob du das Geld mithast. Sonst brauche ich mich gar nicht anzustrengen, um es hervorzuholen.«

Ging denn das schon wieder los? Konnte dieser görenhafte Albtraum denn überhaupt nichts anderes, als zickig zu sein? »Natürlich habe ich das Geld mit. Aber du wirst das Shirt schon hervorholen müssen, wenn du willst, dass ich mein Geld vor dir hinblättere«, forderte Gisela und spürte dabei, wie sie von den guten Vorsätzen, die sie gefasst hatte, schon wieder verlassen wurde.

»Na schön! Mach aber keine Dummheiten, hast du gehört? Das mag ich nämlich nicht!« Flora zierte sich, immer noch an ihren Nägeln herumfeilend. Sie öffnete einen Schrank, kramte darin herum und zog schließlich ein grünes Leibchen mit einem Muster aus lauter roten Herzen hervor.

»Das ist es nicht«, zischte Gisela.

»Ist es doch«, widersprach ihr Flora.

»Belüg mich nicht«, herrschte Gisela sie an. »Wenn du mir nicht das richtige T-Shirt gibst, bekommst du auch kein Geld!«

»Es ist das T-Shirt, in dem ich dich gesehen habe!«

»Sag, was für ein Spielchen spielst du? In dem Shirt haben mich eine ganze Menge Leute gesehen. Ich habe es am Samstag auf der Bühne angehabt. Ich möchte aber jetzt, dass du das andere T-Shirt hervorholst, und zwar auf der Stelle!« Giselas Stimme überschlug sich beinahe. Sie war an einem Punkt angelangt, wo ihr alles zu entgleiten drohte. War dieses junge Ding denn wirklich so dämlich, oder war es so berechnend?

»Welches andere T-Shirt?«, fragte Flora Maurer auf die naivste und unschuldigste Art.

»Das weiße mit der Aufschrift ›Amor‹, mit dem du mich im *Heller* auf dem Kostümball gesehen hast. Du hast es doch hier irgendwo. Bring mich nicht in Wut, Kleine, sonst kannst du was erleben! Also, wo hast du es? Es hat keinen Sinn, es vor mir zu verbergen, ich finde es doch!« Gisela Roithner stürzte zum Schrank, griff mit beiden Händen hinein und begann, planlos in den Fächern herumzuwühlen.

»Ist es vielleicht das hier?« Wie aus dem Nichts kam Oberinspektor Juricek ins Zimmer, das gesuchte Leibchen in beiden Händen haltend. »Sie haben soeben zugegeben, dass Sie damit auf dem Gschnas erschienen sind, zu einer Zeit, wo Sie angaben, im Theater gewesen zu sein. Damit sieht es in der Mordsache Kerschbaumer nicht sonderlich gut für Sie aus!«

Gisela war nun käseweiß im Gesicht. Aber noch ehe Juricek mit seiner Rede fortfahren konnte, duckte sie sich und lief geistesgegenwärtig an ihm vorbei und zur Tür hinaus auf den Gang. »Haltet sie auf«, rief Juricek seinen Leuten zu.

Wer sich ihr allerdings entgegenstellte, war Andreas Jungwirth. Er musste sich in seinem Drang, Flora Maurer zu beschützen, ins Haus geschlichen haben. »Aus dem Weg«, schrien ihn Gisela und Inspektor Bollek, der nach ihm die

Stiegen hinaufgehetzt kam, beinahe gleichzeitig an. Daraufhin blieb er wie zur Salzsäule erstarrt stehen. Gisela stieß Jungwirth vehement zur Seite, wodurch er mit dem Kopf am Stiegengeländer aufschlug und zu Boden fiel. An Bollek kam sie allerdings nicht mehr vorbei. Er nahm sie in Empfang wie eine Braut, die vor der eigenen Hochzeit davonlaufen wollte.

Zufrieden tippte sich Juricek mit dem Zeigefinger der rechten Hand an den Sombrero und kam gemessenen Schrittes die Treppe hinunter. »Sie werden uns einiges zu erzählen haben, Frau Roithner«, bemerkte er nur. »Ich verhafte Sie wegen des Mordes an Rainer Kerschbaumer.«

KAPITEL 20

Donnerstag, 14. Jänner, abends

Als die Tür des Café *Heller* schwungvoll aufging und Oberinspektor Richard Juricek aus der kalten, klaren Nachtluft in den wärmenden Mief des Kaffeehauses trat, fiel Leopold ein Stein von Herzen. Er war wie auf Nadeln gesessen. Von einer Teilnahme am Polizeieinsatz hatte ihn Juricek nämlich vorsorglich abgehalten. Er hatte ihn nur unmittelbar danach telefonisch darüber informiert, dass alles gut gegangen war. Jetzt, kurz vor 22.00 Uhr, machte er den versprochenen Besuch, auf den Leopold bereits sehnsüchtig gewartet hatte: die Visite, bei der noch einmal in Ruhe und bei einer Schale Kaffee sämtliche Details besprochen werden konnten.

»Also eigentlich sollte ich dir immer noch ein bisschen böse sein«, empfing Leopold seinen Freund. »Da liefere ich euch den perfekten Plan, wie ihr den Täter überlisten könnt, und wenn es spannend wird, werde ich einfach ausgeschlossen.«

»Wir sind dir auch sehr dankbar«, lobte ihn ein merklich entspannter Juricek. »Aber bei so etwas hast du nichts verloren. Dass es dir früher manchmal gelungen ist, dich bei uns hineinzuschwindeln, steht auf einem anderen Blatt, das ich jetzt nicht mit dir diskutieren möchte. Darf ich dich stattdessen auf ein Bier einladen?«

»Du weißt, während der Arbeit kein Alkohol«, antwortete Leopold vorsichtig. »Aber die Chefin ist eh gerade nicht da. Ich stelle das Glas einfach vor dich hin, dann schaut es so aus, als ob es dir gehört.« Er zapfte mit Bedacht die wohlschmeckende Flüssigkeit und ließ sich in der Zwischenzeit die wichtigsten Details der Festnahme von Gisela Roithner schildern. »Ich muss dir wirklich ein Kompliment aussprechen. Es kam letztendlich genauso, wie du es vorhergesagt hast«, endete Juricek.

»Es war mir klar, dass wir sie am ehesten festnageln können, wenn sie sich verplappert«, erklärte Leopold. »Und Flora Maurer war dazu das ideale Medium. Sie hat wirklich eine derart aufreizende Art, Dinge offen zu lassen oder hinauszuzögern, dass jemand, der ohnehin schon hochgradig nervös ist, weil er sich ertappt fühlt, irgendwann einmal einen Fehler macht.«

»Andererseits war es ein Glück für uns, dass ausgerechnet diese Flora Maurer, mit der Gisela Roithner nie gerechnet hätte, ihre Rolle während ihrer Abwesenheit übernahm. Dadurch war es möglich, dass sie das Kostüm entdeckte, mit dem Frau Roithner beim Gschnas aufgetaucht war.«

»Das T-Shirt ist ihr eigentlich gar nicht so richtig aufgefallen. Es war eher eine Vermutung von mir«, stellte Leopold richtig. »Ich habe bei Flora dann eben ein wenig mit Fragen nachgeholfen. Und im entscheidenden Moment ist uns auch Markus König zur Seite gestanden.«

»Na dann prost!« Juricek hob seine Kaffeetasse, die mit Leopolds Bierglas dumpf zusammenstieß. »Seit wann hattest du Gisela Roithner eigentlich in Verdacht?«, wollte er dann wissen.

»Wie ich dir vielleicht schon einmal mitgeteilt habe, schlüpfte ich einmal bei einer Schulaufführung des *Bauer als Millionär* in die Rolle des Neides«, begann Leopold.

»Ich weiß, ich weiß, ich war ja mit dir in einer Klasse«, bedeutete Juricek ihm, sich nicht lange mit der Schilderung seiner ersten schauspielerischen Gehversuche aufzuhalten, sondern zügig zu berichten.

»Hast du eigentlich bei unserer Aufführung auch mitgemacht?«

»Natürlich! Ich war doch der arme Fischer Karl.«

»Das warst du?«

»Ja, aber jetzt lenk nicht ab!«

»Eigentlich sollte man sich von einem Stück, in dem man selbst mitgewirkt hat, so manches merken«, setzte Leopold schließlich fort. »Doch ich hatte so gut wie alles vergessen. Ich wusste kaum mehr etwas von Lakrimosa und ihren Auftritten, ich hatte auch keine Ahnung mehr, dass der Liebesgott Amor vorkommt. Meinen Freund Thomas Korber konnte ich nicht fragen, weil wir uns ja zerstritten hatten. Also kam es wie ein Geschenk des Himmels, als mir meine Chefin zwei Karten für die gestrige Aufführung anbot. Da konnte ich mich näher mit einzelnen Details befassen, und ich bin auf etwas sehr Interessantes draufgekommen.«

»Nämlich darauf, dass Gisela Roithner eigentlich alle Zeit der Welt hatte, um den Mord auszuführen.«

»Genau! Erika glaubte schon, mir sei fad, weil ich im Theater dauernd auf die Uhr schaute, dabei habe ich nur die Zeitspanne zwischen Lakrimosas letztem Auftritt und der Pause gemessen. Denn da, so vermutete ich, musste sie, wenn sie die Mörderin war, wieder zurück im Theater sein, um nicht aufzufallen. Es waren genau 50 Minuten! Damit war Gisela Roithner für mich auf einmal die Person, die von allen Verdächtigen für die Tatzeit das löchrigste Alibi hatte. Im zweiten Teil sah ich noch den Kurzauftritt Amors. Damit wiederum konnte ich eine Verbindung zu Amors Erscheinen im Kaffeehaus herstellen, das mich während meiner gesamten Beschäftigung mit dem Fall vor die größten Probleme gestellt hatte.«

»Denn du warst dir sicher, dass dieser Amor etwas mit der Bluttat zu tun hatte, auch wenn du zuerst den Falschen in Verdacht hattest«, gab Juricek ihm ein weiteres Stichwort.

»Denk an den Pfeil, den wir bei der Leiche gefunden haben: Amors Pfeil, wenn auch in einem ganz anderen Zusammenhang. Im Programm war Gisela Roithners Name neben mehreren anderen für die alternierende Besetzung Amors angeführt. Also begann ich, in dieser Richtung zu kombinieren und ließ mich auch nicht davon abbringen, als sie von Siegfried Streitenberger entführt wurde. Diese Aktion war typisch für ihn. Aber war er auch ein Mörder? Und wie hätte er die Tat letztendlich begehen sollen? Da hast du dir auch keinen Rat gewusst.«

»Es hat einfach nichts zusammengepasst, und mit dem Stück ging es mir zu meiner Schande wie dir. Obwohl ich damals mitgespielt hatte, konnte ich mich an nichts mehr erinnern. Da bist du auf die geniale Idee mit der Falle gekommen, in die Gisela Roithner tappen sollte. Gratuliere«, meinte Juricek anerkennend.

Leopold errötete leicht und machte einen großen Schluck von seinem Bier, denn seine Kehle war vom vielen Reden schon ganz trocken. »Ich musste mich zunächst vergewissern, dass ein paar Dinge wirklich so lagen, wie ich es mir vorstellte«, fuhr er dann, durch den Gerstensaft gestärkt, fort. »So erkundigte ich mich einmal bei Flora Maurer und Andreas Jungwirth nach dem ersten Aufeinandertreffen zwischen Flora, Rainer Kerschbaumer und Gisela Roithner. Flora war mit Jungwirth, aber auch ihrem frisch entdeckten Vater im Theater erschienen, um sich dem Ensemble anzubiedern. Und sie hatte sich dabei Kerschbaumer an den Hals geworfen, nachdem er bei ihrer ersten Begegnung eher kühl und abweisend gewesen war. Ihr ging es ja darum, möglichst rasch als Tochter anerkannt und dann auch im Testament erwähnt zu werden, um später versorgt zu sein. Sie hat Kerschbaumer sogar um einen kleinen ›Vorschuss‹ angeschnorrt.«

»Kerschbaumer wiederum war solchen Zärtlichkeiten nicht abgeneigt, auch wenn sie von der eigenen Tochter kamen«, sinnierte Juricek. »Außerdem weidete er sich wahrscheinlich an Gisela Roithners Eifersucht. Er war sicher kein angenehmer Zeitgenosse, vor allem, wenn er sich überlegen fühlte. Für Frau Roithner, die ihm offenbar verfallen war und sich nun ganz große Hoffnungen machte, nachdem sie schon einmal von ihm enttäuscht worden war, bedeutete sein zynisches Verhalten so etwas wie einen kleinen Weltuntergang. Es muss in ihr gearbeitet haben. Ich denke, sie hat noch in derselben Nacht ihren ausgeklügelten Mordplan entworfen und mit Siegfried Streitenberger Kontakt aufgenommen. Die eigentliche Tragik für sie bestand darin, dass sie nie wusste, dass Flora Maurer nicht Kerschbaumers neue Geliebte, sondern seine Tochter war.«

»Wichtig für meinen Plan war, dass ich nun davon überzeugt war, dass unser Kostümball-Amor und Gisela Roithner ein und dieselbe Person war«, knüpfte Leopold an seine vorigen Überlegungen an. »Gisela hatte die Möglichkeit und nun auch ein handfestes Motiv. Ich ging davon aus, dass sich das fragliche T-Shirt im Theater befand. Also kontaktierte ich Markus König und arrangierte einen Besuch von uns allen in der Theatergarderobe. Vorher brachte ich Flora und Andreas Jungwirth als Zeugen zu dir.«

»Bei unserem Besuch kamen wir drauf, dass es zwei T-Shirts gab, die Frau Roithner getragen hatte«, merkte Juricek an.

»Genau! An das eine überlange weiße Leibchen mit der Aufschrift ›Amor‹ konnte ich mich gleich erinnern, als ich es gesehen habe. Markus König war dann noch äußerst hilfreich, als er uns darauf hinwies, dass Gisela bei ihrem Bühnenauftritt ein anderes Shirt angehabt hatte, nämlich ein grünes mit lauter roten Herzen drauf. Flora musste der ganze Sachverhalt, wie gesagt, behutsam erklärt werden. Aber die Rolle, die ich für sie zurechtgelegt hatte, lernte sie dann in kürzester Zeit bravourös. Ich schärfte ihr ein, wie sie es anstellen konnte, dass Gisela sich vertat. Und ich hoffte, dass sie ihre innere Wut auf die Frau, die ihren Vater umgebracht hatte, auf diese Art kanalisieren konnte. Das hat sie dann auch großartig geschafft.«

»Ihre emotionalen Probleme sind uns dabei sehr zugute gekommen«, befand Juricek. »Weißt du übrigens, dass wir heute eine Anzeige wegen Körperverletzung gegen sie bekommen haben? Sie hatte eine Auseinandersetzung mit Margarete Kerschbaumer.«

»So heftig wird bereits um das Erbe gekämpft?«, merkte Leopold auf.

»In der Tat! Flora Maurer sagt aus, sie habe Margarete Kerschbaumer nur leicht zur Seite gestoßen, nachdem diese sie angegriffen und sich ihr dann in den Weg gestellt habe. Frau Kerschbaumers Aussage ist wirr und unzusammenhängend, sie dürfte aber mit dem Kopf am Türstock angestoßen sein und für kurze Zeit das Bewusstsein verloren haben. Ein gewisser Günter Sauer mischt sich jetzt auch noch ein. Wir könnten Frau Maurer auf jeden Fall wegen unterlassener Hilfeleistung belangen. Mal sehen, ob wir es tun. Sie hatte auch leichte Verletzungen am Hals und auf der Wange, die wahrscheinlich von Margarete Kerschbaumer stammen. Und sie hat uns sehr geholfen.«

»Weiß man eigentlich schon, wer aller eine Schnitte vom großen Kuchen bekommt?«

»Ich weiß nur, dass Rainer Kerschbaumer tatsächlich noch vor seinem Tod ein Mail an seinen Anwalt geschickt hat, in dem er Flora Maurer als seine Tochter anerkennt. Damit bekommen Margarete und Gabriele Kerschbaumer sicher weniger, als sie sich vorgestellt haben. Dagegen werden die beiden Einspruch erheben. Und Flora Maurer wird gegen sie Sturm laufen, weil Gabrieles Vater angeblich dieser Günter Sauer ist, wie sie uns mitgeteilt hat. Ich bin froh, dass ich damit nichts mehr zu tun habe.«

»Was mich jetzt noch interessieren würde, ist, wie der Mord im Detail abgelaufen ist.«

»Gib mir bitte vorher auch ein Bier«, ersuchte Juricek Leopold. »Ich glaube, das habe ich mir jetzt verdient.« Während

Leopold sich wieder ans Zapfen machte, begann er seinen Bericht: »Am Tag der Premiere des Stücks tauchte Rainer Kerschbaumer wieder vor dem Theater auf, ebenso Flora Maurer und Andreas Jungwirth. Während Flora mit Herrn Jungwirth in Richtung *Heller* zum Kostümball abzischte, bat Gisela Roithner Kerschbaumer, auf das Ende ihres Auftritts zu warten, weil sie etwas mit ihm zu besprechen habe. Sie tat ihm dabei schön, um ihn ihr gegenüber positiv zu stimmen. Kaum war sie mit ihrem ersten Part als Lakrimosa fertig, zog sie sich für ihre zweite Rolle als Amor um, streifte aber zusätzlich das weiße Leibchen über das grüne mit den roten Herzen. Dazu nahm sie eine Perücke und ihren Mantel und schminkte sich das Gesicht. Beide hatten wegen des Gschnas ihre Autos bereits auf dem Parkplatz bei der Schule abgestellt und gingen nun zu Fuß in diese Richtung. Kerschbaumer hatte ja sein Scheichkostüm im Wagen. Währenddessen zog Streitenberger im Kaffeehaus als Scheich bereits alle Aufmerksamkeit auf sich.«

»Wie war das eigentlich mit den Pfeilen?«, erkundigte sich Leopold. »Bei der Aufführung am Mittwoch wurden andere völlig harmlose verwendet.«

»Das glaube ich«, lächelte Juricek. »Denn diejenigen, die wir am Samstag gesehen haben, wären für das Theater viel zu gefährlich gewesen. Die hatte Streitenberger beigesteuert. Gisela Roithner hatte sie in ihrem Wagen. Es war so eine Idee von den beiden, dass das zur allgemeinen Verwirrung beitragen könnte. Dabei hätte es mich schon früher auf die Idee bringen müssen, dass der Mord etwas mit dem Theater zu tun hatte, aber ich war da leider auf einem Auge blind. Na Schwamm drüber und prost!« Nun stießen zwei Biergläser zusammen, und beide Männer stillten ihren Durst mit einem großen Schluck. »Gisela Roithner betörte Kerschbaumer jedenfalls mit der Hoffnung auf einen schönen Ausklang des Abends. Unter dem Vorwand, dass ihr kalt war, stieg sie kurz in seinen Wagen ein, setzte sich aber nicht neben ihn, sondern hinter den Fahrersitz. Dann nahm sie ihr rotes Halstuch und erwürgte ihn.«

»Ich bilde mir ein, dass sie das Halstuch nachher bei uns im Kaffeehaus auch umhatte«, erinnerte sich Leopold.

»Sie war tatsächlich so frech«, bestätigte Juricek. »Noch frecher war freilich, dass sie überhaupt den Ball in dieser Kostümierung aufsuchte und dabei die Pfeile mitnahm, von denen sie einen, den wir fanden, auf dem Parkplatz verloren hatte. Aber sie hatte es mit Streitenberger vereinbart. Man wollte sich gegenseitig vergewissern, dass alles nach Plan lief. Sie verließ die Szene allerdings relativ schnell wieder, wahrscheinlich, weil du dich von Anfang an an Amors Verfolgung gemacht hast. Im Nachhinein war es ein Glück, dass du dich so auf diese Figur konzentriert hast. Dadurch hast du zwar anfangs falsche Zusammenhänge gesehen, am Schluss aber die Dinge richtig gedeutet.«

»Gisela Roithner konnte auch nicht wissen, dass jener Polizist, der später die Ermittlungen leiten sollte, unter den Ballbesuchern war«, ergänzte Leopold.

»Sie konnte vieles nicht wissen, und wir haben einiges falsch zugeordnet«, fasste Juricek zusammen. »Wir haben jedenfalls ein Geständnis und können den Fall vorerst zu den Akten legen.«

»Glaubst du eigentlich, dass die Entführung Teil ihres Plans war, um als unschuldiges Opfer dazustehen?«

»Nein, ich denke eher, dass sich Streitenberger nun nehmen wollte, was er als ihm gehörend interpretierte. Sie dürfte ihm einige Versprechungen gemacht haben, aber schon in dem kurzen Gespräch mit ihm als Hohes Alter gab es die ersten Rückzieher. Daraufhin schritt Streitenberger zur Tat. Frau Roithner wusste aber, mit ihm umzugehen, und wäre sicher auch ohne unsere Intervention in den nächsten ein, zwei Tagen freigekommen. Er verehrte sie zu sehr, um ihr etwas anzutun. Ich glaube auch nicht, dass er sie als Mörderin verraten hätte, selbst wenn es ihm an den Kragen gegangen wäre. Noch etwas: Frau Roithner war sicher nicht erkältet, sonst hätte sie bei der spärlichen Beheizung wohl kaum die ganze Zeit nackt in dem Gartenhaus verweilen können. Sie wollte Flora Maurer wahrscheinlich schon damals eine Lektion erteilen. Dass sie dann ihre Aufgabe so gut meistern würde, hätte sich Frau Roithner nicht gedacht. Sie hat sie wohl von Anfang an unterschätzt.«

»Was gedenkst du nun wegen des Abführmittels im Sekt und der Halskette zu unternehmen?«, fragte Leopold, auf einmal das Thema wechselnd.

»Nichts! Das fällt nicht mehr unter meine Zuständigkeit«, wehrte Juricek ab.

»Meinst du?« Leopold kniff die Augen zusammen. »Da habe ich ein wenig andere Anschauungen.«

Juricek bemerkte den schelmischen Ausdruck im Gesicht seines Freundes. »Du führst etwas im Schilde, stimmt's?«, vermutete er. »Ich seh dir's an. Was hast du vor? Komm, spuck's aus.«

»Nichts Großartiges«, tat Leopold sofort wieder unschuldig. »Aber morgen am frühen Nachmittag solltest du dir noch einmal kurz Zeit nehmen.«

»Darf ich erfahren, wofür?«

»Das sage ich dir gleich. Eins vorweg: Den großen Alfredo nehmen wir auch mit. Der hat noch einiges gutzumachen.«

*

Nein, war das heute ein anstrengender Tag! Eigentlich bin ich so müde, dass ich gleich das Bett aufsuchen sollte, aber andererseits kann ich dann sicher noch nicht einschlafen. Was mir alles durch den Kopf geht! Ich muss zumindest einen Teil davon aufschreiben, damit ich all diese Gedanken und Erinnerungen möglichst schnell verarbeiten kann.

Zunächst einmal die Geschichte mit Gisela. Das ist ja unfassbar! Ich hatte sie von Anfang an zwar nicht gerade ins Herz geschlossen, aber als Schauspielerin respektiert wie ihre Kollegen und Kolleginnen auch. Ich hatte sogar gehofft, dass sie bald wieder auf der Bühne auftreten kann, als ich gestern das erste Mal für sie eingesprungen war. Und dann stellt sich heraus, dass sie meinen Vater umgebracht hat. Also ich war geschockt! Nicht nur, dass sie eine feige Mörderin ist, die ihn von hinten kaltblütig erdrosselt hat, ohne dass er eine Chance zur Gegenwehr hatte, behauptet dieses gemeine Biest auch noch, ich sei an ihrem Verbrechen schuld. Blöde Kuh! Die weiß nicht, wie es ist, wenn sich Vater und Tochter das erste Mal begegnen, und dass die Tochter da ein paar ganz natürliche Mittel einsetzen muss, damit sie den Vater auch wirklich auf ihre Seite kriegt. Die denkt nur an sich! Und worum ist es ihr in der Beziehung zu meinem Vater denn gegangen, bitteschön? Um Gefühle vielleicht? Nein, nur ums Geld! Sie hat geglaubt, sie kann da groß abkassieren. Als sie gemerkt hat, dass sie Konkurrenz bekommt, hat sie schon ihre Mordpläne entworfen. Schlimm, wirklich schlimm! Es war mir natürlich eine Genugtuung, sie dann zu entlarven. Dabei konnte ich gleich meine schauspielerischen Fähigkeiten unter Beweis stellen, und ich muss sagen, dass der Herr Leopold dem Markus König als Regisseur um nichts nachsteht. Er hat dieses kleine Schauspiel fabelhaft inszeniert. Am Schluss war die Dame ganz schön fertig. Recht geschieht ihr!

Jetzt geht Gisela ihrer gerechten Strafe entgegen. Eigentlich ist es eine Ironie des Schicksals: Sie hat sich mit Händen und Füßen dagegen gewehrt, dass ich meine Chance bei den Alpengeistern *bekomme, hat angeprangert, dass ich als Lakrimosa für sie aufgetreten bin. Aber aufgrund ihrer Verhaftung werde ich diese Rolle nun bis zum Ende des Floridsdorfer*

Gastspiels innehaben. Heute durfte ich wieder im Scheinwerferlicht stehen und die Geisterwelt um mich versammeln. Es war ein wunderschönes Erlebnis! Markus hat mir dann nach der Vorstellung auch ganz besonders herzlich gratuliert.

Ich habe ihn mir bei der Gelegenheit ein bisschen näher angeschaut. Also, sehr gut schaut er aus für sein Alter! Er betreibt ja auch täglich Sport und macht ständig irgendwelche Übungen. Ein Mann, der weiß, was er will: streng, aber gütig, reif, aber fit. An den muss ich mich weiter ranhalten, dann wird es vielleicht noch was mit einer Karriere als Schauspielerin. Das mit Andreas hat sowieso keine Zukunft, der verfällt mir zusehends. Eben war er noch Frankensteins Monster mit einem ausgeschlagenen Zahn, jetzt hat er zusätzlich ein Loch im Hinterkopf und einen Riesenverband am Schädel. Aus dem Monster ist eine Mumie geworden. Wenn er sich noch einmal wehtut, ist er zu gar nichts mehr zu gebrauchen. Und seien wir uns ehrlich: Es war ganz schön blöd von ihm, den Helden spielen zu wollen! Dadurch hat er nicht nur sich selbst, sondern die ganze Aktion in Gefahr gebracht. Nein, nein, der soll zurück zu seiner Frau – falls sie ihn überhaupt noch nimmt.

Die Dinge entwickeln sich in eine positive Richtung! Der einzige Wermutstropfen ist diese geldgierige Trinkerin. Hat die mich doch glatt bei der Polizei wegen Körperverletzung angezeigt. Diese Frau schreckt wirklich vor nichts zurück! Dabei hat sie *mich attackiert,* sie *hat total die Beherrschung verloren. Was ich gemacht habe, war nur Notwehr. Dass sie gegen den Türrahmen geknallt ist, hat sie ihrer Alkoholsucht zuzuschreiben. Außerdem bezichtigt sie mich der unterlassenen Hilfeleistung. Also bitte, das ist ja lächerlich! Muss man einem Menschen helfen, nur damit er einem gleich wieder an die Gurgel springt und man dann selbst die Dumme ist? Natürlich nicht! Das sind bloß Anzeichen, dass sie Angst hat, ihre Tochter könnte jetzt weniger vom Erbe bekommen als ich. Da kann sie sich sowieso ganz schön warm anziehen. Denn wenn es stimmt, was ich da am Telefon gehört habe, ist ja ein gewisser Günter Gabrieles Vater und nicht mein Vater. Da werde ich sicher nicht klein beigeben. Ich werde um jeden Cent kämpfen, auch wenn ich mir einen Anwalt nehmen muss.*

Für mich geht jedenfalls ein aufregender, schöner Tag zu Ende. Ich bin schon wieder auf der Bühne gestanden! Die Leute haben mir zugehört und applaudiert! Die Dinge gehen ihren Gang, und ich kann mich beruhigt schlafen legen. Alles wird gut!

KAPITEL 21

Freitag, 15. Jänner

Auf den schwarzen mit Kreide beschriebenen Tafeln vor dem Gasthaus *Wildner* stand zu lesen: Gebackenes Surschnitzel mit Erdäpfelsalat, Faschierte Laibchen mit Erdäpfelpüree und Röstzwiebeln, Spaghetti Bolognese mit grünem Salat. Bekommen würde man, wenn man Glück und Heinz Zeit hatte, wieder nur ein aufgewärmtes kleines Gulasch mit einer Semmel oder einem Salzstangerl, denn es war bereits 14.00 Uhr vorüber. Aber den drei Herren, die das Lokal betraten, ging es diesmal nicht ums Essen. Leopold, Oberinspektor Juricek und der große Alfredo Fanstastico waren aus einem anderen Grund gekommen.

Das Restaurant schlummerte dahin wie schon zwei Tage vorher. Auf manchen Tischen standen allerdings noch leere Teller und Gläser herum, was darauf hinwies, dass vorher doch einiges los gewesen sein musste. Jetzt aber war die große nachmittägliche Ruhe eingekehrt. Der Mann mit dem Dackelblick saß stumm vor seinem Weinglas, als ob er sich die letzten 48 Stunden noch nicht von seinem Platz wegbewegt hätte. Zwei Tische weiter trank eine Frau mit Hund, Wintermantel und Pelzkappe ein großes Glas Fruchtsaft, blätterte in einem kleinen Zeitungsformat und seufzte dazu in regelmäßigen Abständen: »Oiso so wos! Des gibt's jo ned! San denn scho olle teppert wurd'n?« Sonst war der Gastraum leer.

Heinz zapfte gerade ein Seidel Bier, das er wohl sich selber zugedacht hatte. »Kleines Gulasch?«, fragte er in Richtung Leopold. »Ein Paar Würstel können Sie auch haben. Mehr gibt's um diese Zeit leider nicht!«

»Nein danke«, lehnte Leopold das Angebot ab. »Meine Freunde und ich würden gern mit Herrn Wildner sprechen. Diesmal aber wirklich!«

Heinz wollte etwas sagen, da kam ein hagerer mürrisch dreinblickender Mann aus dem Durchgang zur Küche, gefolgt von Herbert Salomon. Er fuhr sich mit beiden Händen durchs grau gewellte Haar. Dabei sah er aus, als ob er soeben aufgestanden wäre. »Was wollen die Herren?«, erkundigte er sich heiser.

»Das kann ich dir schon sagen, Horst«, meldete sich Salomon zu Wort, noch ehe Leopold etwas sagen konnte. »Schnüffeln wollen sie! Ihre Nase in Ding hineinstecken, die sie nichts angehen. Kennst du diese vorlaute Gestalt denn nicht? Das ist der Oberkellner vom Café *Heller* mit dem halblustigen Schmäh. Du kannst dich sicher an ihn erinnern.«

»Sie hat kein Mensch gefragt«, protestierte Leopold. »Wir sind aus einem ganz anderen Grund da. Wir bringen Ihnen den großen Alfredo Fantastico mit, dessen spektakulären Auftritt bei unserem Gschnas am vorigen Samstag Sie ja selbst mitverfolgt haben. Vielleicht haben Sie bei einer Ihrer nächsten Veranstaltungen Verwendung für ihn. Er macht jede Feier zum absoluten Fest!«

Alfredo machte eine tiefe Verbeugung. »Ich verzaubere die Gedanken und die Herzen der Menschen. Mein Programm ist einfach fantastico«, stellte er sich vor.

»Ach was, das ist doch nur dieser Trickbetrüger, der beim Kostümball ein paar Hunderter gegrapscht hat«, machte Salomon Alfredo sofort herunter.

»Dabei handelt es sich offensichtlich um ein Missverständnis«, korrigierte Oberinspektor Juricek. »Das hat sich alles aufgeklärt. Gegen den Herrn liegt nichts vor.«

»Ich zeige Ihnen eines meiner Zauberkunststücke«, schlug Alfredo vor. »Eine ganz harmlose Sache, bei der niemand das Gefühl hat, bestohlen zu werden, besonders geeignet etwa für ein Faschingskränzchen am Nachmittag mit Familienanhang.«

»Der hat es faustdick hinter den Ohren. Wenn du nicht aufpasst, sind gleich deine ganzen Einnahmen vom Mittagsgeschäft weg. Frag ihn, ob er etwas konsumieren will, sonst soll er gehen«, warnte Salomon.

»Nein, er soll uns sein Kunststückchen zeigen«, entschied Horst Wildner. »Es ist ohnehin gerade fad. Und wenn die vom Briefmarkenverein ihre Feier haben, ist er vielleicht genau der Richtige!«

Alfredo verbeugte sich noch einmal. »Wie außerordentlich zuvorkommend und liebenswürdig«, bedankte er sich. Im Nu hatte er ein Paket Spielkarten in der Hand. »Ziehen Sie eine Karte und merken Sie sie sich«, forderte er Wildner auf.

Wildner tat, wie ihm geheißen. Er schaute sich die Karte an und legte sie dann zurück auf den Stoß. Anschließend bekam jeder das Paket einmal in die Hand und durfte nach Herzenslust mischen. Nun ließ Alfredo es auf die Theke legen und berührte es ganz leicht mit seinem Zauberstab. »Simsalabim«, murmelte er dabei geheimnisvoll.

Salomon schüttelte nur den Kopf. »Was soll der Quatsch?«, mokierte er sich.

»Das ist kein Quatsch! Ich bitte nun alle um höchste Konzentration«, ersuchte Alfredo. Dann fragte er Wildner, ihm die Pik 7 entgegenhaltend: »War es diese Karte?« Wildner verneinte. »Diese?« Jetzt zeigte Alfredo die Herz 3.

»Auch nicht! Wollen Sie vielleicht den ganzen Stoß mit mir durchgehen?« Wildner wurde ungeduldig.

»Keineswegs«, lachte Alfredo. Hier fühlte er sich wohl. Es war ein alter, aber wirksamer Trick. Und sein Publikum hatte er fest im Griff. »Sie können sich aber gerne den ganzen Stoß anschauen. Und trotzdem werden Sie die Karte, die ich Ihnen anfangs gezeigt habe, nicht darin finden. Weil ich sie bereits *woandershin* gezaubert habe. Vor Ihren Augen und doch unsichtbar ist sie entschwebt. Simsalabim! Fantastico!«

Wildner beäugte Alfredo misstrauisch. »Und wo soll sie jetzt sein?«

»Hier drinnen!« Triumphierend zeigte Alfredo mit seinem Zauberstab in Richtung des Sekretärs neben der Schank, auf die oberste Lade. »Öffnen Sie, und Sie werden sehen!«

»Da wird gar nichts geöffnet«, kam sofort der schroffe Zwischenruf von Heinz. »Das ist meine persönliche Lade mit meinem persönlichen Eigentum!«

»Schade! So werden wir nie Gewissheit haben, ob dieses großartige Kunststück gelungen ist«, bedauerte Alfredo.

»Dann eben nicht«, schnauzte Salomon von der Schank. »Sie waren schon im Kaffeehaus eine Flasche.«

Wildner wollte den Trick anscheinend doch zu Ende sehen. »Ach was, mach auf! Deinen Sachen passiert schon nichts«, ordnete er an.

»Niemand geht an, was in meiner Lade ist«, verteidigte sich Heinz.

»Haben Sie denn etwas zu verbergen?«, meldete sich jetzt Leopold zu Wort.

»Komm, lass jetzt das Kasperltheater und mach auf«, sprach Wildner ein Machtwort. Er war unausgeschlafen und gereizt. Er wollte die Sache ihrem Ende zuführen.

Heinz warf seinem Chef einen bösen Blick entgegen. Dann nahm er widerwillig einen Schlüssel aus seiner Tasche und sperrte die Lade auf. »Meine ist unverschlossen«, raunte Leopold Juricek zu. »Trotzdem traut sich da keiner hineinzuschauen. Das ist eben so eine Art Sakrileg. Da kann man normalerweise drauf bauen.«

Nun guckten alle in Heinz' Heiligtum. Es war eine schön sortierte aufgeräumte Lade, ganz im Gegensatz zu der von Leopold. »Und wo ist die Karte?«, beanstandete Wildner.

Leopold deutete mit dem rechten Zeigefinger auf ein Etui, das ihm verdächtig vorkam. »Ich glaube, da drunter ist sie«, antwortete er.

»Aber natürlich! Ja! Sehen Sie es nicht?« Heinz wollte noch verhindern, dass Alfredo so einfach in die Lade fasste, doch er kam um die berühmte Zehntelsekunde zu spät. Alfredo nahm das Etui und zog darunter eine Karte hervor: »Karo Dame, nicht wahr? Es war doch die Karo Dame?«

Wildner nickte. »Schön«, attestierte er beifällig. »Ganz nett!« Dann hustete er.

Alfredo verbeugte sich ein drittes Mal: »War das nicht fantastico?«, fragte er rundum. Im selben Augenblick versuchte Heinz, der außer sich geraten war, ihm das Etui zu entreißen. »Geben Sie her«, schrie er ihn an. »Das ist mein privates Eigentum!«

»Ihr privates Eigentum? Soso! Dann lassen Sie einmal sehen«, forderte ihn Juricek, seine Dienstmarke präsentierend, auf. »Ich bin von der Polizei und interessiere mich sehr dafür.« Alfredo übergab ihm schnell das Etui, während sich Leopold Heinz, der handgreiflich zu werden drohte, entgegenstellte. Wildner wunderte sich, und Herbert Salomon trank resignierend einen großen Schluck Bier. Er ahnte, was jetzt kommen würde.

»Dann schauen Sie eben hinein«, sagte er schließlich gelassen. »Was werden Sie finden? Den Halsschmuck, den Sie vermutlich suchen. Ich sage Ihnen gleich, es war ein Scherz und nichts weiter.«

»Ein Scherz?« Ungläubig wiegte Juricek die zwei wertvollen Halsketten in seiner Hand.

»Ja, ein Scherz! Ich wollte meinen Neujahrsvorsatz einhalten, ein so genanntes Verbrechen begehen, sehen, wie sich das anfühlt. Das Kribbeln, die Spannung, ob sie einem auf die Schliche kommen, verstehen Sie? Theoretisch beschäftige ich mich ja schon eine ganze Weile damit. Nächste Woche wollte ich den Schmuck ohnehin wieder zurückgeben.«

»Und? Wie fühlt es sich an?«

»Großartig!« Salomon verzog seine Lippen zu einem höhnischen Grinsen.

»Und warum haben Sie den Schmuck hier aufbewahrt?«

»Weil die Lade eines Kellners eines der sichersten Verstecke ist, die es überhaupt gibt«, gab Salomon unumwunden zu. »Ihr Herr Ober hat es Ihnen vorhin ja geflüstert. Und Heinz ist da überhaupt sehr heikel, er ist ständig auf dem Wachposten.«

»Mit Schlüssel, was normalerweise gar nicht nötig ist«, beanstandete Leopold.

»Dieser Kellner, Heinz Hollmann, ist wegen Hehlerei vorbestraft«, bemerkte Juricek. »Ist es nicht etwas seltsam, dass wir die Halskette ausgerechnet bei ihm finden?«

»Eine Jugendsünde! Ich weiß schon gar nicht mehr, wie lange das her ist«, protestierte Heinz mit einer wegwerfenden Handbewegung.

»Hören Sie, ich wollte etwas ausprobieren«, führte Salomon in ruhigem, aber provokantem Ton weiter aus. »Ich gebe zu, dass meine Gedanken auf etwas gerichtet waren, das man gemeinhin als ungesetzlich bezeichnet. Es ging mir um den Kick, verstehen Sie? Die ultimative Herausforderung. Eine zusätzliche Spannung in mir erzeugte ich dadurch, dass ich mein Vorhaben meinen Freunden Otto und Sonja gegenüber andeutete. Ich war mir sicher, dass sie es verhindern wollten. Dass sie ausgerechnet zu Ihnen kamen, war dann die Krönung.« Er wandte sich an Leopold und lachte dabei schäbig. »Dieser Amor, der Sie ablenkte, kam mir dann gerade recht. Während Sie ihn noch verfolgten, stachen mir schon die beiden wunderschönen Halsketten ins Auge, die Sie, Herr Inspektor, gerade in Händen halten. Eine Dame hatte sie sorglos in ihre Handtasche gegeben und dann einfach in der Garderobe stehen gelassen.«

»Haben Sie mir eigentlich diese Nachricht geschrieben: *1:0 für Amor*?«, wollte Leopold wissen.

»Aber ja! Ich hatte wirklich großen Spaß an diesem Abend. Es war leichter, an die Halsketten zu kommen, als ich dachte. Ich gab sie Heinz, weil ich mir sicher war, dass niemand daran denken würde, in seiner Lade zu suchen. Dann habe ich mich anständig besoffen, um für die eine oder andere Gedächtnislücke zu sorgen. Das ist mir leider nur mittelmäßig gelungen.«

»Noch etwas: Waren Sie es, der die Pfeile und den Bogen aus dem *Heller* mitgenommen hat?«, stellte Leopold eine weitere Frage.

»Ich muss es wohl gewesen sein«, erwiderte Salomon. »Sie passten so gut zu meinem Indianerkostüm! Wie auch immer! Es ist doch bis jetzt niemandem ein Schaden entstanden. Ich gebe den Schmuck zurück, entschuldige mich, und die Sache ist erledigt.«

»So leicht werden Sie aus der Angelegenheit nicht herauskommen«, befand Juricek.

Salomon zuckte mit den Achseln. »Vielleicht doch!«

Juricek ließ sich seinen Ärger über den präpotenten Zeitgenossen nicht anmerken. Stattdessen nahm er sich nun Wildner vor. »Wenn wir diese Lade genauer untersuchen, bin ich mir sicher, dass wir Spuren von jenem Abführmittel finden, das für den sehr unerfreulichen Zwischenfall beim Gschnas im *Heller* gesorgt hat« deutete er an.

Wildner schreckte aus seiner bisherigen Trägheit auf. »Haben Sie einen Durchsuchungsbefehl?«, fragte er irritiert.

»Nach dem, was wir hier gerade gefunden haben, bekomme ich einen innerhalb der nächsten Stunde«, erklärte Juricek. »Meine Leute werden in der Zwischenzeit hier warten und aufpassen, dass alles so bleibt, wie es ist. Und wenn ich den Durchsuchungsbefehl dann habe, darf ich Ihr schönes Lokal nach Lust und Laune auf den Kopf stellen. Wollen Sie das wirklich?«

»Kommt darauf an«, blieb Wildner abwartend.

»Sie können außerdem sicher sein, dass wir Sie, sofern wir

auch nur die geringste Spur entdecken, auf der Stelle aufs Kommissariat mitnehmen und eine Aussendung mit allen Details an die Presse weiterleiten. Ich weiß nicht, ob das der Zukunft Ihres Lokals dienlich ist«, fuhr Juricek in seinen Überlegungen fort.

Wildner schien die Dinge kurz in seinem Kopf abzuwägen. »Was wollen Sie von mir?«, fragte er dann.

»Ein Geständnis«, entgegnete Juricek kühl. »Sie hatten eine Wut im Bauch, weil sich der Kostümball, welcher jahrelang in Ihrem Restaurant stattgefunden hatte, plötzlich ins Café *Heller* verlagert hatte. Sie wollten deshalb für einen Eklat sorgen, der sich für das *Heller* negativ auswirkte. Das Kaffeehaus und das Gschnas sollten schlecht in der Erinnerung Ihrer Stammkunden bleiben. Dazu war Ihnen jedes Mittel recht. Und dieser Herr hat Ihnen vermutlich bei Ihrem Plan geholfen.« Dabei deutete er auf Heinz.

»Mich lassen Sie da einmal schön aus dem Spiel«, regte Heinz sich auf.

»Einen Dreck werd' ich«, fuhr Wildner dazwischen. »Du hast mir das Ganze eingeredet, hast gemeint, ich dürfe mir so etwas nicht gefallen lassen. Wir würden uns bloß einen Spaß machen, aber einen, den sich alle merken. Ich hab mir gleich gedacht, dass das nicht gut geht.« Er war plötzlich voll da.

»Ein Cowboy ist die ganze Zeit um die Theke herumgestanden«, merkte Leopold an. »Und das war der Heinz!«

»Sie sind also dafür verantwortlich?«, wandte sich Juricek an Heinz.

»Aber bitte, Herr Inspektor, wie mein Chef schon sagte, es war ein Spaß und nichts weiter«, versuchte Heinz, die Sache kleinzureden. »Vielleicht ein wenig grob, aber es ist ja Fasching. So ein bisserl Bauchweh halten die Leute schon aus. Früher, als ich noch ein Kind war, haben wir den Leuten Juckpulver aufs Gewand und sonst wohin gestreut. Das war oft viel schlimmer.«

»Es gibt da einen ganz wichtigen Unterschied zwischen Scherzen von Kindern und Scherzen von Erwachsenen«, klärte Juricek ihn auf. »Erwachsene sollten sich der Folgen bewusst sein. Wenn sie übers Ziel hinausschießen, fallen die Strafen dann auch dementsprechend härter aus. Kavaliersdelikte sind das jedenfalls keine, meine Herren. Machen Sie sich auf einiges gefasst. Ich schicke gleich jemanden herein, der ein Protokoll aufnimmt. Auf Wiedersehen!«

»Auf Wiedersehen«, grüßte Leopold noch verschmitzt in Richtung Herbert Salomon, doch als er sah, dass sich dessen Gesicht zu einer wütenden Fratze verzerrt hatte, drehte er sich rasch um und wieselte hinter dem Oberinspektor zur Tür hinaus.

*

»Du kannst mich jetzt nicht so einfach im Stich lassen«, redete Thomas Korber auf Christa Wohlfahrt ein.

»Ich lasse dich ja nicht im Stich«, legte sie ihm dar. »Aber es gibt eben einen neuen Fall, der meiner Hilfe als *gütige Fee* dringender bedarf als du. Du kommst schon wieder recht gut allein zurecht. Sieh es positiv: Wenn wir uns von nun an treffen, ist es rein privat.«

»Das wird aber nur sehr selten sein. Du wirst mich vertrösten, genauso, wie du es im Moment tust.«

»Es geht nicht anders. Das habe ich dir von Anfang an gesagt.«

»Muss ich mich also wieder betrinken, damit du dich mehr um mich kümmerst?«

»Du irrst dich gewaltig, wenn du glaubst, dass dir das etwas nützt. Ich würde dich nur als endgültig unrettbar ansehen. Ich helfe nur ein Mal.«

Ihr Gespräch war lauter geworden, sodass sich die Leute an den anderen Tischen neugierig umsahen. Sie saßen beim

Heurigen Krischan, wo sie auf Leopold und Erika warteten. Christa Wohlfahrt hatte Thomas Korber gegenüber angedeutet, dass sie das Kapitel seiner Betreuung für in Bälde abgeschlossen hielt. Nun spürte Korber, dass ihm eine Art Abschied bevorstand. Das behagte ihm überhaupt nicht. »Es ist unfair«, wandte er ein. »Für meine Stabilität brauche ich jemanden, der mir Halt gibt.«

»Diese Chance hattest du ja, aber du hast sie ausgeschlagen«, erinnerte Christa ihn. »Du warst in deiner früheren Beziehung viel zu leichtfertig. So etwas setzt man nur aufs Spiel, wenn man stark genug dafür ist. Stark genug, ein Auseinandergehen auch durchzustehen. Aber dafür warst du zu schwach, Thomas, und ich fürchte, die Folgen werden dir noch länger zu schaffen machen. Damit musst du aber selbst fertig werden. Mit der Beendigung der akuten Krise endet meine Aufgabe.«

Korber gab sich damit nicht zufrieden. »Du redest heute wieder ganz schön belehrend und großspurig daher«, attackierte er Christa. »Darf ich dich einmal fragen, wie stabil du dich selbst einschätzt? Warum du in keiner Beziehung lebst? Nie eine gehabt hast oder alle deine früheren aufgegeben hast? Was ist der Grund dafür? Weshalb flüchtest du in die Betreuung von Männern mit einem Hang zur Selbstvernichtung? Vielleicht bist du ja gar keine so gütige Fee, sondern nur eine Frau, die ihre Komplexe abarbeiten muss.«

Ein Schatten legte sich über Christa Wohlfahrts Gesicht. »Hör jetzt bitte auf«, sagte sie. »Du weißt nicht mehr, was du redest.«

»Ich weiß jedenfalls eines«, beharrte Korber. »Auch du hast ein Geheimnis. Auch du hast deine Geschichte. Und du wirst sie mir einmal erzählen, so wahr ich da sitze!«

Gerade rechtzeitig kam Leopold mit seiner Erika. Sie hatte sich bei ihm eingehängt, und beide sahen recht zufrieden und entspannt aus. »Einen wunderschönen Abend wünsche ich«, grüßte Leopold. »Fein, dass ihr uns die beiden Plätze freigehalten habt. Es ist ja ziemlich voll heute.«

Dann erzählte er noch rasch, was sich am Nachmittag im Gasthaus *Wildner* zugetragen hatte. »Ich habe bereits alles der Chefin berichtet«, schloss er. »Da kann sich der Wildner neben der Polizeistrafe auf etwas gefasst machen! Die hat eine ganz schöne Wut auf ihn!«

»So, und jetzt wechsle bitte das Thema«, mischte sich Erika ein. »Du hast mir versprochen, dass der Fall für dich endgültig abgeschlossen ist.«

»Ist er auch! Deshalb sind wir ja da«, bestätigte Leopold. »Ich habe dir zugesagt, dass wir heute etwas unternehmen, dafür durfte ich mir aussuchen, ob wir in die Stadt essen gehen oder hierher zum Krischan. Da brauchte ich nicht lang zu überlegen. Wie ich doch die gemütliche Atmosphäre beim Heurigen liebe! Jetzt freue ich mich schon auf mein Vierterl!«

Kaum hatten sie es sich bequem gemacht und bei der Kellnerin bestellt, erreichte ein irritierender Ton Leopolds Ohr. Es klang nach Musik. Rhythmischer Musik. »Was ist denn das?«, fragte er überrascht.

»Das weißt du nicht? Freitagabend ist doch jetzt immer Tanzmusik beim Krischan«, klärte Korber ihn auf.

»Was? Seit wann?« Leopold verfiel zusehends.

»Wir hätten auch in die Stadt essen gehen können«, tat Erika unschuldig. »*Du* wolltest hierher kommen. Und wenn ich die Lage richtig einschätze, hast du heute keine Ausrede: keinen Dienst, kein Verbrechen, kein gar nichts. Nichts kann dich daran hindern, mit mir zu tanzen. Komm!« Sie streckte ihm einfach die Hand entgegen und nützte seine Verwirrung. Leopold folgte ihr brav und willfährig, und schon waren die beiden in Richtung Tanzfläche verschwunden.

Thomas Korber legte seine Hand auf die von Christa. Sie ließ es geschehen. »Ich bitte dich um Entschuldigung wegen vorhin. Möchtest du auch tanzen?«, fragte er sie.

Christa lächelte ihn an. »Liebend gern, Thomas«, nickte sie. »Liebend gern.«

Weitere Krimis finden Sie auf den folgenden Seiten und im Internet:

WWW.GMEINER-SPANNUNG.DE

HERMANN BAUER
Rilkerätsel

978-3-8392-1762-7 (Paperback)
978-3-8392-4787-7 (pdf)
978-3-8392-4786-0 (epub)

»Wer hat Sonettkünstler René Kreil, den ›Floridsdorfer Rilke‹, umgebracht?«

Kaum von einem langjährigen Auslandsaufenthalt in Deutschland zurückgekehrt, wo er den deutschen Rilke-Lyrik-Preis gewonnen hat, engagiert sich René Kreil für eine Fußgängerzone im Zentrum Floridsdorfs. Durch sein provokantes Vorgehen macht er sich schnell Feinde. Als er nach einem Fernsehinterview erstochen in seinem Arbeitszimmer aufgefunden wird, ist der Kreis der Verdächtigen deshalb enorm. Die Polizei ermittelt, aber Oberkellner Leopold ist ihr wie immer einen Schritt voraus …

HERMANN BAUER
Schnitzlerlust

978-3-8392-1586-9 (Paperback)
978-3-8392-4461-6 (pdf)
978-3-8392-4460-9 (epub)

»Oberkellner Leopold hat in diesem Wiener Kaffeehauskrimi alle Hände voll zu tun.«

Fünf Abgänger des Floridsdorfer Gymnasiums treffen sich zu einem lustvollen Wochenende in einer abgelegenen ehemaligen Pension, um sich Abwechslung von ihrem Ehealltag zu verschaffen. Klara Gassner, als »Gast« eingeladen, wird nachts im Garten mit einem Stein erschlagen. Im Floridsdorfer Gymnasium wird gleichzeitig eine szenische Adaption von Schnitzler-Texten vorbereitet. Elisabeth Dorfer, die das Fräulein Else spielt, erhält obszöne Briefe. Chefober Leopold ermittelt in beiden Fällen …

HERMANN BAUER
Nestroy-Jux

978-3-8392-1301-8 (Paperback)
978-3-8392-3923-0 (pdf)
978-3-8392-3922-3 (epub)

»Ein neuer Fall für den neugierigen Ober Leopold, atmosphärisch und mit viel Wiener Schmäh.«

Eine Floridsdorfer Amateurschauspieltruppe soll Nestroys »Einen Jux will er sich machen« aufführen. Regisseur ist der ehemalige Profi Herwig Walters, der sich den Unmut der Schauspieler zuzieht, als er den jungen Haslinger wegen einer Lappalie ausschließt. Man beschließt nicht zur nächsten Probe zu kommen. Doch auch Walters verschwindet spurlos. Ein schwieriger Fall für Chefober Leopold, dem diesmal nur Nestroy helfen kann.

HERMANN BAUER
Philosophenpunsch

978-3-8392-1192-2 (Paperback)
978-3-8392-3747-2 (pdf)
978-3-8392-3746-5 (epub)

»Ein ebenso stimmungsvoller wie spannender Kaffeehauskrimi – präzise Beschreibungen der kleinbürgerlichen Wiener Gesellschaft inklusive.«

Weihnachtszeit in Wien. Im Café Heller finden zeitgleich die Weihnachtsfeier der Bekleidungsfirma Frick und die Debatte eines Philosophenzirkels statt. Die ganze Aufmerksamkeit gilt der offenherzigen Veronika Plank, die mit mehreren Männern auf die eine oder andere Weise verbandelt zu sein scheint. Nach einigen Gläsern Punsch kommt es zum Streit und Veronika verlässt das Kaffeehaus. Kurz darauf wird ihre Leiche im frischen Schnee entdeckt, offenbar wurde sie mit einem Schal erwürgt. Ganz klar, dass dieser delikate Fall auch Chefober Leopold nicht kalt lässt …

WWW.GMEINER-VERLAG.DE
Wir machen's spannend